武當道士那些年

仐三 著

高寶書版集團

Ⅲ 卷六・江湖河海・江河卷(下)

目錄

第一百零五章　十一點以後的恐怖

這歌聲只出現了幾秒鐘的時間，又忽然沒有了，剩下的只是急促的水流聲在耳邊縈繞，天地間安靜得讓我以為剛才突然出現的歌聲只是我的錯覺，可是心頭還迴盪的淡淡悲傷又是怎麼一回事兒？

「承一，你怎麼了？」強尼大爺臉上出現疑惑的神色，我們明明是在暢談，可我突然發楞然後皺眉，這行為明顯不正常。

難道強尼大爺沒有聽見？甲板上除了強尼大爺和我，當然還有其他人，我抬頭看向其他人，除了路山若有所思，其餘的人都沒有任何的反應。

「你們沒有聽見什麼嗎？」我疑惑地問道。

大家都莫名其妙的望著我，肖承乾甚至揶揄道：「你想在這充滿了凶魚的河道裡聽見什麼？我倒希望有一個性感的洋妞，在我耳邊對我說 come on，當然加一個 babe 我會更開心，最近『黑珍珠』見多了。」

肖承乾口中的黑珍珠是指印度妹子，有漂亮的五官可惜皮膚黑了一點兒，不符合肖大少的審美。

如月瞪了肖承乾一眼，和這小子深入接觸以後，哪裡還有以前那種刻意裝出來的風度與優雅，言談舉止更像一個土匪。

但我沒有心思理會肖承乾的調侃，我不相信自己會產生錯覺，我站了起來，朝著甲板邊上走去，我想歌聲是從河面傳來的，那甲板邊上能夠聽得更加清楚，卻在這時傳來沃爾馬有氣無力，卻是那麼急迫的聲音：「別把我一個人扔在房間裡，我只是腿受傷了，拜託，我害怕。」

「你怕什麼啊？那麼大個男人難道還像小孩子一樣怕黑？」肖承乾回應了一句。

「我不是怕黑，我剛才忽然聽見一個女人唱了一聲。該死，那條魚一定有毒，神經毒素，才讓我產生了錯覺。但總之，謝謝你們，把我弄到甲板上。」沃爾馬是如此急切。

但沒人把他的話當回事兒，承心哥甚至不滿地哼了一聲，說道：「你是在懷疑我的醫術？莫非你中毒了我看不出來？別找藉口，好嗎？」

沃爾馬無奈呻吟了一聲，可是我的心卻猛地一動，轉頭說道：「不，沃爾馬沒有找藉口，慧根兒，去把那傢伙抱出來，我有話要問他。」

慧根兒最是聽我的話，見我這樣說立刻應了一聲，去到船艙把沃爾馬給抱了出來。

被弄出來的沃爾馬對我異常感激，一邊讚美著慧根兒的強壯與大力，一邊對我說道：「承一，我就知道，在這其中最善良的就是你，連三個女人都沒有你善良。」

他不知道他的話無意中得罪了三個女人，脾氣火爆的承真下一刻就想要「收拾」他。

可是，我卻制止了承真，很認真地問沃爾馬：「你剛才聽見有人唱歌？」

沃爾馬顯然沒有想到我會問他這個，有些無辜地眨著他的大眼睛說道：「只是好像，我根本不敢肯定，那歌聲就出現了一下子，唱了一聲？」沃爾馬神情疑惑，最後對我聳肩說道：「抱歉，承一，我真的不知道。」

我沒有對這個答案失望，反倒是望著沃爾馬說道：「我其實一直都很疑惑，阮慶秋所在的勢力為什麼會收你為徒，如今我有一個猜測，你必須老實回答我，好嗎？」

「沒有問題。」

「你是不是靈覺非常出色？」我認真問道。

「是的，至少我師傅是那麼說的，靈覺出色的人都是有天分的人，不說別的，至少代表了靈魂強大，靈魂力強……可惜，承一，你知道，我的家庭可是罕見的獨生家庭，用你們華夏的話來說，我可是一棵獨苗苗，我一年中要有很長的時間在印度，偶爾才能去……」沃爾馬的神情得意，他彷彿已經忘記了下午受傷的事情，開始滔滔不絕。

我感覺像是有一群烏鴉在我的耳邊呱噪，忍不住說道：「好了，你不用給我解釋你為什麼在道法上那麼菜的事情，我覺得我沒有興趣知道。」

的確，沃爾馬在道法的各個方面都很菜，連最簡單的基礎手訣和步罡都很勉強，更別提高級的術法，但他忘記了原因他曾經說過，第一入門時間尚短，第二能夠修習的時間有限，他的家族有很多事情也需要他的處理。

這樣突然的歌聲出現就像一個短暫插曲，很快就過去了，我們沒有注意到強尼大爺的臉色在那個時候變得難看了幾分，也沒有注意時間已經到了晚上十點多，或者下午的遭遇讓我們心有餘悸，沒有那麼想睡覺的感覺。

接著，我們又開始喝酒談天，商量之後的行動計畫。

時間不知不覺指向了十一點，河面上不知道為什麼起了大團大團的白色霧氣，在這之前，我又聽見了好幾次斷斷續續，不甚分明的歌聲……可是，因為沒有任何影響，我不想加重大家的心理壓力，所以沒有再次提出來。

其中有兩次，沃爾馬明顯也有動容，但是被我暗示阻止了他說出來。

因為，這歌聲終於讓我想起了一件事情，那就是在進入這段河面之前辛格給我說的那個傳說，一個殉情的女子日夜的遊蕩，殺人的動人歌聲……

「好了，我想我們還是需要休息了，明天還有重要的事情要去做。」強尼大爺顯得有些意興闌珊，終於在喝完了手中的威士忌以後，提出了要休息。

這個時候，我不知道為什麼，下意識的看了一眼手錶，剛剛十一點正。

面對強尼大爺的提議，大家或許也是感覺到了疲憊，紛紛說好，但卻在這時，一陣從未有過那麼清晰的歌聲，從河面的深處傳來。

這歌聲的聲音很小，但是卻是如此清晰，那是一首印度歌曲，曲調不像普遍的印度歌曲那麼歡快，反而有一種說不出來的淡淡哀傷，而唱歌的女聲是那樣的空靈飄渺，夾雜著強烈的個人情緒——那是一種絕望的哀傷，讓人在瞬間也就跟著悲傷起來。

「承一，夜裡十一點以後，什麼稀奇古怪的東西都會出現了。人要懂得避諱，所以每晚最好在這之前安睡。如果不能做到，也儘量做到不要在十一點以後出去晃蕩，不是說一定怕那些稀奇古怪的東西，這是應有的尊重。」師傅的話再次浮現在我的心中，那是小時候他給我講對萬事萬物敬畏時所說的一句話。

可是，在我長大以後卻發現，越大的城市越失了這種敬畏，要也沒有用了，因為人氣太過集中，人類強勢碾壓了有些存在的空間，它們不出現了，敬畏也就不需要了。原本，這樣的劃分是平等而公平的，白天和黑夜各自的存在。

我不知道，在大城市裡這樣的事情到底算好還是不好？

拋開這些雜亂的想法，我依舊朝著甲板邊走去，十一點，出現了嗎？

這一次，不再是我一個人聽見了，而是所有人都聽見了這哀婉的歌聲，每個人的反應都不一樣，最怕的自然是沃爾馬，躲在大家的中間有些瑟瑟發抖，其他人的反應不算大，只是有些疑惑。

可是，我、路山、承心哥……等幾個人卻是不一樣的，從共有的神情上來看，我們被勾起了心事，想起了失去的戀人，一種苦澀的絕望開始在心中翻騰。

我知道這絕對不是正常的現象，蓬萊號停在安全的地方，而我們做為修者，都被這遠遠傳來的歌聲勾起了情緒，是一種危險的信號，所以我大聲說了一句：「不要認真去聽，大家默念靜心訣。」

卻不想我的話剛落音，剛剛還怕得瑟瑟發抖的沃爾馬和比他好不了多少的辛格，忽然神情就變得迷茫起來，然後朝著我的方向走來。

我這裡正是甲板的邊緣，朝著那邊的河面。

「阻止沃爾馬。」強尼大爺的聲音傳來，他的神色哀傷而痛苦，但是他一把拉住了辛格，隨便抓起身邊一瓶沒有喝完的酒，劈頭蓋臉的就朝辛格倒去。

而我自然也會阻止一瘸一拐走向我這邊的沃爾馬，拉住了他，最簡單的方式就是狠狠給了他一巴掌。

辛格和沃爾馬頓時清醒了過來，承清哥踏步在甲板上，大聲開始誦讀《道德經》，做為一個修者，承清哥肯定是有念力的，拋開這個不說，《道德經》本身的經文就有說不清楚的一定力量，是一種超越性的力量，在誦讀的時候，自然可以抵抗歌聲帶來的影響。

這樣，對於沃爾馬和辛格這種做不到口訣靜心的人來說，是最好的一種幫助。

歌聲仍然在繼續，我無奈歎息了一聲，因為不用開天眼我也看見了，在河面上那一大團一大團的白霧之後，走出了好一些遊蕩的鬼物。

第一百零六章　失去蓬萊號

顯然，長久困在這條充滿了凶戾之氣的河面，這些鬼物都不再是普通的鬼物，而是有了一定能力的鬼物，雖然達不到厲鬼的境界，但是隨便哪一隻讓普通人遇見並且衝撞到了，都是輕則大病一場，楣運纏身，重則喪命那種。

它們大多數還保留著生前的形象，一看就是典型的印度人，從穿著上來看應該是水手之類的人，不過這些穿著還說明了一個問題，那就是時間跨度不小，至少有二十年以上的時光。

隨著歌聲的迴盪，它們的臉上有陶醉的神色，可是目光中卻有著不可言說的痛苦畏懼以及浮於表面的凶狠。

它們在河面上遊蕩，在霧氣中的身體看起來是如此虛幻，沒有了充滿血氣的陽身，它們的臉色就如同其他鬼物一般，蒼白到恐怖。

其實對於見多了鬼物的我來說，這些鬼物雖然凶狠，但模樣並不算嚇人，但是對於辛格和沃爾馬來說，這簡直就是對畢生膽量的挑戰。

比起沃爾馬來，辛格這個人的普通人表現倒還好一些，他還勉強能站在強尼的身邊，只是忍不住捂著額頭，不停說道：「我的天吶，但願一切只是我的幻覺。」

可是沃爾馬卻已經哭爹喊娘地攤在慧根兒的背上：「不，冒險一點兒都不好玩，我討厭那該死的長滿了牙的大魚，也討厭這些影子，是影子嗎？嗯，它們就是影子。」

「冷靜一點兒，至少我們現在是安全的。」我微微皺眉，低沉地說道，我已經可以預見我們這次的行動可能有了一點兒變數。確切的說，在我們的目標之外，還有別的存在——那個女鬼！看來傳說是真的，我只是難以想像這是怎麼樣的一種巧合，一個地方竟然有兩個可怕的存在。

關鍵是它們要怎麼相處？

在我的沉思中，已經有一個鬼物靠近了我們的蓬萊號，看見這種情景，辛格已經站不住了，而沃爾馬這個沒用的傢伙已經開始驚聲尖叫，我很淡定地站在甲板邊上，而慧根兒不得不安撫沃爾馬，說道：「你根本不用害怕，在這裡無論是誰出手，這樣的鬼物都可以輕易收拾。額覺得，其實你的叫聲可怕多了。」

慧根兒說的的確是事實，以我們現在的能力來說，根本不用怕這些鬼物，所以才能那麼淡定，沒有什麼好緊張的，而那個靠近蓬萊號的鬼物也奇怪，就如同沒有看見蓬萊號的存在一般，在我們停泊的水彎處附近遊蕩了一圈，又遊蕩到了別的地方。

師祖留下的法器果然神奇，找出了一處生機之地，就真的是凶險之中的真正福地，連普通人在這裡都能得到庇佑。

「哦，它們不敢來這裡，我想我是好多了，我敢打賭這一次冒險過後，我的膽子將會比天還大。」沃爾馬終於能站直了，停止了他那可怕的嚎叫。

而辛格臉上的血色還沒有恢復，一直在喃喃說道：「原來傳說是真的。」

「其實沒有什麼好在意的，等歌聲停止了，我們就去休息吧。或者，現在也可以去休息，不過辛格你來和我一起睡，沃爾馬和肖承乾一起吧。」我安排了一下，畢竟有我和肖承乾兩個山字脈的人守著，也不怕他們被歌聲影響太深。

而且，看樣子歌聲也不是衝著我們來的，因為我直覺那個發出歌聲的存在，能力遠遠不止於此。

「去睡吧。」不知道什麼時候，一臉疲憊的強尼大爺忽然出現在我的身旁，在甲板上坐下，開口算是做了一個決定。

在我們之中，強尼大爺有著絕對的威嚴，所以他做了決定，我們自然不會反對，各自都去睡了，只有我腳步遲疑，看著強尼大爺說道：「強尼大爺，這裡面有著什麼故事嗎？」

強尼大爺又出現了下午時的那種暴躁，對我說道：「沒有什麼該死的故事，有的只是一堆毫無趣味的爛往事，誰也不願意去想起，誰也不願意去提起。你還是去休息吧！」

我不想試圖去挑釁強尼大爺的脾氣，儘管心中一肚子疑問，但到底還是回去休息了。

事實上，這一夜我睡得並不是很好，因為在船艙中我聽見了強尼大爺唱歌還有哭泣到大半夜，那歌聲非常熟悉，因為它的曲調應和著河面那個神祕的女子歌聲，根本就是同一首歌，我覺得強尼大爺心中一定壓抑著非常痛苦的往事。

第二天我賴床了，一直到早晨八點多才起床，我以為我是最晚起床的一個，走到甲板上才發現，大家都是才起來的樣子，甚至還有兩三個人沒有起床。

最活潑的依舊是沃爾馬那個傢伙，他在繪聲繪色訴說昨天又多了一個男鬼，唱著和女鬼一樣的歌聲，他用他的靈覺保證這一切都是真的，還有就是那個男鬼的聲音非常像強尼大爺。

沃爾馬這番話讓大家的神情都有一些古怪，顯然除了沃爾馬這個笨蛋，每個人都心知肚明，昨天又唱又哭的就是強尼大爺本人。

至少甲板邊上歪倒的幾個酒瓶子就可以證明這一切，無奈沃爾馬根本無視這些，仍舊在繪聲繪色的說著，只是在他一旁的強尼大爺都表情淡定，我們這樣的旁人就不好說什麼了。

任何人都能看出強尼大爺並不想提起這一茬，就算除了沃爾馬的每個人都心知肚明，他還是不願意捅破這一層紙。

在吃過辛格準備的早飯，簡單準備了一下之後，大清早就開始喝酒的強尼大爺充滿了朝氣地喊了一聲出發，就像昨天折騰到半夜的人真的不是他一般。

蓬萊號從安全的港灣駛出，朝著這條危險的河道繼續出發了，由於接受了昨天的教訓，蓬萊號一直保持著高速，在這樣的速度下，除了非常偶爾狹路相逢的水生物會來攻擊一下，蓬萊號也算一路平安。

在路上，我時不時會手扶「招魂幡」去感覺一下從上面傳來的資訊，我發現最多不過一個小時，我們的蓬萊號就會達到最終的目的地。

上午，十點。

夏日的陽光真正發揮威力的開始，蓬萊號終於駛到了這段平靜河面的盡頭，一個轉彎過後，我們看見了那個傳說中河神聚集的深潭。

在這裡，毒辣的陽光彷彿也畏懼而顯得萎頓了，在蓬萊號進入這個深潭的邊緣，我彷彿已經感覺不到陽光的溫度，有的只是一種刺骨的冰冷。

「我看不見東西，我無法駕駛蓬萊號過去。」辛格有些驚慌的聲音從駕駛室傳來。

這讓我們每一個人都很奇怪，明明就看得很清楚，怎麼是看不見東西呢？我聞言第一個跑進了駕駛室，這些日子的航行歲月，我也經常在駕駛室和辛格聊天，對於船隻簡單的駕駛還是會的，如果說辛格真的是受到了什麼影響，我還能駕駛蓬萊號。

進入了駕駛室，我特意看了一眼前方，駕駛室的玻璃很乾淨，前方的一切都顯得非常清楚，怎麼會看不見？

此時的辛格扶著舵，忽然的失明讓他異常痛苦，我先把他扶到了一旁，一邊安慰他這也許是這個特殊地方的影響，一邊很自然的把手扶了舵上！

但此刻奇異的事情發生了，之前還在我眼前一片清晰的外景，忽然就變得模糊起來，夾雜著一層濛濛的紫，讓人看不清楚，就像一個近視眼摘掉了眼鏡一般，我的內心也有些慌亂，眨眨眼睛，想努力看清楚的時候，發現什麼外景都看不見了，只剩下一片濛濛的紫色。

「我能看見了。」辛格的聲音在這時傳入了我的耳中。

我歎息了一聲，說道：「可惜的是，我看不見了。」在此刻，我心中已經心知肚明，是一股影響到靈魂的力量在阻止蓬萊號的進入，關閉了靈魂的感應，有眼睛也一樣看不見外界，就好像被傷及了靈魂的人，往往有極少數會不明原因的失明，就算現代如此昌明的醫學也找不到原因。

雖然是這樣判斷，可我們一群人還是不甘心，反覆了試驗了很多次，證明蓬萊號真的沒有辦法駛入這片深潭之中。

「辛格留在船上，在這裡應該不會有凶魚攻擊蓬萊號了，我們徒步前往吧，既然帕泰爾想趕盡殺絕的話。」強尼大爺顯得更加蒼老了，忽然就做了一個決定。

第一百零七章 原始的辦法

趕盡殺絕，這個形容詞用得真好，在水上我們最大的庇護就是蓬萊號，它帶著我們前進和提供我們活動的場所，甚至在關鍵的時候，還能帶著我們逃跑，在精神上帶給我們可以依靠的安全感，但深潭中的這個存在，明顯就是要逼迫著我們放棄蓬萊號。

這就是趕盡殺絕般的辦法，讓我們連退路也沒有，可是我們還是必須得前行。

在深潭的入口處，一邊依舊是懸崖，而那矮山山脈也就綿延到此地算是盡頭了，如果我們要步行進入深潭，只能沿著矮山山脈的盡頭走，要進入深潭的位置，恐怕就只有下水。

在出發之前，我下意識溝通了一下那一杆立在甲板之上的「招魂幡」，感應到湖中那多如繁星的點點紫芒，還有一團耀眼的紫色光芒存在，心中苦澀。

那些點點紫芒在游動，自然代表了大部分凶魚聚集於此，而那團耀眼的紫芒自然就是我們的目標所在。

下水嗎？趕盡殺絕這個詞語再次浮現於我的腦海中。

讓辛格把蓬萊號朝著矮山靠近，我苦澀而強尼大爺卻淡定，彷彿這一切是他早已經預料到的。

幸運的是只要不前進，而是朝著旁邊移動，辛格就不會受到那種來自靈魂的影響，順利把蓬萊號靠在了岸邊。

我們沉默的收拾齊整下船了，強尼大爺是第一個下船的，辛格站在他的身邊想說一些什麼但沒敢說出口。而到我下船和辛格擦肩而過的時候，辛格忽然拉住了我，把我拉到了一旁。

我沒有反抗，而是跟著辛格來到了一旁，轉頭看著辛格，發現他的眼眶紅了，他小聲對我說道：「你們一定不要失敗，更重要的是保護好老爺吧。他其實很好，就像我的第二個父親，我也是一個達利特，是種姓之外最低級的種族，甚至連姓名都不配擁有，上層的人羞於靠近我們這個種族，認為我們是不潔的人，而我們自己也是這麼認為。」

說話間，辛格掉下了眼淚，他一把擦乾眼淚，繼續對我說道：「可是老爺從來不嫌棄我們的家族，待我們如親人。特別是我，從小就受到了老爺的培養，相信我，這不是為了利用我。事實上除了這次航行，他根本沒要求過我做任何事情，可他卻給了我太多太多，甚至動用自己的能力，給了我一個美好的身份，讓我做為一個達利特，也成為了一個有社會地位的人。承一，我瞭解老爺，他一直都不怎麼眷戀生命，我都已經習慣了，但這一次不一樣，我在他身上感覺到了一股壓抑的東西，感覺到他在爆發之後，就要真正離開我了。承一，我沒有辦法，我很無奈，請保護好他。」

望著在這個時候突然動情淚流滿面的辛格，我無言以對。如果可以我一定會盡一切力量保護好強尼，不說別的，一個晚輩對於長輩就應該這樣做，可是，有些東西是沒有辦法的，就比如如果強尼的壽命是我師祖轉給他的，那麼耗盡了他依然會死亡，除非用逆天的術法強行維繫，但那樣其實在害強尼，因為後果太過驚人。

以上這些原因，就是我對辛格無言以對的根本，但想到強尼大爺會死，我的心也不可避免的痛了一下，最終我拍了拍辛格的肩膀，說了一句：「在老天的允許下，我會盡我一切的能力，讓強尼大爺活著。」

「謝謝你。」辛格再次抹了一把眼淚。

而走在最前面的強尼大爺像有所感應一般的，大喊了一句：「承一，你快一點兒。辛格，你沒發現你的廢話太多了嗎？」

辛格趕緊抹了幾把臉，咳嗽了幾聲，用儘量正常的聲音對辛格喊道：「老爺，我只是一個人害怕，需要承一安慰一下我。」

強尼深深看了一眼辛格，沒有說什麼，然後轉身走了，走了好幾步之後才說道：「夠了，辛格你安心守在船上。承一，你應該來了。」

我看了一眼辛格，然後轉身走了，辛格的聲音依舊從我背後傳來：「我是多想和你們一起，但我只是一個拖累，我很明白……」

我忍住心中翻騰的心緒，下了船，其實一直以來，我害怕的並不是冒險本身和許多的未知，怕的從來都只是我會失去……失去一個個重要的人，對這個我怕得要命，偏偏無法阻止。

從小，師傅的教育就讓我從來不會輕易向老天祈求什麼，但這一次，我從心底向老天祈求，強尼大爺能夠平安度過這一次的危機。

師祖留下的法器一直都是我手持著，用來感應著最終目標的位置，到了這個面積寬大的深潭以後，我就已經清楚知道日標很無奈的在接近深潭中心的位置。

這片深潭的景物乏善可陳，只是深綠色的水讓人一眼望去就覺得深不可測，另外，唯一值得一提的就是，在深潭的中央有一塊巨大石頭，上面開著一朵孤獨的紅色花朵。

花朵不大，按照深潭上霧氣朦朧的能見度來看，按說我們根本就應該看不見這朵豔紅的花朵，可是偏偏就是看得那麼清楚，紅到刺目。

「真是一朵奇怪的紅花。」我試圖說起這朵有趣的花，讓沉默前行的我們氣氛輕鬆一些。

要知道，這繞著深潭半圈的矮山山脈根本就沒有任何的道路，我們前行得很艱難，強尼大爺拿著一把劈山刀執意要走在前面，為我們一群年輕人披荊斬棘。我們阻止，他也強硬的拒絕。

他說只有不停活動著勞累著的時候，才能感覺到生命的光輝，可惜以前的他給不了自己活動勞累的理由。

這句話我們不能理解，可是卻分明感覺到悲涼。

就是這樣的氣氛讓大家更加沉默，所以我才說起這朵紅花，大家也試圖接過我的話展開討論，卻不想走在前面的強尼大爺突然停下了腳步，掏出身上的鐵皮酒壺，竟然一口氣喝乾了壺中才灌滿的酒。

然後他一把扔了手中的鐵皮酒壺，說道：「我想我應該在這裡告別我的老朋友了，儘管它陪伴了我很長的歲月。另外，你們可不可以當沒有看見那種紅色的花，你們不覺得它看上去很哀傷很無助很孤獨嗎？」

我們無言以對，強尼大爺已經越來越讓人搞不懂，每一句話都別有深意，可是偏偏又能直直打向人心，讓人從心底對他的話產生一種共鳴。

看著強尼大爺在朦朧的日光下，顯得有些悲壯的側臉，我發誓我不會再提那朵什麼紅花了，再次沉默了行走了一陣子，我說道：「根據師祖留下來的法器，我們距離目標已經非常接近了。可是，強尼大爺，我們是要下水嗎？」

強尼大爺聽聞我這樣說，也停下了腳步，說道：「是直線的距離嗎？」

這個深潭是極其不規則的形狀，他話裡的意思就是說是不是我們所在的矮山，到那個目標位置最短的距離。

我細心感受了一下，然後對強尼大爺說道：「現在還不是，但是再前行幾十米，就是正對的直線距離了。」

「哈哈哈，很好！我們當然是要下水！」強尼大爺莫名開心，我不明白他在開心一些什麼。

說話間，他停下了前行的腳步，扔下了隨身背著的那個不肯讓我們動的巨大行李袋，然後毫不猶豫地打開了它，說道：「你們這些小輩說不定就在猜測我帶著一大包的法器。不，我可沒有，我是一個除了那一擊之外，使不出任何術法的普通人，帶那個東西有什麼用？這是工具，我早已經準備好的工具，我知道一切都不會順利，有時候，要依靠的是原始，那個是最可靠的。」

我仔細一看，原來強尼大爺的背包裡，有好幾捆看起來不是很粗，但是一眼就能看出很結實的繩子，另外就是兩把中型的電鋸，他竟然帶著這個？

但下一刻我就反應過來了，他這樣的準備，應該是要做木筏吧？

而我的猜測顯然是對的，在那邊強尼大爺已經拉動了電鋸，說道：「別愣著，誰都不想拖到晚上，所以全部都來幫忙，我們紮一個筏子，一個就夠了！」

木筏，我嘴角泛起了微笑，好東西，至少比我們自己下水要多了那麼一些安全感。

可是一個什麼保護也沒有的木筏，能讓我們在那麼凶猛的魚群中存活嗎？

第一百零八章　渡水

做一個筏子並沒有浪費我們太多的時間，僅僅一個多小時，一張看起來異常結實的木筏就在我們的手底下完工了。

從開工之前，就扔掉酒壺全情投入工作的強尼大爺看起來心情似乎不錯，比起在船上明顯感覺有些焦躁的時光好多了，他甚至有心和我們半開玩笑說些不著邊的話，就比如說我們沒有常識，竟然把以燒油為動力的鋸子叫做電鋸，這是一種無知。

我不明白強尼大爺的心情為什麼會突然開朗，事實上辛格的話我還放在心上，對他莫名有幾分擔心。

但是，在對木筏做著最後收尾工作的強尼大爺仍舊是一副專注的樣子，至少這個時刻，他看起來並不是一個生無可戀的人。

「我想我們可以下水了。」拍了拍完工的木筏，強尼大爺的臉上有一種驕傲，站起來，露出一點兒追思的表情說道：「很久以前的曾經，我還有一些別的什麼人，總是夢想能紮一個木筏，一起冒險漂流到很遠的地方。那個時候真是快樂……可惜我們還是孩子，沒有那個本事去紮這樣一個木筏。如今，我一個人也能完成這件事，真的，這很開心。」

一個木筏而已，強尼大爺臉上的驕傲卻是如此真實，快樂也是真實的，我站在強尼大爺的身邊，總覺得這個時候的他，好像放下了非常沉重的某種包袱，這原本應該是好事兒，我怎麼會感覺有一絲絲悲哀呢？

我努力讓自己不去想這個問題，看著強尼大爺說道：「下水？我看這個木筏最多可以承載三個人而已，我們不多紮幾張木筏？」

我這樣的話自然是合情合理，可是強尼大爺的臉上卻流露出一種古怪的神情，那神情感覺就像輸光了，卻在最後一把拿了一副絕大牌的賭徒，忍不住激動，迫不及待要最後一賭，他對我說道：「我想不用，就這一張吧。除了沃爾馬，其他人都由我把你們送過去，送過去，只是一件很簡單的事情。」

很簡單的事情？這話是開玩笑吧？不說別的，就算不通過師祖留下來的法器，我也知道這水下是多麼恐怖。

「為什麼我不能過去？」沃爾馬有些不滿。

可是強尼大爺沒有第一時間回答沃爾馬，卻好像還沒有玩過癮一般，忽然拿了一根看起來比較直的樹枝，把它綁在了我們木筏的前頭，然後脫下他的白色短袖衫，用一塊泥土在上面寫了幾個印度的文字，又綁在了那根樹枝上，看起來就像一面簡陋的旗子。

做完這一切，他才對沃爾馬說道：「第一，你受傷了，行動並不靈活。第二，你有天賦，可並不是一個努力的孩子，帶你來，是不想浪費你的靈魂力，到最終可能需要你的接應。老實待在這兒，可以嗎？」

沃爾馬的神情並不滿意，但他到底沒有勇氣違背強尼大爺的決定，只能撇撇嘴，委屈地坐到了一旁。

這一件小小的事情，卻讓我發現我其實看輕了沃爾馬。一直以來沃爾馬在我眼裡就是一個追求新奇的富家子弟，一個有天賦卻不怎麼努力的道家小子，和我們一起冒險，在我眼裡也是他在追求一種不一樣的生活。

可事實卻證明不是，他受了傷，甚至面對了生死危機，也知道這水潭下有多危險，如果說是為了新奇，那麼到此也該打住了，可是他此刻的不滿一點兒也不似作偽，其實就算他到最後不跟來，也沒人會因此指責他或是不滿……他卻還是充滿了勇氣和熱情地想要朝著真正的危險出發，並因為有人阻止他而不開心。

我忽然發覺，沃爾馬其實是在磨礪自己吧。

想到這裡，我走到了沃爾馬的身邊，拍了拍他的肩膀，說道：「我覺得以後你會很厲害的，就算在華夏也能成為一個厲害的道士。」

「真的嗎？」沃爾馬的臉上流露著驚喜。

「當然是真的，這一次只是你的起步，不用做得太過激進，看著就好了，說不定關鍵時候就如強尼大爺所說，需要你的出手呢？如果你不介意，可不可以告訴我，強尼大爺在那白衫上寫了什麼？」我安慰著沃爾馬，順便轉移了一下他的注意力。

沃爾馬果然非常單純，一下子就去注意強尼大爺寫的字了，他看了一會兒，然後轉頭，神奇古怪的對我說道：「上面寫著強尼夢想號，你知道是個什麼意思嗎？」

「我……我想應該就是夢想的意思。」其實我也越發不懂強尼大爺了，只能如此解釋了。

在強尼大爺的執意下，我們就做了這樣一個木筏，他安排我們分批前進，先去到水潭中央那塊大石上再說，而我被安排在了最後一個。

「事情沒有那麼簡單，不可以直接下水的。但相信我，已經有辦法收拾水下那些存在。承一，你最後一個去，我想你一入水潭，會引起了不起的反應，到時候我也阻止不了的反應。」強尼大爺說這話的時候，語氣很輕鬆，可我並不知道是不是強裝的。

但我也故意輕鬆回應了一句：「有多了不起？」

「水下的那些傢伙暴動，你認為呢？」強尼大爺衝我眨了眨眼睛，然後叫上如月和慧根兒下水了。

他們下水的方式很奇怪，只有如月和慧根兒站在了木筏之上，而強尼大爺則是整個人推著木筏進入了水中，看那樣子，他根本沒有上去木筏的打算。

儘管我信任強尼大爺，信任他那一句「送我們過去是一件很簡單的事情」，但事實上，在他們下水的那一刻，我的心情還是緊張到了極點，水下的那些凶物哪一個不是能吃人的存在？還有那莫名的歌聲和成群的鬼物……

但是木筏在水中安靜前進著，被霧氣溫柔包裹著，在這天地之間剩下的聲音彷彿只是木筏推開水紋傳來的水波聲。

強尼大爺一邊游動一邊推著木筏，慧根兒和如月站在木筏之上，微微有些緊張，其實這一幅幅的畫面就像是在迷幻的電影中，讓人在這種氛圍下漸漸把心情放鬆，不會再目不轉睛地盯著他們。

所以，我注意到了一個微妙的細節，那一朵開在巨大岩石上的紅花在微微顫動，彷彿是被一種劇烈的情緒所帶動，而忍不住身體在發抖。

一朵花也能有有情緒嗎？我微微吐了一口氣……時間一分一秒的流逝，過了好一會兒，強尼大爺終於推著木筏要接近那塊大岩石了，我的心情又莫名緊張了起來，可是強尼大爺卻哼起了一首印度的小調，低沉、婉轉、哀傷……我的心情也跟著起伏。我分明記得，這首小調，是強尼大爺在昨晚哼過的，當時他情緒激動，又哭又唱。

沃爾馬這個傻子到這個時候才發現了真相，驚訝得在那裡咿咿呀呀，拉著承心哥不知道在說什麼。

我卻無心理會這個事情，只是靜靜站著，看著強尼大爺把慧根兒和如月送上了那塊大岩石。

「你們不要接近那朵紅花。」強尼大爺是這樣吩咐道的。

然後，跳上木筏，這一次他沒有自己下水去推動木筏，而是用我們準備好的簡陋船槳划動著回來了。

下一撥兒人，是路山和陶柏……

就這樣，彷彿是每個人都要進入那充滿迷霧的電影一般，強尼大爺來回奔波送我們過去，讓我們走進那一幅安靜而迷幻的畫面。

那一朵看起來很是微小、弱不禁風的紅花一次次顫抖，就好像是終於忍不住在哭泣。

從上午很早出發，到了中午十一點，終於，強尼大爺把大部分人都送過去了，只剩下了我和沃爾馬還留在矮山之上。奇異的是，就如強尼大爺所說，這只是一件小事，一件微不足道的小事，因為一切都是那麼的安靜。

木筏再一次回到了矮山這邊，強尼大爺全身濕漉漉地走上岸來，他身上穿著的牛仔褲已經完全濕透，他裸露的上半身看起來就像一個強壯的中年漢子，可是在那一刻，他朝我走來的時候，我卻感覺到一股說不出的氣場圍繞著他，像一個英雄最輝煌的末路。

「承一，該你了，我們一起去迎接那了不起的風暴吧。」強尼大爺是如此對我說道，臉上帶著一種異常安寧的微笑。

那微笑，就像是那個拿了一把好牌的賭徒，贏了！所以，內心安靜了！

可是強尼大爺贏了什麼？

心中雖然疑惑，可是我到底還是微笑著給強尼大爺說了一句：「好！」然後，安靜的走上了那張木筏。

了不起的風暴嗎？

第一百零九章　魚死網破的覺悟

在踏上船之前，我心中就只有這樣一句話，說沒有忐忑是假的，可是當我真正站上了這張名為強尼夢想號的木筏，心情卻莫名安靜了。

和帶領別人過湖一樣，強尼大爺帶我過去，也依舊是下水推行著木筏。

隨著強尼大爺的用力，木筏再次緩緩在水中蕩開了，我聽見強尼大爺微微的喘息聲，忍不住說道：「強尼大爺，好幾趟了，累吧？不然換我來？」

「如果你下水，就跟扔了一個炸彈在水中一樣沒有區別！我不累，事實上，我很強壯……你見過到我這個年紀還能背那麼多東西的人嗎？兩把油鋸，那麼多工具，還有繩子，我雖然已經不算一個修者了，可是到底底子還是在的。說不定，我可以去拍一部藍波之類的電影。」強尼大爺和我開著玩笑。

其實，在入水不久以後，我就感覺到一股窺探的力量在掃視我的靈魂，我是故意說話來緩解氣氛的。

強尼大爺的反應也很配合，我估計他一定也是感覺到了什麼吧？

可是，想著強尼大爺在我身後，我的心情就是莫名平靜，任由那股力量窺視著我，心情沒有任何起伏，反而因為強尼大爺的話流露出了微笑。

那股力量很快就離開了，在它離開的那一瞬間，這個深潭的上空莫名就起了風，是一股逆風，卻也吹得船頭那一面簡單的旗幟獵獵作響，旗面展開以後，強尼夢想號那幾個字是那麼的醒目。

原本在深潭上隨意飄蕩著的大團霧氣，卻並沒有因為這陣怪風而被吹散，反而是朝著我的身邊聚攏而來……於此同時，水面也開始不平靜，我看見大圈大圈的波紋在水面蕩開。

「看來帕泰爾真的是不太歡迎你。」強尼大爺的語氣輕鬆。

我站在木筏之上被霧氣包圍，就像是被萬年的寒冰包圍那樣，陰冷無比。

在那一瞬間，我已經默默開始運功來抵禦，但也敏感察覺到這一股風是逆風，無疑是在阻止著強尼大爺推著我前行，這也算是一種情緒的表達嗎？

「嘩」，水面的波紋被破開，一隻長相古怪的大魚，巨大的魚頭浮現在水面之上……

「嘩」，水面的波紋又一次被破開，這一次，是一條目光冰冷的水蛇在水中昂揚起了蛇頭，同樣的特徵也是巨大，目測比陶柏上次打死那一條，大了很多……

「嘩嘩嘩」，水面連續響起了破水的聲音，各種水下的凶物上浮，我們這一張木筏被輕易包圍在了其中。

霧氣在這個時候莫名散去，那股要命的陰冷也跟著脫離了我的身體，這時的水面分外清晰，除了這些冒頭的傢伙外，我看見了在木筏之下游動的巨大陰影。

這算什麼？十面埋伏，只等我上鉤嗎？但我的心裡卻沒有任何的慌張，到了這一步，我還不能拚命嗎？我們不是沒有底牌，實際上在上船之前，強尼拉我上木筏的時候，就悄悄在我手心寫了一個字。

「電」！

如果我們抱著一起被電死的決心，這滿湖的存在沒有一個能活下來，引天上之雷的威力，可不是普通的電魚器械那麼簡單！我敢打賭這深潭底沒有一個生物能夠抵抗……

而在那邊，肖承乾已經開始掐動手訣行咒，看樣子是真的準備一搏了！估計強尼大爺也給肖承乾私下吩咐過什麼吧？

看似沉默的對峙，其實氣氛緊張到了極點。

卻不想在這個時候，一直在水下的強尼大爺卻發出了震天的大笑之聲，然後他從水下破水而出，跳上了木筏，對著那些包圍了我們的水下凶物說道：「每一個都是你吧？帕泰爾，或者我不應該稱呼你為帕泰爾，而是昆侖來的怪物吧？我知道你通過它們在看著，可是你就只有這一點兒勇氣嗎？連讓這個年輕人上那塊巨石也不敢！」

深潭上的狂風吹拂得更加厲害，水面下的那些凶物彷彿是被強尼大爺的話給刺激到，開始變得焦躁。看著牠們，我覺得好像下一刻牠們也會不管不顧魚死網破地來攻擊我們。

肖承乾行咒的聲音更大了，就像是在刻意提醒這樣的後果！

我心下輕鬆，這倒也好，雷訣雖然是我最擅長的法術，但要做到被攻擊之前就行咒成功也要耗費不少，我至少不想把力量耗費在這種地方。

但到底那些凶物是沒有上前來攻擊我們的，牠們只是適當表現了憤怒和包圍對峙的決心。

風更大了，吹得我和強尼大爺頭髮飛揚，隨著肖承乾的行咒之聲，原本在霧氣之中顯得朦朧的晴天也開始漸漸變得陰暗，我能感覺到烏雲正在這深潭的上空聚集。

強尼大爺在此刻就好像是一個真正的英雄，站在木筏之上，有力的上前踏出了一步，喊道：「帕泰爾，婞婭看著你，也看著我，何不讓我們過去了，來一個真正的決戰！你想讓婞婭心碎到死嗎？你這個該死的，死了也不消停的東西。你是錯的，錯的！一直以來就是錯的，今天我依舊要證明給你看。」

強尼大爺的話，讓水潭的表面起了巨大的狂風，一個平靜的深潭竟然起了一米高的大浪，浪花中竟然有不少看起來凶狠而嗜血的凶魚，只不過是那種小魚。

我們的木筏不可避免地跟著這大浪而飄蕩起來，就像狂風中的小船，可是強尼大爺強硬地拉著我，讓我和他一起在木筏上儘量頂天立地站著，他用一種憤怒的語氣喊道：「帕泰爾，你曾經說過這些魚兒是你最好的朋友，而你的能力讓你是牠們的神！可是，你這個他媽的瘋子，看看吧，你把可愛的魚兒變成了什麼樣子？要死嗎？一起死吧！電死這些終究會成為禍害的魚，讓牠們為你陪葬！」

彷彿是為了配合強尼大爺，肖承乾的雷術也到了最後的關頭，烏雲已經聚集，豆大的雨點開始嘩嘩嘩落向水潭，打起一個又一個的水紋。

「嘩啦」一道閃電撕破長空，竟然讓人從心底覺得痛快！

「好啊，那就一起死，一起去陪葬！」我忽然也跟著嘶喊了一句，然後抹了一把臉上的雨水，大聲喊道：「我發誓會引下天雷，連這裡遊蕩的鬼魂也一起掃個乾淨！」

我是故意這樣說的，直覺這樣說好像會有著更好的效果……雖然自己也不知道是為什麼？

我說這話的時候，強尼大爺看了我一眼，眼中竟然是很濃的悲哀，可他到底沒有阻止我，而是任由我真的掐動起了雷訣，而他則拿起了一直別在褲腰上的一把巨大的開山刀，那意思就是要拚命。

彷彿是要給這一觸即發的緊張場面加上一把烈火，在那邊承心哥拿出了一個瓷瓶，靜靜放在了身前，我不用去想也知道那是劇毒的藥粉……有傷天和，也做了嗎？承心哥的表情很堅定！

而不知道什麼時候，胖蠶子已經在如月的手心，圍繞著胖蠶，好幾隻不知名的蟲子在飛舞，從牠們鮮豔的顏色來看，應該是劇毒的毒蟲。下蠱給這些凶魚嗎？我也不是很清楚如月要做什麼？

還有路山、陶柏、承真……總之，每個人就準備現在戰鬥了！

我看得很清楚，如果真的是要在這時開始魚死網破的決鬥，那麼下一刻那些凶魚就應該展開劇烈攻擊，如同天雷勾動地火一般，我們會真正同歸於盡也不一定。

很奇怪的，不知道為什麼，在這個時候，我還不忘記看一眼那岩石上嬌豔的小紅花。

它的每一個花瓣都顫抖著，彷彿是已經真正的在哭泣……

雷鳴電閃之下烏雲蓋頂，大雨瓢潑之下一朵哭泣的紅花，一群和猙獰的凶物對峙的人，深潭終於迎來了最不平靜的一刻！

第一百一十章 開局

「嗡」的一聲，那是拉緊的弓弦被放開之後震動的聲音，卻並沒有一根鋒利的羽箭射出。

一聲空響，就是我們如今的情況。在電閃雷鳴之下，在就要爆發之中，那些巨大的水下生物竟然默默退去了，甚至連一個凶狠的威脅目光都沒有留下。

我停止了掐動手訣，承心哥收起了藥瓶子，肖承乾慢慢收術，胖蠶消失在了如月的手中……最後，是強尼大爺仰天大笑，收起了手上的那把開山刀！

雨勢漸小，烏雲隨著風而散盡，朦朧的眼光再次出現在我們的頭頂，一切又莫名平靜下來。

強尼大爺停止了他那暢快的笑聲，抹了一把剛才落在臉上的雨水，轉頭微笑著對我說道：「我贏了，第一局！」

「那麼恭喜你。」我也笑著對強尼大爺說道，目光卻停留在船頭那面旗子的幾個字上，微風吹拂，也不知道是不是因為巧合，在剛才那樣的大雨下，那幾個字卻依舊清晰。

「我終究是會惹怒它的，我們還是免不了一場驚心動魄的戰鬥，只不過贏了一局的感覺很暢快。」強尼大爺回應著我的話，我注意到他說話的時候，手緊緊握住了脖子上的一根項鍊，之前他裸露上半身的時候，我就注意到了他的脖子上有一根閃耀的漂亮金鏈。鏈墜是一個好看別致的皇冠盒子，上面鑲嵌著美麗的鑽石，只不過那很顯然是女人的首飾。

對於這個細節，我沒有多說什麼，習慣了強尼大爺的脾氣，我知道他很厭惡別人打聽他不能訴說的往事。

水潭再次恢復了平靜，確切的說不是完全平靜，有一股風始終在吹著，甚至是在推動著我們的木筏朝著那塊巨大的岩石前進，這是來自帕泰爾的妥協嗎？我不這樣認為，那個水下的神祕存在，可能更希望之後的一戰，用這樣的方式表達了。

強尼大爺卻始終微笑看著岩石上的那朵紅色花朵，握著脖子上的項鍊，沒有做出任何的評論。

「澎」是木筏靠上岩石，發出輕輕撞擊聲音，終於在經歷了一場強尼大爺口中的了不起的場面之後，我們順利靠岸了，有驚無險，深覺平安是福。

承清哥伸出一雙手把我拉上了岩石，每個人都帶著一種幸福的勝利微笑，一群光棍全然沒有腦子，只沉醉於剛才的勝利，絲毫沒有等一下會有威脅到生命戰鬥的覺悟。

可是，我喜歡這樣，生命就是這樣，眼前能夠快樂，我為什麼要收起這種快樂，從這一秒開始就為下一刻開始憂傷呢？

岩石有些滑，我也是費了一些力氣才爬上這塊岩石，站在上面，我才發現，這岩石之上非常平整，大概有大半個客廳那麼大，當然我指的是強尼家裡那個巨大而奢華的客廳！

而在岩石之上，佈滿了青苔的痕跡，彷彿是在訴說一段時光。

站在岩石之上，強尼大爺滿足地歎息了一聲，那感覺就像是一個舞者，找到了滿意的舞臺，我特別注意了一下，那朵奇特的紅花就在岩石的邊緣，它只有簡單的花瓣，簡單到就像小孩子的簡筆劃，可是這不妨礙它的美麗，只是看起來有些虛幻。

一時間，我又不知道該做什麼了，是要在此刻下水嗎？我習慣性看了強尼大爺一眼，沒想到這段日子形成了對他的依賴，看來我真的是一個很懶的傢伙，習慣於依賴長輩，這感覺很熟悉，就像當年的我和師傅。

我也分不清楚我真的無意，還是刻意的……只是在尋找那一種溫暖的熟悉。

「暫時先在這裡，無論發生了什麼，都按我的吩咐去做。」強尼大爺沒有讓我失望，很快他就提供了「依賴」，在說這話的時候，他很隨意的從牛仔褲背後掏出一個用塑膠布仔細包好的袋子，從裡面拿出了一張圖紙，然後遞給了身旁的承真。

「看得懂吧？你們是李的徒孫，一起去完成這個！」說話間，強尼大爺拿起他那把開山刀，走近了那朵小紅花，然後停下，在岩石上面劃了一條線，接著說道：「兩句話，第一，還是無論發生什麼，該做事的做事，沒做事的等著。第二，把那圖上的一切，都複製在這線以外。」

說到這裡，強尼大爺的眼中流露出一絲溫柔，低沉地說道：「我不想打擾她的安寧。我可愛的婞婭。」

婞婭嗎？我依舊沒有去追問什麼，就如強尼大爺所判斷的那樣，寧靜只是暫時的，在這之後，水面再次翻起了波濤，那些剛才潛下去的凶物再次浮出了水面，甚至比剛才還要多……

更讓人不平靜的是，在深潭的入口處，那個霧氣尤其濃重的地方，水流是那麼的不平靜，其實從偶爾躍出水面的身影開看，有很多凶物都在朝著這個深潭湧來。

牠們游向這塊岩石，很快就密密的將我們包圍了，這才是真正的斬盡殺絕吧，如果我們使用任何辦法都殺不完牠們，我們就會被困死在這裡，或者被牠們所殺！

牠們守住了每一個地方，讓這裡徹底變為孤島。

甚至有幾隻凶物躍躍欲試，在深潭的水面上巨大的身影一躍而起，展示著力量。

我很想說，其實這個畫面非常恐怖，猙獰的巨大身影在水面上劃過一道弧線……給人的心理壓力是無法言說的。

「其實帕泰爾根本不怕我們殺掉這些魚吧？不要忘記了我們在入水口的遭遇，死去的魚屍在控制下，也差點把承一弄死了。」承心哥忽然有些憂慮的望著水面，其實它放我們過來，不見得就是一種屈服，反而是陰謀的味道更濃，不知道為什麼強尼大爺偏偏要利用這一點。

可是如今的強尼大爺只是握著脖子上那一條項鍊，坐在那朵小紅花五米遠的地方，輕輕哼起了那一首哀婉而淒涼的歌，原本臉上堅硬的線條在這一刻變得柔和而溫柔。

「不要去想那麼多了，還是看看這個吧，真的很了不起。」承真攤開了手上的那張，強尼大爺給她的圖紙。

上面毫無疑問的是一個陣法，陣法的每一筆線條都剛勁有力，在圖紙的一角，龍飛鳳舞的寫著一個字——李！這就是師祖所留下來的陣法，我只是看了一眼，憑藉著我對陣法的一些知識，就明白了這是一個什麼樣的陣法，簡單的說是一個融合的陣法！

一個融合所有人的靈魂力，卻巧妙不傷及靈魂的陣法……中間好像還隱藏著什麼，可惜不說我，就連承真這個相字脈，按說應該對陣法很是精通的人也看不出來。

師祖留下的東西，果然不是我們可以揣測的。

「怎麼，有難度嗎？」強尼大爺的聲音非常平靜，在凶物的包圍下，只有他才能那麼淡定了吧？

「沒有！畢竟是按照圖紙照著做而已，幾個關鍵的地方，是我們老李一脈嫡傳的佈陣之法，我們還是能做得來。」雖然不是很完全瞭解這個陣法全部的作用，但是真的要按照圖紙，在這個岩石上佈置出這個陣法，對於我們來說還是能夠做到。

就連壓陣的法器也沒有問題，我們身上哪個不是帶著師祖傳下來的好些法器呢？

所以，承真乾淨俐落地回答了強尼大爺！

「那就去做吧。」強尼大爺的聲音無比的平靜溫和，到了這裡以後，強尼大爺所有的焦躁徹底消失了，這種改變有些讓我不安，辛格到底是在我心中埋下了一顆種子。

既然如此，我們就開始著手佈置這一切了，可是在這裡並不是什麼安靜的環境，而水下的那個存在顯然也不是擺設。

也就是在這時，我們同時都感覺到一股強大的意念在岩石上迴盪，那是在告訴我們，在水下等著我們，不，確切的應該說是在水下等著我！

第一百一十一章　岩石上的守護

不得不承認這股意志有一種異樣的蠱惑，在毫無防備的情況下，讓人真的有一種想不顧一切跳入水中的衝動，儘管此時的水面上依稀可見各種凶惡的水下生物，甚至偶爾游過的巨大陰影。

好在我並沒有真的這樣做，按照我的能力抵抗這種蠱惑還是能夠做到的。

我不認為這是水下存在帕泰爾真的出手了，只是一種試探罷了。

可是，這種看似平和的試探並沒有持續多久，在我們合力完成第一個陣紋的時候，「狂風暴雨」就來了。

我不知道怎麼去形容當時的感覺，只是記得當我用朱砂畫下第一個陣紋的最後一筆時，我們所在的岩石開始劇烈晃動起來，我沒有體會過地震，但那一刻岩石的劇烈晃動，就讓我感覺是真的地震了一般，有一種人在天威之下異常無力的感覺。

儘管這塊岩石很大，但這種晃動還是讓我不由自主的站立不穩，身體不能控制的朝著岩石的邊緣滾動，我努力穩住自己的身體，但發現其他人全部都是如此，這種晃動會把我們全部都震入水中的！

而我莫名受到的影響最大，我所在的位置震動最為劇烈，就算我趴下，也不能抵抗這股力量，我在朝著岩石的邊緣不斷地靠近，滑膩的青苔在這個時候也成為了「致命殺手」，我沒辦法讓這一切停下來，只能絕望的看著自己的身體不停被這種震動所移動。

就算靠近我的人也無力阻止這莫名劇烈震動，在這種彷彿天威的「地震」面前，他們連控制自己的身體都不能做到。

就在我距離岩石的邊緣還有半米不到，就要滾落下去的時候，一雙手終於拉住了我的身體，是強尼大爺，在我們所有人都被這劇烈的震動所影響時，只有他巍然不動，好像感覺不到這劇烈的震動一般。

他的神色平靜，語氣卻十分輕鬆的對我說道：「你滾過去的速度真快，我從那邊跑過來，剛好趕上。」

「強尼大爺，我很佩服你在地震中也能跑得那麼快……是帕泰爾出手了嗎？它很厲害。」我眼角的餘光瞟見在岩石之下，已經有十幾條水下的凶物游了過來，等待著我的滾落，一邊心中暗自僥倖，一邊卻逞強的想要顯得輕鬆。

「如果帕泰爾這般厲害，能夠引發地震，來對付它的就不是我們了，而是那些每一個超級大國中早已不問世事的鎮國之人了。關鍵是你們沒有看穿這個把戲，岩石根本就沒有震動，是它在你們毫無防備的時候，影響了你們的靈魂！就好比一個眩暈的人，沒有辦法控制自己的身體，所見的景物也是晃動的，甚至會感覺到大地傾斜……這是來自靈魂的感覺，需要你們用意志去抵抗。」說話間，強尼大爺把我拉了回去，然後放開了他的手。

「試試用你們的意志去抵抗，你們完成了第一個陣紋，讓它不由自主感受到了李的氣息，它自然不會讓你們輕鬆得手，要知道，李可是不可一世的帕泰爾此生最害怕的人。」強尼大爺如此說道。

在強尼大爺放開我手的一剎那，我還是本能感覺到劇烈晃動，但也就如強尼大爺所說，看穿了這個把戲就沒有什麼，用意志去抵抗這來自靈魂的影響，很快這種震動就平復了下去。

「安心的完成陣法，我會守護著你們。只要是在這塊岩石上，帕泰爾就不敢亂來，因為這裡有婞婭，那是它唯一的顧忌，它不敢打擾婞婭的安眠。」強尼大爺的語氣平靜，但眼神中去流露出一絲傷感，我發現他其實是在強行讓自己冷靜。

在消除了帕泰爾帶來的靈魂影響之後，我再也忍不住了，問道：「強尼大爺，儘管這是你的隱私，但我真的很想問，婞婭是誰？這一切的前因後果又是什麼？我知道你可能不願意說，但這也許對我們很重要，是我們收服帕泰爾的關鍵。」

「你們是真的想知道？」強尼大爺這一次罕有的沒有發脾氣，而是很平靜的問道。

「那是當然，一切的機緣都只有在所有的前因後果裡面尋找。」這句話不是我說的，而是師傅對我說的，機緣看似巧合，但事實上也是一種果，它的根源當然要在前因後果裡面尋找，任何的事情都不是天上掉餡餅，而是你種下的因，你承受的果，註定了你的一切。

「很有道理，事到如今，我也不準備隱瞞了，你們先去完成陣法，你們會知道一切的。」說到這裡，強尼大爺頓了一下，然後轉頭看了一眼那一朵顯得有些虛幻的紅花，輕聲說道：「如果不是婞婭在這裡，你們剛才要承受的攻擊比這個猛烈十倍，帕泰爾讓你們來到岩石之上，根本就是有恃無恐，因為它有很多種辦法讓你們去到水下，乖乖葬身魚腹！就算躲過了這些惡性的魚，你們最終也要面對水下的帕泰爾……儘管承一你的氣息會讓它不安，但在它眼裡，你們終究只是小蝦米。」

我沉默，小蝦米嗎？或許真的是！

說完這話，強尼大爺轉身了，可是他的聲音卻依舊傳到了我的耳中：「我們所說的一切，它，帕泰爾都能聽見。可是，我不怕給它宣告一件事情，那就是我在和它賭博，這群小蝦米也有埋葬它的本事。我，夏爾馬，也是有恃無恐的，我所依靠的就是婞婭。帕泰爾，如果你願意，儘管可以不顧一切，甚至傷害到婞婭。」

強尼大爺的話剛落音，在岩石之上忽然吹起了一陣陰冷的狂風，吹亂了我們每一個人的頭髮，而強尼大爺卻猛轉身，怒喝道：「你還會憤怒嗎？你看看，你把我可愛的婞婭影響到了什麼地步？你沒看見這河上的冤魂嗎？你完全可以繼續，這岩石之上的是一群修者，再怎麼也比婞婭孤獨的靈魂抵抗力強……你試試看！你這膽小鬼，一嗅到了關於李的任何事，就讓你感覺到害怕了嗎？你不是天下無敵，不可一世嗎？你不是偷了聖物，最終得到聖物的承認嗎？你這個該死的卑鄙的老鼠！」

強尼大爺大聲咒罵著，如果是別人來看，他就像一個瘋子一般，對著呼嘯而過的狂風咒罵，可是這一切真的不好笑，因為我們每一個人都心知肚明，他其實是在一個神祕的，強大的存在——帕泰爾對話。

就如強尼大爺所說，婞婭讓他有恃無恐，這般的咒罵，卻讓這張狂呼嘯的陰風停下了，朦朧的眼光灑在這塊岩石之上，灑在那朵微微顫動的紅花之上，一切又平靜了下來，而畫面卻定格在強尼大爺憤怒卻也傷感的臉上。

「去完成陣法吧，很抱歉讓你們這些小輩看到了我如此失態。」強尼大爺的聲音有些疲憊。

而慧根兒正是充滿了好奇心的年紀，是再也忍不住大聲問道：「強尼大爺，婥婭到底是誰？」

強尼大爺沒有回頭，而是再次走到了那朵紅色花朵面前坐下，用一種疲憊卻充滿了柔情的聲音回答道：「婥婭？婥婭是我的妹妹，唯一的妹妹，同父同母的親妹妹，我愛她，就像人們熱愛這天上的太陽，熱愛這流淌在印度土地上，靜靜的恒河。她是我們每一個人心中最美麗的占博伽（印度佛教聖物金色花，為木蘭所結花朵，是一種金色的碎花）。」

妹妹？終於我們從強尼大爺的口中得到了一個答案，原本我們以為婥婭是強尼大爺的戀人來著，但不想卻得到了這樣一個答案。

但誰都能看出強尼大爺的疲憊，所以沒有人再繼續追問，而強尼大爺也答應了我們，完成陣法，會為我們揭開當年的那一幕，讓我們在前因後果之中去尋找一份機緣。

於是，岩石上再次恢復了一種安靜的狀態。

強尼大爺低沉而傷感的印度小調，微風吹拂的聲音，水下的水波聲，以及偶爾凶物攪動水流的聲音，還有就是我們認真投入陣法當中，所發出的的呼吸聲……

這就像靜謐的午後，一幅幅靜謐的畫面，可這也是我們剩下的最後的寧靜。

或者是提起了婥婭，帕泰爾沒有再來搗亂，我們的陣法在兩個多小時以後，順利完成了！

這讓我們不得不感慨師祖的神奇，留下陣法圖讓我們完成陣法，就像是小學生照圖繪畫一般，但事實上，我們真的沒有估算到就算我們五個一起出手，還是用了兩個多小時的時間，才完成了這個陣法的全部。

在陣法完成的那一刻，天空陰霾了下來，或許只是霧氣遮擋了原本晴朗的天空。其實進入這個深水潭後，我們莫名就已經看不見外界的天空，只能看見頭頂上這一片天空，就好像井底之蛙，我敏銳覺得這裡的天氣就像是帕泰爾的一種心情表達。

「完成了嗎？」強尼大爺詢問了一句。

我們在陣法上花了多少的時間，他就在紅花面前守護了多久的時間，在他詢問我們的那一刻，我真的有些懷疑那朵紅花就是婞婭，儘管這想法多少有些荒謬。

「嗯。」承真輕聲答應了一聲，彷彿是不忍心對強尼大爺大聲說話。

一直以來，我們都沒有他是一個老人的覺悟，因為他總是火爆又充滿了活力，甚至是強壯的，只有這一刻，強尼大爺給了我們一種老態龍鍾的感覺，所以承真才有這種不忍，怕大聲了都會驚擾他。

「唔。」強尼大爺答應了一聲，然後那帶著疲憊和傷感的聲音再次在岩石上響起：「來吧，答應過你們的前因後果，是應該再次提起的時候了。」

第一百一十二章　往事(上)

風,靜靜從岩石上吹拂而過,伴隨著強尼大爺的聲音一起吹拂到我們的耳中。

「這就是婷婭,或者說這就是婷婭最後的寄託所在。」這就是強尼大爺的開場白,他說的婷婭是那一朵在岩石邊緣上微微擺動的紅花。

儘管早有所料,可聽到強尼大爺真的這樣說,我內心多多少少還是有一些驚訝的,強尼大爺的妹妹魂魄真的寄託在一朵紅花之上?這麼多年的歲月,為什麼強尼大爺從來沒有到過這個地方來?

在那一刻,我有一種想開開天眼,看看紅花背後的真實到底是什麼?會不會讓我看見一個美麗的印度女子才是它真正的形態?

可是我到底不會那麼做,其實在沒有必要的時候開天眼窺探靈魂和鬼物是一種不禮貌甚至是挑釁的行為。它是強尼大爺的妹妹,強尼大爺也不會同意我這樣做。

彷彿是窺探到了我的心思,強尼大爺望著那朵紅花,竟然這樣說道:「很想看看美麗的婷婭嗎?那麼到晚上歌聲響起的時候,你們就會看見它。等一下,說不定你們也會看見它,但現在先收起好奇心吧,不要打擾它的安寧。」

強尼大爺說到這裡,那朵紅花再次開始輕輕搖擺,就像是在回應強尼大爺,而強尼大爺則站起來，看向這深潭的遠方說道：「很多年以前的事情了，現在想起來，久遠到就像我自己在看另外一個人的故事。相同的只是，不管是我的故事，還是別人的故事，再次翻開這段過往，心靈的最深處一樣會滴血。我從來不認為我沒有錯，只是要承認自己的某些錯誤，真的太難太難。最難以接受的是，當你真的面對了錯誤，可是代價已經付出了。」

說這話的時候，強尼大爺習慣性想去摸酒，可是那個被他隨便亂扔了很多回的鐵皮小酒壺，這一次卻是被他真正扔掉了，哪兒還找得出來？

所以，他只能尷尬笑笑，然後蹲了下來輕輕撫摸了一下那朵搖曳的紅花，然後低沉地說道：「該從哪兒說起呢？很小很小的時候吧……」

＊　＊　＊

一八七二年，特里帕蒂．夏爾馬出生在印度某座大城近郊的莊園。

那個時候的印度仍然在英國的殖民統治下，但這一切並不影響夏爾馬一出生就可以得到的優渥生活。夏爾馬這個古老的姓氏，早就註定了他的高貴，而他的父母並不是那種空有高貴的血統，而手中沒有實權和財富的人。

「我的父母很善良，在我看來是這樣的。那個時候的世界無疑是水深火熱的，科技的變革註定會帶來世界格局的改變，到處都有戰火在蔓延，到處有科技強大的新一輪新興國家在征服著古老、富裕的、有著悠遠歷史傳承的國家。我的國家無疑是陷入了這種征服，它讓我的父母痛苦卻也無能為力，一心更加寄託在宗教之中。而真心的信奉，讓他們比其他貴族多了一些善良，但也只是多了一些善良。總的來說，我的家像一個世外桃源，父母保護之下的世外桃源，他們沒有讓我在童年過多接觸這個世界，甚至是他們的痛苦，就比如明明痛恨被殖民，卻為了權力與財富或者是平安不得不逢迎和那些英國佬周旋……」強尼大爺是用這樣一句話，概括他童年生活的。

無論如何，那個時候小小的夏爾馬卻對這個世界和自己的父母沒有這樣深刻的認知。

他只是在這樣世外桃源的環境下和有善良底線父母的呵護下快樂成長著。

他有優渥的生活，接受最好的教育，以及宗教的洗禮……而他的童年也並不孤獨，因為他有一個玩伴叫做帕泰爾，無論他在做什麼，總是有著帕泰爾的陪伴，因為這種陪伴，帕泰爾得到了和夏爾馬一樣的條件，就比如說好的生活、好的教育，以及好的宗教洗禮……

「如果說出真相，這一切在別人的眼中一定是不可思議的，但我們一家並沒有向任何人說出這個真相。那就是帕泰爾其實是一個達利特，在種姓制度下，比最低等的種姓還要低等的人。你們可以理解為『賤民』，或者是『被奴役的不潔的人』。包括最低等的種姓也不會靠近他們，因為他們是汙穢的，他們不配擁有姓名……總之，太多太多的規矩來踐踏這個最低等的種族。在我小時候，一樣不知道帕泰爾是一個達利特。」關於帕泰爾的出現，強尼大爺這樣說道。

是的，小小的夏爾馬並不知道帕泰爾是一個達利特，事實上，知道又如何呢？在孩子純真的世界裡，對一切的判斷都很簡單，他和我談得來，我們一起玩得很開心，他對我很好，就已經足夠建立起友情了。

身份、地位、金錢，差距統統不是理由！

在夏爾馬眼裡，帕泰爾是一個長得很英俊的小子，並不只如此，他還有著強壯的身體和聰明的大腦，甚至接受宗教洗禮和學習宗教的一切的時候，帕泰爾也表現得比夏爾馬有天分，儘管夏爾馬的天分已經讓人們驚呼不已了。

可這一切並不讓夏爾馬妒忌，因為很快流淌過去的八年成長記憶，讓夏爾馬知道，帕泰爾是這個世界上對他最好的人之一，他就像一個守護弟弟的哥哥一般守護著夏爾馬，就算是頑童之間的爭執，他也總是擋在夏爾馬的前面，就算自己被揍得頭破血流。

「你下次可以不這麼做，我也一樣可以讓他們嘗嘗我的厲害。我的拳法，甚至瑜伽已經學習得很好。帕泰爾，你不能總是讓自己受傷。」夏爾馬曾經如此對帕泰爾說道。

那也是他第一次看見帕泰爾眼中深深的悲傷，他說：「就算你很厲害了，可我一樣不能讓你受到一點兒傷害。夏爾馬，你並不知道我和你之間的不同，好吧，就算沒有這些不同，從我內心來說，我也願意這樣做，我感謝這樣的生活。」

這番話，夏爾馬在當時並不能理解，可聰明的他卻第一次感覺到了帕泰爾和他的距離，以及帕泰爾那不可思議的早熟。

時光靜靜流淌，也是在帕泰爾十歲，夏爾馬八歲那一年，夏爾馬的妹妹出生了，瓦利西亞・夏爾馬，另外她還有一個可愛的小名——婞婭！

「婞婭是一個可愛天真善良到讓人心碎的女孩子，原諒我用世界上一切最美好的形容詞堆砌在她的身上，因為她值得擁有這樣的讚美……她的出生給我們一家人都像是帶來了陽光，也給我和帕泰爾的生活帶來了不一樣的東西，唔，是什麼呢？兩個男孩子陽剛的世界裡，忽然多了一個柔軟而善良，屬於女孩子的美好。我和帕泰爾都很疼她愛她，在乎她。」

提起婞婭，強尼大爺的語氣就不自覺的溫柔起來，我們都能感受到他對妹妹的這一種心愛，真誠的來自於一個哥哥的心愛。

那是一段最快樂的成長歲月，兩個聰明而強大的哥哥，一個對他們充滿了崇拜的善良美麗的妹妹。

他們快樂地生活，一切美麗得就像童話，他們「冒險」的足跡踏遍了整個偌大的莊園，甚至是附近的屬地，每一次收穫的都是一輩子難以忘懷的美好回憶。

可這世界上最無情也最有情的就是時間，無情的是它能帶走你的一切美好，有情的是它也能撫平你的任何傷口，它很公平地存在著，並不因為誰偉大一些，就讓誰的白天多一分鐘，夜晚少一分鐘。

一轉眼，夏爾馬十八歲了，帕泰爾也已經二十歲了，那一年的婞婭十歲。

在那個年代，按照帕泰爾和夏爾馬的年紀應該是需要有一個妻子了，可是他們並沒有，只因為在他們身上發生了一點兒不一樣的事情。

「那是一個祕密，我們一家人都守口如瓶的祕密！在印度這片土地上，是真的存在有厲害的宗教之人……他們有著各種神奇的法術或者是能力。現在我當然明白，這就是所謂的修者，可那個時候並不知道。修者圈子是一個特殊的存在，在這個宗教國家，有著高不可及的地位，我有這種天賦，同樣帕泰爾也有，甚至比我更出色。可是，我們的待遇並不相同。」一強尼大爺這樣說道。

那個時候夏爾馬已經知道了帕泰爾的真實身份是一個達利特，之所以能這樣從小和夏爾馬一起成長，是源於他父母的善良，一點兒與別的貴族不同的善良。

帕泰爾的父親曾經救過夏爾馬父親的性命，並為此獻出了自己的性命，所以帕泰爾成為了這個幸運的孩子，可以和最高貴的婆羅門在一起成長！儘管婆羅門一般都是屬於宗教人物，但這並不妨礙他們有權有勢有財富，甚至因為種姓，讓他們得到這一切更加便利，所以帕泰爾這敏感的身份讓不少人嫉妒，也讓不少人猜測……

可真相永遠只是夏爾馬一家人知道。

「你知道的，人出生有高低貴賤之分，在很多人看來一個奴隸維護他的主人，並獻上性命是一件理所當然的事情。但在我看來，就算低賤的生命也是生命，我們應當感激，帕泰爾的父親不僅救了我，在當時也感動了我。而撫養帕泰爾並不是一件多麼為難的事情，我覺得這是我應該有的報答。」夏爾馬的父親是如此對夏爾馬說的。

就是這麼一點兒善良，讓父母做出了這樣的決定，可這番話聽在夏爾馬的耳朵裡，多多少少是有那麼一點兒彆扭，感覺像是施捨。

但種姓制度是那麼的深入人心，那是不可逾越的障礙，夏爾馬也覺得帕泰爾這個傢伙足夠幸運。

所以，儘管帕泰爾的天分比他出色，對外的神之子依然是他，夏爾馬也覺得無可厚非，甚至，如果是帕泰爾成為神之子，是一種不幸，人們若然知道他是一個達利特，那簡直是不可想像的後果。

第一百一十三章　往事（中）

「這一點兒不一樣的事情就是如此，我和帕泰爾都有修者的天賦，這個天賦比世俗一切的事情都重要，如財富和地位，甚至是婚娶。你要知道，人們一旦根深蒂固地信奉宗教，那再也沒有什麼事情比宗教上的事情重要了，更何況是成為宗教的核心人物。我和帕泰爾沒有婚娶，沒有任何人指責我們，甚至我父母覺得非常欣慰，我還記得那一頓晚飯……」對於改變自己一生的事情，強尼大爺此刻娓娓道來就真的像在說別人的故事一般雲淡風輕，沒有訴說婞婭時那投入的感情。

在之前提過，儘管都是天賦出色，甚至帕泰爾更勝一籌，但他們得到的待遇終究是不相同，夏爾馬成為了最光榮的神之子，將會去印度最神祕的一座寺廟修行，在那裡得到偉大的傳承，而帕泰爾則是去一個祕密的宗教學院修行，自然那個宗教學院也是頂尖的，但是比起夏爾馬的傳承終究是遜色了幾分。

按照前路的安排，夏爾馬最終將成為整個印度教的領軍，頭號人物，他將是印度修者圈子裡的中流砥柱，而帕泰爾的地位也不會太差，他將成為夏爾馬的左肩右膀，一人之下萬人之上……

這是何等光明的前途，夏爾馬為自己高興，也為帕泰爾開心，沒有任何的不真誠，他認為一個達利特能取得今天的成功，是一件非常了不起的事情。

這樣的認為沒有任何看低帕泰爾的意思，你不能忽略一個民族長久以來的習慣，那是深入靈魂的東西，儘管這種習慣是醜陋的，但它已經深入人心！這和人品無關，和彼此之間的感情無關，種姓制度終究隨著歲月也深入了夏爾馬的內心，他不能擺脫。

好像每個人也是那麼認為，看帕泰爾的眼光中有了不一樣的尊敬，但更多的是一種不能確定他種姓的疑問，為什麼有那麼好的運氣？在世界上，任何地方都不會缺乏妒忌的人。

可這有什麼關係？夏爾馬是真的開心，這種張狂的開心在父母為他們送行的晚餐上表現得尤為明顯，面對著父母的欣慰，他口口聲聲說著讓父母放心，他和帕泰爾兩兄弟一定會是他們的光榮，或者現在已經是了。

整個晚宴上，只有一個人不開心，那就是婞婭，因為兩個摯愛的哥哥就要離開她的身邊，開始一種很了不起的學習，儘管她不知道那是什麼。

這個屬於家庭的晚宴完畢以後，一向嚴肅而內斂的夏爾馬父親表示要分別和夏爾馬還有帕泰爾單獨談談……

「這一場晚宴，是我和帕泰爾人生的高潮，畢竟是家庭權貴，而我們又少年得志，春風得意。但人生不總是高潮，往往在你以為是頂點可以看盡一切風景的時候，你就忘了看腳下，頂點之下，一定是一條很陡峭的下坡路，會給你的人生帶來很大不同，懂嗎？那場晚宴結束後，一切就開始了，我該怎麼說呢？」強尼大爺陷入了回憶，瞇著眼睛沉吟了很久：「事實上，那天晚上發生了很多的事情，很多，知道嗎？我和帕泰爾原本連繫在一起的微妙的東西，第一次開始產生了一點兒裂痕。」

所謂分別的談話，其實是有區別的，這個真相在當夜夏爾馬就知道了。單獨和帕泰爾談話，不過是為單獨和夏爾馬談話找個藉口，誰讓他們總是形影不離？帕泰爾得到的只是一些鼓勵的話語，以及不要忘記家族榮耀之類的期許，而夏爾馬得到的卻是一些真相。

「我沒想到當年無意中的一個善舉，竟然會給你帶來那麼大的機緣，儘管在我認為神明一定是出了什麼差錯，無意中讓帕泰爾有了那麼好的天賦。我沒有褻瀆神明的意思，畢竟神明是仁慈的，說不定被帕泰爾的父親，那個雖然身為賤民，卻有著閃亮思想的達利特所感動了。」夏爾馬的父親是那麼直接，第一句話就是這麼開門見山。

這讓夏爾馬愣住了，雖然他已經明白了自己與帕泰爾的差別，可是他不習慣父親這樣說話，在他的心中，父親雖然嚴肅而內斂，但到底是善良的，至少在表面的待遇上，他並沒有表現出自己與帕泰爾有什麼不同。

那個時候的夏爾馬畢竟是年輕而氣盛的，有什麼也就直接脫口而出了，他對自己的父親說道：「不，爸爸，你怎麼會這樣說話？你不認為帕泰爾有這樣的天賦，甚至比我還出色的天賦是一件值得開心的事情嗎？雖然制度的隔閡，讓我們不能得到相同的待遇，但他始終是我們的家人，我們應該為他有一個好前途而開心，而不是想到什麼神明的差錯。」

這是夏爾馬第一次在言語上微微頂撞了自己的父親，但他以為自己是沒有錯的，而他更是理所當然認為，這個善良而睿智的父親一定會為剛才說的話而感覺到抱歉。

卻不想，那一天他第一次在父親的臉上看見了一種冷漠的笑容，看向他的目光是憐憫的，彷彿是在嘲笑自己兒子的幼稚。

這樣沉默的冷笑，在他父親的臉上持續了幾秒鐘，然後才變成了勃然的怒火，父親狠狠拍了桌子，然後對夏爾馬說道：「我一直不告訴你我心中的想法，是因為我想讓你保持一種靠近神的聖潔，可是聖潔往往也需要一些堅持，而不全是憐憫，否則怎麼堅守自己的信仰？就好比神不會對魔鬼有所憐憫，那只會為害世人！達利特就是達利特，他們的骯髒之血是天生不可洗刷的原罪，就像人類出生和神靈出生的區別，人類的出生就是帶著原罪。」

「父親，你到底是想說什麼？」夏爾馬是那樣的不知所措，顯然這樣的父親是陌生的。

「我只是想提醒你，不要口口聲聲說你和帕泰爾是兄弟，在晚宴上我並不想讓整個氣氛尷尬，讓我可憐可愛的婞婭過早的去接受一些殘酷，所以不忍心開口。你只要記得婆羅門就是婆羅門，是神的代言人，你的天賦是理所當然。而達利特只是達利特，不管他有再出眾的天賦，也只能走在你的身後！懂嗎？他的天賦，是神對這個罪惡種族偶然的一些憐憫，但還需要婆羅門的帶領，你怎麼能說和罪人是兄弟？難道我十幾年來對你教育是如此失敗？讓你連最基本的是非都分不清楚？」夏爾馬的父親顯然是真的憤怒了，語氣也變得分外嚴厲。

這種嚴厲讓夏爾馬是如此不適應，他吶吶的不知道應該說些什麼，最終只是鼓足勇氣，說了一句：「父親，可我們的感情，就真的像兄弟一樣。我……」

「啪」一個響亮的耳光狠狠搧在了夏爾馬的臉上，夏爾馬的父親已經不能再保持冷靜淡定的對夏爾馬說話了，他幾乎是咆哮著對夏爾馬說道：「你難道非要我說出事實？你是神之子，以後會成為那高高在上的眾神的唯一最高代言人，而帕泰爾是什麼？他終生只能是你的神衛，懂嗎？只能是你的神衛！在很久以前，如果說我對他的收養，是神教化我的善良，那麼在之後，我發現這個孩子有著不同於其他達利特的出色，對他的培養，就是我為你所鋪陳的道路，因為你需要一個隨時為你獻上性命、忠心耿耿，卻也非常有能力的影子，知道嗎？」

夏爾馬此刻已經完全愣住了，他有些不明白父親在說什麼？難道一切都只是陰謀？

可是夏爾馬的父親已經為兒子那「愚昧的固執」而徹底憤怒了，或許他在自責自己平日裡掩藏得太深，或許他在懊惱自己以為夏爾馬年紀還小，所以沒來得及給他灌輸一些「正確」的理念，或者他是在著急只有一夜的時間，該怎麼讓自己唯一的兒子明白這一切？

所以，他不管此刻夏爾馬是否能夠接受，乾脆說出了一切：「夏爾馬，你以為我是錯的嗎？你以為我的善良是虛偽嗎？不，從來都不是！對一個達利特的收養，許他姓名，就是真的最大的善良，你以為神明會收養魔鬼嗎？神明不會！你以為宗教就會批判我嗎？讓他做你的神衛，讓你壓制他，就是宗教的決定，他們不能放棄這樣的人才，可也不允許一個達利特掌握如此的能力，畢竟他身上流著罪惡的血，需要高貴的婆羅門去看守他，你明白了嗎？」

夏爾馬此刻的腦袋嗡嗡作響，他感覺自己的世界都被顛覆了，他無辜地看著父親，不知道自己此刻是不是應該哭泣，哭泣自己一直以為的某種東西崩潰了。只是聽到宗教的決定，他稍許得到了一些安慰，他從來沒有認為宗教會做出什麼錯誤的決定，那是不可能的。

咆哮之後的夏爾馬父親內心或許平靜了一些，他走過去拍著夏爾馬的肩膀說道：「原諒我剛才的憤怒，我親愛的兒子……我只是不想你愚昧下去，要記得原罪就是原罪，那是洗刷不乾淨的東西。我不否認達利特也可以善良，甚至像帕泰爾一樣擁有天賦，可是他們真的需要婆羅門的壓制，否則他們會脫軌，會真正被靈魂深處的罪惡給點燃。你以後就會明白什麼是神衛的，只要他是神衛，你這一輩子都可以輕鬆壓制他，這是宗教的人告訴我的。你並不一定需要這樣做，但你必須這樣防備。我親愛的兒子，我此生最大的希望，我希望下一次不要從你口中聽見你和他是真正的兄弟這樣愚蠢的話語了。」

從父親房間出來的時候，夏爾馬整個人都昏昏沉沉的，在年輕的他看來，父親的話也許是對的，可是接受起來還需要時間，畢竟這麼多年形影不離的長大，那一份感情不是假的，它是平等的。

為什麼在宗教面前，感情就顯得如此蒼白而無力呢？或者，這也是人類的原罪？而宗教不是說過，要放下七情六欲嗎？自己一直錯了嗎？

夏爾馬在鬱悶中並沒有回房間，而是隨意行走在自己家的後花園，而在這裡，他看見帕泰爾，還有婞婭。

第一百一十四章　往事（下）

月光下的花園，靜謐的夜晚，熟悉的從小一起長大的三個人，如今忽然在這花園遇見，本應該像往日一樣愉悅的招呼一聲，然後自然玩鬧到一起，可此時，夏爾馬的心裡卻有了微妙的變化。

他說不清楚這種變化是什麼，只是在這一刻，他忽然有了一種不知道怎麼面對帕泰爾的心思。

而帕泰爾應該是什麼都不知道的，可不知道為什麼，在這清冽的月光之下，夏爾馬總覺得帕泰爾看自己的目光也多了幾分距離，或者這個距離一直都有，只是夏爾馬從來不曾在意，也就不曾發覺。

兩個人相隔十米的距離，就這樣沉默對望著，往昔純真的一切，好像從這一刻開始就已經變得開始遙遠。不知道為什麼，在這片刻的時間內，夏爾馬總是想起小時候的那一場對話，帕泰爾用憂鬱的眼神說著我和你不同的話語，讓人感覺怪異的早熟。

「哥哥，你在發什麼呆呢？」唯一感覺不到這種微妙的變化，是婞娅。在兩人沉默的當口，婞娅就如同一隻蝴蝶一般翩翩飛舞過來，撲進了夏爾馬的懷裡。

「你們要離開了，我可真難過，我會很想你和帕泰爾哥哥的，我都不知道該怎麼辦了。」婥婭柔軟的聲音從夏爾馬的懷中傳來，夏爾馬的心情也跟著婥婭的聲音一起柔軟了起來。

他輕輕抱住了婥婭，三人在一起的快樂往事，在那一瞬間遠離，可又因為婥婭，彷彿再次靠近了那麼一些，他對著帕泰爾微笑了。

而帕泰爾柔和的聲音也傳入了夏爾馬的耳中：「婥婭難過了，我剛才一直在花園安慰她，她說有一些話一定要等你來了之後，才對我們說。」

「是嗎？婥婭？」婥婭一直是夏爾馬心中最柔軟的地方，他低下頭詢問婥婭，而婥婭此刻也正好仰起頭對上了夏爾馬的目光，一雙明亮的大眼睛帶著淚光是如此清澈，直接打動到人內心的最深處。

在那一刻，夏爾馬覺得就算他和帕泰爾之間有再大的隔閡，只要有婥婭存在，他們之間都不會走得太遠，管它什麼該死的種姓和該死的規矩，他們的心可以不遠離的，從小一起長大那份真摯的感情可以不改變的。

想到這裡，夏爾馬的心情有了那麼一絲明朗。

在此時，帕泰爾也已經走過來，輕輕牽住了婥婭的手，婥婭則拉著夏爾馬的手，這才認真地說道：「我想說，等我長大了，你們也就回來了，那個時候我們要永遠永遠不分開，我們要在這裡快樂的生活。我的心裡很難過，可這樣想著，我就會重新變得快樂。哥哥，帕泰爾哥哥，你們答應我，好不好？」

伴隨著小女孩稚嫩的聲音，花園裡吹拂過陣陣微風，所有的花兒隨風擺動，彷彿是在低語羨慕這三個年輕人之間美好的依戀和純真的感情，而微風也像是吹起了月光，灑落了他們滿身，為他們此刻的美好鍍上了一層永恆的記憶。

那一幕永遠停留在了夏爾馬的心中，伴隨著那個認真而稚嫩的聲音，那個時候我們要永遠永遠不分開。

「那一夜真的很美好，在我的一顆心遭受了重創，一切都被推翻粉碎以後，婥婭卻無意安撫了我，告訴了我什麼叫簡單，可是如此深刻的一夜，我卻忘記了我和帕泰爾是怎麼回答婥婭的了，那記憶畢竟已經很久遠了……我以為有了婥婭，也許一切都不會是那麼糟糕，會因為婥婭而變得很好，在第二天和帕泰爾擁抱告別的時候，我是這麼想的，在寺廟修行的時候，這種想法也不曾改變。可是，那已經是最後的美好了。」強尼大爺的聲音帶上了傷感，那是因為一切美好的破碎嗎？

只要是修者，都應該知道一句話，修行無歲月。

就如同我和師傅在竹林小築的日子，一眨眼，就如流水般逝去，可憶不可追……從三人分別開始的時光算起，當夏爾馬再次踏上家鄉那個莊園熟悉的路時，又是一個八年過去了。

這一年帕泰爾二十八歲，夏爾馬二十六歲，而婥婭則到了如花的年紀，十八歲最是美好的時候。

「再次見到帕泰爾的時候，我竟然有了一種陌生的感覺，八年的歲月，他的容貌變得更加剛毅了一些，好像還長高了那麼一點兒，其實那些都不是問題的關鍵，關鍵在於，他刻意留起的鬍鬚讓他看起來成熟了不少，他的氣度好像也變得穩重深沉，最重要的是……他的雙眼好像變得深邃而讓人看不透。至於婥婭，我當然也見到了她，最美麗的年華，最美麗的姑娘，那耀眼的光芒一定讓不少的男孩子行動，那一刻看見婥婭，我很難想像，這就是那個曾經跟在我和帕泰爾屁股後面，還稚嫩的叫喊著我們，有時會流鼻涕的小姑娘，但是我和婞婭沒有那種距離的感覺，和很多年前的習慣一樣，一見到我，她總會忍不住像一隻蝴蝶那樣撲進我的懷抱。」強尼大爺的臉上帶起了微笑，彷彿那一刻，他還是年輕的夏爾馬，而他那美麗的妹妹婞婭，此刻正撲進他的懷抱。

這一次的回歸，夏爾馬已經修行有成，寺廟特意讓他回來一次，當然還有一件重要的事情，那就是召喚帕泰爾一起去完成某種儀式，也可以說是術法，在那個時候，帕泰爾就將正式成為夏爾馬的神衛。

關於這件事情，夏爾馬不知道如何對帕泰爾開口，想必多年在修者圈子裡最頂級的學院學習，帕泰爾非常清楚這是怎麼一回事兒？這不是一個公平和對等的儀式，其實是通過某種祕術，讓一方完全控制另外一方。

「就好比李曾經說過的，苗寨的蠱術一般可以控制人，神衛祕術做為印度修者圈子裡最高的祕術，效果比蠱術還要強悍，這是李親自驗證過的事情。可這的確也不公平，李是這麼評價的……但他還說，這是因果。」說到這裡的時候，強尼的聲音變得低沉，再次開始訴說著往事。

三個人的重逢依舊是在那個後花園，滿腹心事的夏爾馬覺得只有婞婭才能帶給他最大的安慰，在婞婭撲進懷抱的那一瞬間，他彷彿又忘記了這些煩惱，同時回憶起了他和帕泰爾的感情。

他不知道從什麼時候開始，他和帕泰爾的感情需要婞婭的存在，才能有那麼一絲絲溫度，讓人從心底感覺溫暖。

他抬起頭來，想對帕泰爾真摯的微笑，看到的卻是帕泰爾微微低頭，一種禮貌的疏離，他的微笑在臉上僵了一刻，然後變成了禮儀般的微笑。

「歡迎你回來，夏爾馬。」帕泰爾走了過來，夏爾馬本以為會有一個擁抱，可是帕泰爾只是微笑望著他，保持了一米的距離，然後說道：「老爺在房間裡等著我們，他安排了晚宴。」

這個時候婷婭也終於放開了夏爾馬，很是自然的拉起了夏爾馬的手，又稍微有些猶豫的拉起了帕泰爾的手，在那一刻，臉上通紅一片。

帕泰爾的身體在那一刻也稍微有一些僵硬，隨即就恢復了自然，寵溺地看著婷婭微微笑了笑。

這樣的細節，夏爾馬是看在了眼裡，可是從小他們三人就是如此，而他的生命中除了友情和親情，根本還沒來得及經歷別的，他沒有多想，而這個細節卻成為了以後一切都「爆炸」的根源！

「父親知道你要回來，不知道有多開心呢，哥哥，你不知道今天晚上的飯菜有多麼的豐盛……媽媽都激動得哭了。」婷婭就像一隻快樂的小鳥，嘰嘰喳喳說個不停，在這種時候，夏爾馬和帕泰爾總是高度默契的一致，那就是都帶著寵溺的微笑，愉快聽著婷婭那快樂的訴說。

「你又不像帕泰爾哥哥那樣，每年都能回來一次，你所學習的地方離我們太遠了。哥哥，我不得不抱怨你，學業有那麼重要嗎？重要到你都不想回來看看你可憐的妹妹。」說到這裡，婷婭用那雙美麗而無辜的大眼睛幽怨看著夏爾馬，微微捲曲的頭髮和嘟起的小嘴，惹得夏爾馬哈哈大笑，他也就忘記了注意一個細節，帕泰爾每年都會回來一次。

而悲劇的開端，總是因為種種的細節開始剝離出它的本來面貌。

夏爾馬不曾注意那些細節，所以當悲劇來臨時，他是如此措手不及，如此憤怒失態！

「可是早知道了又有什麼用？該發生的一樣會發生，不是嗎？而那個時候的我，不論是早知道一些時間，還是晚知道一些時間，也改變不了什麼！我以前說起這個的時候，總是很痛苦，可是李卻是那麼的冷靜，他說因來自人的內心，你戰勝不了自己的內心，得出現實的結果，你戰勝不了自己的內心，就像妄圖改變這天定的因果嗎？哈哈哈……」說到這裡強尼大爺苦澀地笑了，然後伸手撫摸了一下那朵在岩石邊緣的紅色小花，低沉詢問道：「妳那個時候，很迷戀他，是嗎？或者，我該公平的說，他是一個值得迷戀的男子，英俊、高大、成熟，而又有才能，重要的是，他唯一真心相對的，就是妳吧？」

強尼大爺說完這話的時候，那朵紅色小花開始搖擺得厲害，而一陣狂風猛地朝著強尼大爺吹過去，原本只是風，我卻能體會到一種別樣的憤怒，一種說不出的憤怒。

可是強尼大爺卻非常冷靜，他站起來，望著空曠的水潭說道：「帕泰爾，在後來，我知道我錯了，我沒有想過要逃避。不管今天你和我已經對立成了什麼樣子，這一句遲來的道歉，我應該給你，當然也要給我心愛的婞婭。原諒我，婞婭。原諒我，帕泰爾。」

第一百一十五章　神衛

強尼大爺抱歉的聲音迴盪在整個空曠的水潭，可惜已經沒有兩個當年人再給他做出任何的回應了，剩下的只是搖曳的紅花，還有呼嘯而過的風聲，也不知道持續了多久才平靜下來。

在這期間，強尼大爺一直背對著我們站著，不曾回頭，直到一切平息下來，強尼大爺才轉過頭來，我發現他的臉上有兩行淚水。他聲音有些沙啞地對我們說道：「抱歉或許已經沒有作用，長久以來我都是這麼認為，畢竟事情已經發生了。直到剛才我才感覺到，那是有用的，至少那是對自己人生的一個態度，內心會平靜許多。到了現在，我認為任何可怕的事情都沒有內心的折磨來得厲害，那才是一種無聲無形的徒刑。」

我們沉默地站著，不知道應該回應強尼大爺什麼，他講了許多，我們都為這個故事一開始的美好善良入迷，也為他們三人之間微妙關係的變化而擔心，但之後發生了什麼，我們畢竟不知道，強尼大爺在激動之下還沒有說出來。

此時已經是下午時分，在深潭中央的巨石上，我們已經完全感受不到陽光的炙熱，倒是在沒有烏雲的天空，天氣莫名陰沉。

在這樣的沉默中，強尼大爺抬頭看了一眼天空，自言自語說道：「時間過得真快，我是不想拖延到晚上的，看來我要說快一些了。其實剛才那些細節你們也應該有所猜測了，是的，可能就和你們的猜測一樣，帕泰爾和婷婭相愛了……我不知道婷婭在這其中是怎麼轉換心態，不再把帕泰爾當做哥哥的，我不瞭解他們是怎麼樣相愛的細節，如果一定要說，那就是帕泰爾一年回來一次，至少給孤獨的婷婭內心帶來了莫大的安慰，愛情或許是這樣發生的。」

他們相愛了？我是有這樣的猜測，但在真實聽見強尼大爺說出這個結果以後，內心還是忍不住顫抖了一下。

我知道這個故事很美好，是關於到三個優秀年輕人最純真的過往，但是這個故事一直籠罩著一個陰影，只要用心都能感覺到，那就是始終橫恒在他們之間的地位差距，確切的說，是用種姓分隔了他們的血統，讓他們的內心從脫離了美好時代開始，就始終不能再親密無間的靠在一起。

而強尼大爺的父親，看似善良，實際上內心那種固執的見解根本無可摧毀，甚至是一個衛道士，這樣的愛情該是怎麼樣的悲劇？我有一種不忍心再聽下去的心情。

可是強尼大爺的述說卻還是在繼續。

那一次回去之後，實際上就像暴風雨前的寧靜，只是置身其中的三個當事人毫不知情罷了，在那一晚的飯桌上，夏爾馬始終沒有開口的事情，卻由他的父親說出來了：「帕泰爾，這麼多年的時間，我很欣慰你學有所成，儘管我進入不了那個神祕的圈子，可是我親愛的朋友曾經給我帶來過無數的消息，說明你的天賦以及努力，甚至你取得的成果震驚了很多圈子裡的大人物。到了如今，你的成果是應該開花結果了，做好準備嗎？我已經收到了消息，你將要成為一名肩負著使命，最光榮的神衛，所以這一次你和夏爾馬同行吧，去接受這個神聖的職業，去得到那個光明的前途。」

這番話由父親的口中說出來，非常美好，可是正在吃飯的夏爾馬手卻忍不住顫抖了一下，連口中的飯菜一時間都吞不下去，他沒想到父親會在吃飯的時候說出這麼一件事情，說得如此順利以及冠冕堂皇，深知神衛的性質到底是什麼的夏爾馬，當然不會被這樣的話所蒙蔽，內心開始不安。

帕泰爾一定也是知道的吧？夏爾馬忍不住偷偷看了一眼帕泰爾，此時的帕泰爾正在給婥婭拿著一個什麼菜，臉上始終保持著和煦的微笑，他的手也很穩定，在父親說出這些話的時候，他連稍微顫抖都沒有，他只是說道：「老爺，正該如此，這一次回來，就是等著夏爾馬回來，然後和他同行，正式成為他的神衛。」

帕泰爾的話語很平靜，甚至帶著適當的開心，情緒表達得恰到好處，但不知道為什麼，夏爾馬始終覺得「他的」那兩個字，帕泰爾是加重了語氣，說得他本人內心發燙，可到底是一種什麼樣的情緒導致他的內心這樣，夏爾馬不想深究。

而婥婭卻在這時充滿好奇地問道：「什麼是神衛？」又讓夏爾馬的內心再次顫抖了一下。

「神衛？那是一種宗教職業，地位非常高，我很榮幸能有這樣的前途。親愛的婥婭，知道嗎？這個……就好比西方的騎士。」是帕泰爾回答了婥婭的問題，恰到好處而且平靜地描述了這個職業。

可是夏爾馬的內心卻更加難受，因為這一切由帕泰爾來回答，在他聽來，非常……非常諷刺，可是他不知道他能做些什麼。

「好了，關於這個話題，我們就不用多談了。我只是很開心兩個一起長大的孩子，我夏爾馬家族的雙傑，可以一生還這樣在一起，形影不離，互相依靠。我不能喝酒，但不我介意為這件事情，乾掉這一杯香濃的薑茶，我親愛的妻子手藝是越來越好了。哈哈……」終於，是由夏爾馬父親結束了這一場對話，一場真正導火索的對話。

而在這個過程中，帕泰爾表現平靜，情緒也恰到好處，可是夏爾馬卻忽略了一件事情，在整個過程中，帕泰爾和他的眼神始終都沒有交錯。

在家裡待了三天，夏爾馬和帕泰爾就要一起上路了，這三天的感受夏爾馬不知道怎麼去形容，帕泰爾好像變了，卻又好像沒有，他還是會和他親密走在一起，甚至偶爾會抒情說起過往，可是兩人之間的相處始終像是缺乏了某一種東西，夏爾馬說不上來是什麼？只有在婞婭在的時候，他們的相處會更和諧一些。

另外還有就是，夏爾馬敏感的發現，婞婭好像和帕泰爾總是會有那麼一些時間單獨待在一起，以前當然也會有這樣的情況，只不過沒有現在這麼頻繁。

看來八年沒有回家，始終和婞婭走得遠了一些，比起每年回家的帕泰爾，或許婞婭已經更喜歡這個哥哥。

夏爾馬微微有些心酸，可他並不妒忌，他只是告訴自己，在學成自由以後，一定要多陪伴自己這個唯一的妹妹，她曾經說過永遠也不想和他們分開呢。

最後，夏爾馬還忽略掉了一點，就是除了那天晚上的晚餐，在之後的三天，他始終沒有再說起過神衛的事情，他本能的覺得他該說些什麼，但又本能的逃避。

夏爾馬和帕泰爾就這樣上路了。

「沒有你們想像的那樣，帕泰爾很平靜很坦然地接受了神衛的儀式，沒有任何抱怨，更沒有任何的反抗。而關於那個儀式，我已經記不得具體了，只是不能忘記在那個儀式中，我和帕泰爾都很痛苦，因為那是一個涉及到靈魂的儀式，那個儀式會讓我的靈魂永遠壓制帕泰爾，他成為了我身邊不能叛變，只能無限忠心下去的神衛。」說到這裡，強尼大爺幽幽歎息了一聲。

「靈魂對靈魂的壓制？」我微微皺了一下眉頭，這樣的術法具體是什麼樣的原理我不能還原，但是我可以推演一下，簡單來說，就好像在一個人的靈魂裡種下了一顆「炸彈」，而開關卻放在另外一個人的靈魂裡。

說起來很神奇，但實際上和下蠱的本質沒有區別，那顆炸彈具體是什麼，很簡單，可以是一股強大無比，卻充滿破壞力的精神力蟄伏於其中，也可以是一股強大得可以徹底破壞一個人意志的另外一股意志，如果一個人的意志被破壞，靈魂自然就會毀滅，因為它不將再有依託。

而帕泰爾可能就放開了靈魂，接受了這樣外來的存在，而夏爾馬的意志裡則有可以操縱這種存在的力量。

不要懷疑這種東西是否可以放入一個人的靈魂，催眠其實就是一個現實裡最簡單的例子，已經是他人的意志或者精神在介入自己了，只不過術法更加神奇，它能保留強大者的精神力或者意志，它能轉嫁協力廠商的這些東西。

可這很殘忍，想想世間那些本質上是靈魂被破壞了的瘋子，就會覺得這個術法殘忍……

我忽然有些理解強尼大爺當時的那種逃避，也能理解一點兒帕泰爾的處境。

「看來你是想到了什麼嗎？承一？」強尼大爺深深看著我。

我點點頭，這個自然不需要隱瞞。

強尼大爺苦笑了一聲，說道：「你是山字脈的傳人，理所當然應該想到，覺得很殘酷，是嗎？」

我沒有辦法否認。

「是啊，我也認為很殘酷，從古到今，禁錮他人的自由，是一種很極端的懲罰，何況這種禁錮是一輩子的。我承認我無法反抗，因為在內心我還是認同種姓制度的存在，帕泰爾同樣也無法反抗，因為他只是一個人罷了。而且，他還想要高貴的生活，他還有更多的野心，那已經是後來的事情了，在這些事情發生之前，還發生了一件事情。」強尼大爺繼續訴說著。

從神衛儀式以後，帕泰爾就能留在夏爾馬所修行的那個寺廟修行了，因為他已經是忠心耿耿的神衛，就算是一個達利特，也有資格留在印度修者圈子裡這個最高存在的寺廟修行了。

在這裡，帕泰爾散發著耀眼的光芒，甚至溝通異類族群的術法，也是在這個時期才從他身上挖掘出來的，這是了不起的靈魂天賦。

可是，誰在乎這個事實呢？不管帕泰爾再怎麼出色，他始終是一個達利特，他只能是並且已經是神衛了，而光榮的神之子，以後站在最高點的只能是夏爾馬。

就算帕泰爾本人也不在乎，他在這裡只是沉默穩重一直保持優秀的學習著，放低了所有人的防備。連最固執的長老都願意稱讚他一句：「這是一個達利特種族裡最優秀的人，在以後的輪迴中，說不定他能成為一個高貴的婆羅門，或者他這一世只是變為達利特來接受更多磨練。」

非常了不起的稱讚，夏爾馬是這樣認為的，彷彿只有聽見這些話的時候，夏爾馬才會覺得他和帕泰爾本人靠近了一些。

「不是因為鄙視達利特，而是他人越稱讚帕泰爾，我越覺得我與他之間的鴻溝在消失，我以為一切終將改變，回到從前，直到我看見了他和婞婭……」強尼大爺的神色開始變得痛苦。

第一百一十六章　自己的命運

從強尼大爺說他看見婞婭和帕泰爾的時候，我心裡就產生了不好的預感。

來了印度那麼一些日子，就算我對這裡不是太瞭解，但道聽塗說也算知道了關於這個國家的一些事情，嚴格的種姓制度自不必說，儘管消除種姓之間的歧視與不公，已經寫進了憲法，也消除不了來自人們內心的隔閡，幾乎是於事無補，而在這其中逆種姓通婚，是非常嚴重的一件事情。

所謂的逆種姓通婚，就是指高等種姓與低等種姓之間的婚姻，在他們看來，是一件「汙染」血統的事情，根本不能容忍發生。

那麼帕泰爾和婞婭如果真的……

想到這裡，我的表情也跟著嚴肅了起來，強尼大爺仍然在痛苦訴說，而我的心情也彷彿和強尼大爺一起痛苦起來。

「那是一個平常的休息日，就算嚴格的修行中，也必須讓人放鬆。那一天，我原本是有安排的，這個帕泰爾也知道，只不過他推說有事拒絕了我們集體的活動。或許是上天想讓我知道點兒什麼，那一天的安排因為臨時的事情取消了。在無聊之中，我去找帕泰爾了，可是他不在他的房間，倒是一個一起和我們修行的人給了我一點兒線索。」

「夏爾馬，我不是想傳播帕泰爾的小道消息，但你知道嗎？我懷疑帕泰爾有了一個動人的情人，是這樣的。」有一個修者如此對夏爾馬說道。

在嚴格的印度教中有很多禁忌，亂七八糟的男女關係，是在任何宗教都禁止的，自然也包括印度教。但那永遠是檯面上的東西，事實上對這一群頂尖人物的約束不大。只要不是太出格，都只是流傳在圈子裡的八卦而已。

所以，對於這個消息夏爾馬並沒有多在意，帕泰爾到了這個年紀又如此優秀，有一兩個女人自然不是什麼過分的事情，甚至夏爾馬認為簡直是合情合理的，就像他也經歷過了一些女人。

只是夏爾馬沒想到的是，帕泰爾竟然對他保密，這也算是關係隔閡的證明嗎？或者，自己應該去見一見帕泰爾，順便看看他可愛的情人，這樣或許他們的關係還能得到進一步的緩解，男人之間如果互相知道了一點兒隱私，是極其容易再次親密起來的。

夏爾馬是抱著這樣的心思，所以朝那個修者多打聽了一些。

自然，他也得到了答案，原來那個修者在某個高級的地方，確切的說是賓館，兩次看見了帕泰爾和一個可愛的女人在一起，樣子很是親密，但是帕泰爾並沒有注意到他。

「夏爾馬，我對你保證，帕泰爾的情人太美了，真是羨慕他。去看看吧，這個休息日，這個小子又不在，在那裡或許又能再次看見他。」那個修者這樣形容帕泰爾的情人，惹得夏爾馬在想要緩和關係的基礎上，又多了幾分好奇。

「具體尋找帕泰爾的過程我記不得了，我只是記得那一個下午，下了很大的雨，原本就有些髒亂的城市更是泥濘一片，我很狼狽，衣服上沾滿了泥點子，差點被那個高級賓館的外國經理驅逐出去，我只能試著證明我的身份。就在我和他糾纏的時候，我看見了帕泰爾，他從賓館的走廊出來，那一刻看見他的臉，我很開心，想要大聲叫他，但在下一刻，我就看見他的左邊，還有一個女人挽著他，他們在親密地說著什麼，笑得很開心。帕泰爾的眉眼間全是幸福，以至於在這人來人往的豪華大堂，帕泰爾也忍不住親吻他旁邊那個女人。要知道，當時印度的風氣還很保守……在那一瞬間，我就好笑地覺得帕泰爾已經真正陷入了愛情，我該為他開心，可是當我看見那個女人以後，我差點兒瘋了……」說到這裡，強尼大爺的表情更加痛苦，他用手抹了抹臉，然後抓著自己的頭髮說道：「我看見了那個女人，是婥婭，我可愛的妹妹婥婭。」

在那一刻夏爾馬第一感覺是一種背叛的感覺，帕泰爾已經徹底背叛了他，背叛了他們家族，不然為什麼會在明明知道他和婥婭身份的差距下，不顧一切的這樣和婥婭私會？這明明就不可能有結果，他的父親更不會同意婥婭嫁給他，就算全世界的人都不知道他是一個達利特，至少他的父親是知道的。

而婥婭如果不顧一切的下嫁帕泰爾，那後果更是嚴重之極，甚至會讓他們的家族都蒙羞百年……不誇張的說，婥婭的一生也會徹底毀掉，連帕泰爾那個傢伙也會被毀滅，不可能容忍的！

一切都像是慢鏡頭，帕泰爾寵溺的眼神和嘴角的微笑、婥婭幸福的樣子和盛開的笑顏……他們慢慢從離夏爾馬不到五米遠的地方走過，而還在和那個經理爭執著什麼的夏爾馬生平第一次體驗到了什麼叫做天旋地轉的感覺。

「帕泰爾，我要殺了你。」盛怒之下，夏爾馬喊出了這樣一句話，幾乎是用盡了全身力氣嘶吼出來的。

而帕泰爾和婞婭的幸福也在這個時候定格了，破碎了，他們同時回頭，看見了怒吼中的夏爾馬。

「我永遠也不會忘記當時他們的表情，帕泰爾好像驚嚇到了，可是他的眼神卻冷靜得可怕，在那一刻甚至有一種預料到會如此的淡然。而婞婭是真的害怕了，她的眼神是那麼驚恐，一張臉蒼白到了極限，她想哭又不敢哭，用一種甚至是祈求的表情望著我。」強尼大爺彷彿沉浸在了那一刻，我看見他的眼中竟然有了淚光。

「我發誓我是愛婞婭的，就是因為這種疼愛，讓我不忍，也讓我手足無措，在那個時候我唯一的反應竟然只是要痛揍帕泰爾一頓……」強尼大爺吸了一下鼻子，平靜了一下情緒，繼續訴說著。

可是婞婭阻止了他：「求求你，哥哥，找一個安靜的地方說吧。不要打帕泰爾，一切都是我的錯，哥哥……」

夏爾馬不能看著婞婭如此傷心的樣子，長久以來，婞婭都是他的天使，他生命中的陽光，和他同一血脈的妹妹，所以他放開了帕泰爾，此時的帕泰爾已經挨了夏爾馬幾拳，眼角紅腫了一片，甚至流了鼻血。

但他沒有還手，自始至終有一種驚人的冷靜，這是很久以後強尼大爺回憶起來，才得出的結論。是的，他非常冷靜……而也在很久以後，帕泰爾證實了強尼大爺的這個想法，但這已經是很久以後的事情了，無關當時的混亂。

在一個安靜的地方，夏爾馬在極度的混亂和煩躁中，聽完了婞婭和帕泰爾的訴說，如果拋開種姓制度，這是一個簡單而美好的愛情故事，一個情竇初開的姑娘，在得知了一直崇拜的其中一個哥哥並不是自己的親哥哥以後，感覺就開始微妙的不同。

而在那個時候，那個姑娘又正是最寂寞的時候，成長的青春期，從小相伴的兩個最親密的人都離開了自己，去求學了。

在這種孤寂下，那個哥哥回來了，而且是每年回來一次的相伴，讓原本就已經有些微妙的情緒開始發酵，最終醞釀成熟，他們不顧一切的相愛了……

「哥哥，你原諒我，帕泰爾一開始是不接受的，是我執意的。」婷婭的哭泣是如此痛苦。

婷婭的痛苦讓夏爾馬的心也碎了，他儘量冷靜說道：「這不是我是否原諒妳的問題，而是你們根本不可能在一起，懂嗎？不可能！難道妳不明白嗎？」

「哥哥，愛情是一件單純的事情，為什麼要和一個人的地位相連？甚至要和姓名這種事情連繫在一起？難道不荒謬嗎？哥哥，你也是我最重要的人，別人不理解都可以，我只希望能得到你的諒解。」婷婭異常執著，而往往女人執著起來都是如此，比男人更加堅定，更何況由於顯赫的家庭，婷婭從小就接受的是先進的西方教育，思想更為開放自由！

「可是妳以後要怎麼辦？取得了我的諒解又如何？妳認為妳還能取得別人的諒解嗎？這個社會根本就沒有妳和帕泰爾愛情的容身之地，這就是事實！趁事情還不是太糟糕，放棄吧。」夏爾馬用最後的冷靜勸說道，事實上心中的煩躁就快要將他淹沒，是因為對妹妹的愛，讓他還能保持這樣的克制。

「我沒想過要在這片不公平的土地上取得任何的諒解，我和帕泰爾可以離開！去英國也好，去西班牙，葡萄牙也好，我們可以離開。在那裡沒有任何的不公平，帕泰爾的優秀也會得到最大的承認。」愛情的力量是如此大，大到婥婭竟然有離開故土的打算。

而在這場談話中，帕泰爾始終一言不發，看起來像是不安，而且又沒有立場發言，實際上，強尼大爺結合回憶還有帕泰爾後來說出的話，才知道他根本就是在看一場好戲。

無疑，婥婭的這個決定點燃了年輕的夏爾馬怒火，他不可能容忍妹妹漂流異鄉，只是為了她那「偉大」的愛情。

談話不歡而散，而夏爾馬則第一次動手打了自己的妹妹，他給了婥婭一個耳光，帕泰爾在這種時候阻止了夏爾馬，變成了他們兩個的混戰。

確切的說，是帕泰爾任由夏爾馬揍了自己一頓。

「到如今，我也分辨不出來當親情和愛情衝突的時候，哪一方是正確的，做為一個哥哥，我不忍妹妹一生漂泊異鄉，希望她能夠得到被祝福的婚姻，一生幸福，有錯嗎？做為妹妹，執著的追求自己的愛情又有錯嗎？這世間的感情交雜在一起，往往就是因為誰也不覺得自己有錯，就促成了當事人一生的悲劇。但妥協，又應該怎麼妥協？誰能保證一方妥協後，事情就是圓滿？到如今，我也看不透。」強尼大爺的聲音中充滿了苦澀。

而我則想起師傅的一段話，忍不住說道：「強尼大爺，我師傅曾經說過感情是債，所以只能是付出的因由，不能是束縛的藉口。而唯一能左右自己命運的只有自己，可這世間他人往往就因為心中的一份感情，試圖去左右他人命運，這其實是不合適的。婥婭的幸還是不幸，只能是她一生錘煉自己的過程，自己有所得，有所放，有所失，有所悟，才算圓滿。而人們常常看重的卻不是這種圓滿，看重的……不過是所謂的幸福，至於這種幸福到底是不是心靈上的幸福，越來越沒有人在意。」

「什麼意思，你能說具體一點兒嗎？」強尼大爺忽然愣住了。

「我……我也說不好。」其實因為修行的歲月有限，而我修心的事情上，師傅已經批註了是我的弱點，所以我的感悟或者不是那麼深，不敢妄自對強尼大爺說出什麼。

「說不好也說說。」強尼大爺很是迫切。

我只能硬著頭皮說道：「我想他人的祝福也好，愛情的圓滿，親情的溫暖也罷，這些都可以看成是幸福，但誰能保證這個幸福一直持續？就比如祝福終究會淡去，愛人也許會離開，親人也不一定能伴隨著自己的整個人生。那還剩下什麼？就是心靈上的滿足和平靜……一種放下之後的釋然和無憾……如果就像你當年那樣對婞娅，她還能剩下這種心靈上的幸福嗎？我想不能！一個人的人生，我認為最大的幸福就是不管任何事，自己追尋過，面對過，才能最終形成心靈上的圓滿……他人的不放手有時是一種殘忍，打著為了你幸福，為了你好的殘忍。」

「哈哈哈……」聽完我這段話，強尼大爺忽然放聲大笑了起來，笑的時候眼中竟然帶著淚光，笑完以後，他拍著我的肩膀說道：「當年的李對於這樣的事，只是這樣說過，我不放，而讓婞娅也沒有了放的機會。我不理解……原來，原來是這樣啊。」

第一百二十七章　世界的破碎

我很為強尼大爺遺憾，到了這種時候他才能明白，可是我自己又如何？在煉心上又多高深，多能看透嗎？不，不是這樣的！這個世間太多人都是旁觀者清，當局者迷，我對強尼大爺的故事聽得再沉迷，也不過是一個旁觀者，所以才能說出這番感悟，若是換成我自己，能夠對自己做到旁觀的角度，那麼就已經是修心的大成。

其實古人早就說過——不以物喜，不以己悲，就是一種修心的極高境界。可惜，不以物喜也就罷了，不以己悲，世間能有幾人？

「那後來呢？」導火索已經點燃了，那後面的故事該是什麼？我們大多沒有了聽下去的興致，但慧根兒和陶柏眨巴著眼睛還想聽，可能因為閱歷的關係，他們還期待著一個美好的結局吧？

「後來？」強尼大爺平靜下來以後，神色變得平靜了，這一次的平靜不是強裝的平靜，而是一種真的平靜，畢竟對往事的一次訴說，何嘗又不是對自己的一次磨練，這一次的訴說或者在很大程度上平復了強尼大爺一直背負著的一些東西。

「後來，不怎麼是一個好故事……我無法阻止婞婭的情況下，把這一切告訴了我的父母，在我看來，那是最笨也是最有效的辦法，雖然婞婭會受到壓力，但我想我的父母總不能把婞婭怎麼樣，做為父母他們比我更不忍心傷害婞婭。」

是的，強尼大爺的預料是對的，父母畢竟不會傷害婞婭，他們只是在憤怒之下，暫時控制了婞婭，把她關在了那座莊園，強行阻止了她和帕泰爾聯繫，並以最快的速度為婞婭定下了一門親事，一門門當戶對的親事。

但不知道出於什麼原因，他們也沒有責備帕泰爾，隱忍得可怕。

夏爾馬隱約能猜測到父親的心意，無非就是已經把帕泰爾培養到了這個程度，不想和帕泰爾翻臉，再說帕泰爾已經成為了神衛，更無所謂帕泰爾會怎麼樣，只是在情感上不想太逼迫帕泰爾，讓他依舊對夏爾馬不得不一直忠心下去。

這就是最好的報復，這也是減少損失的最好辦法。

夏爾馬也承認自己的父親很聰明，這樣的做法最不近人情，也是最近人情的做法，做為他自己也想不出什麼更好的辦法。

可是多年的情誼不是這樣就能消磨的，夏爾馬又開始覺得帕泰爾可憐。他在想，自己是不是要安慰一下帕泰爾，和他開誠佈公地談一次，在自己心裡的最深處當他是兄弟，多過當他是神衛。

但帕泰爾好像並沒有受到什麼影響，淡定得可怕，每天的修行、吃飯、睡覺還是那麼規律，就連每一次的休假也是合情合理快樂地度過，就像什麼也沒發生一樣，除了不再給夏爾馬和自己單獨相處的機會，他看起來正常無比，連和夏爾馬打招呼時微笑的弧度都不曾改變過。

這樣的帕泰爾，不管是宗教勢力還是家族勢力，都對他的表現無比滿意，很乖，不鬧事，安分。

唯一對這樣的帕泰爾感到不安的就是夏爾馬，這是一種直覺，這種直覺往往會出現在互相熟悉的人之間，夏爾馬就是直覺這是暴風雨以前的寧靜，帕泰爾就這麼甘心了嗎？還是就這樣容忍了一切？

可是夏爾馬找不出帕泰爾會做什麼的痕跡，他是如此自律，自律到了一個可怕的地步，甚至不介意休假的時候，總是和一大群人在一起，就算這一大群人裡，有有心人在「監視」的夏爾馬。

實際上，夏爾馬的直覺沒有錯，帕泰爾從來就沒有甘心過，只不過這一次掀起風雨的不是他，而是婞婭。

就在婞婭訂婚前的一個日子，婞婭從那麼偌大的莊園中跑了，然後失蹤了。

收到這個消息的夏爾馬差點兒瘋了，他第一時間回家，看見的是差點崩潰的母親，還有蒼老了十歲的父親。

「她把我們家族的臉都丟光了，如果可以我真想明天就宣佈，從此以後和她徹底斷絕關係。」父親見到夏爾馬後，第一句話是這樣說的，伴隨著的是母親的哭泣聲。

但接下來父親卻軟弱了，他想站起來，可是那一刻他連站起來的力量都沒有，需要夏爾馬去扶著他，他竟然靠在自己兒子的肩膀上開始哭泣：「不，夏爾馬，我不是一個重男輕女的父親，婞婭是我的天使，我怎麼能和她斷絕了關係？夏爾馬，這太殘忍……找到她，找到你妹妹，我怕她在外面受苦。」

夏爾馬無法訴說自己當時的心情，在悲傷擔心中又充滿了對婞婭的抱怨，為什麼要不顧年邁的父母，做出這樣的事情？要知道，在多子的印度，母親就是因為身體不好，中年才相繼有了他們兩個孩子，這是冒著生命危險要來的兩個孩子，這是多麼大的恩情？

而隨著對婞婭落跑蛛絲馬跡的調查，夏爾馬又發現了一個祕密，婞婭的落跑和帕泰爾有關，因為婞婭是在莊園的小樹林裡逃跑的，但當時至少有五、六名僕人跟著婞婭，在這種情況下，婞婭一個手無縛雞之力的弱女子根本沒有辦法逃跑，但出奇的是那一天跟隨婞婭的傭人都在婞婭拿出了一個什麼東西以後，就陷入了昏迷的狀態，為了推卸責任他們當時沒有承認這一點。

但夏爾馬做為一個修者，自然是有辦法讓人說出潛藏在靈魂裡的真相，這是一個禁術，對於道家人來說也是禁術，但是為了自己的妹妹，夏爾馬顧不得了。

在得知了這個真相以後，夏爾馬不敢告訴自己的父母，怕太過刺激他們，他知道父親是看重帕泰爾，而母親對帕泰爾是真的有幾分感情。

他只是安慰了父母，婞婭很快就會回來，然後馬不停蹄的趕回了寺廟。

之後，他在寺廟「抓」住了帕泰爾，然後他們有了一場單獨的談話。

「帕泰爾，我沒想到你竟然是如此卑鄙的人，你竟然慫恿婞婭逃跑！」夏爾馬不能控制自己的情緒。

而帕泰爾冷靜的站在夏爾馬的面前，不置可否的樣子。

「帕泰爾，我已經知道了，婞婭的逃跑是你做的。我可以幫你隱瞞，但是我要求你勸說婞婭回去，必須，馬上，知道嗎？」帕泰爾的樣子讓夏爾馬更加氣憤，他幾乎是咆哮著吼道，他不肯定下一刻他會做出什麼事情來。

「不！」帕泰爾非常乾脆地回絕了夏爾馬，對於整件事情他甚至連否認和辯解都沒有，只是回答了夏爾馬一個非常乾脆的「不」字，在說這個字的時候，夏爾馬第一次看見帕泰爾的臉上有一種說不出來的驕傲，那一刻，彷彿他的腰杆都挺直了一些。

「你說什麼？」夏爾馬先是一愣，然後在反應過來以後，憤怒的火焰差點就把他吞噬，他一下子衝了過去，嘴上嚷著：「你這個混蛋！」然後一邊揮出了自己的拳頭。

可是一向對於夏爾馬縱容而打不還手的帕泰爾面對這樣的夏爾馬，神色忽然變得陰沉，在那一刻，他動手了，他抓住了夏爾馬的拳頭，用一種冰冷的目光看著夏爾馬，然後一字一句地說道：「我說不，難道你沒有聽明白嗎？」

夏爾馬這一次是徹底愣住了，因為他從來沒有見過這樣的帕泰爾，他連憤怒都不會了，有的只是滿心的迷茫。

「如果你沒有別的事情，我就要離開了。」帕泰爾放下了抓住夏爾馬拳頭的手，很乾脆的就要離去。

這時，夏爾馬所有的情緒才被轟然點燃，他對著帕泰爾的背影吼道：「帕泰爾，你把婞娅還來，如果你拒絕，我不惜幹掉你！然後再翻遍印度的每一塊土地，把婞娅找回來。帕泰爾，你真的惹怒了我。」

聽到夏爾馬這一句話，帕泰爾的腳步停下了，從他的背影來看，他好像對這樣的話有所動容了，可是回過頭來，夏爾馬看見的卻是一張冷笑的臉，是的，帕泰爾不屑一顧冷笑的臉。

他，緩緩的，一步一步走到了夏爾馬的跟前，用一種不屑的目光打量了夏爾馬幾眼，然後才感歎地說道：「果真達利特的命是不值錢的，對嗎？就為了你妹妹的出走，你就不惜幹掉我！果真，無論再怎麼相處，在你這個——高貴的——婆羅門眼裡，達利特的命就是不值錢的，對嗎？」

夏爾馬當時是憤怒的，可不知道為什麼，當帕泰爾說出這樣的話時，夏爾馬竟然感到心痛，愧疚……彷彿他還能看見小時候，那兩個小男孩形影不離的身影，他為他擋在身前的背影。

他下意識地說道：「不，帕泰爾，我只是……」

「不要找任何藉口，我親愛的，高貴的神之子——夏爾馬！」帕泰爾並沒有任何的動容，而是一把把夏爾馬摁在了椅子上，然後彎下腰來，臉離夏爾馬很近地說道：「你認為我配不上婷婭嗎？你從來不認為你自己不優秀！可是拋開你那個可笑的家庭，你覺得你有什麼比我優秀？是比我英俊，比我強壯，比我聰明，比我有天分，還是什麼？我沒有這樣的家庭，可我為自己爭來了一份美好的前途，但是在你的眼中，還是配不上婷婭，對嗎？」

「帕泰爾，這不是我認為的，這是制度，這是婷婭的幸福，她會不被祝福的。」夏爾馬有點軟弱地說道。

可是帕泰爾卻一把推開了夏爾馬，然後望著他說道：「我才不在乎這些！我只是想告訴你，讓你認同我和婷婭，是我給你的最後一個機會，不見得是我要折磨你的工具，可是聰明的你卻真的撿起了它來自我折磨了，真是可笑愚蠢的一家人，和種姓制度一樣可笑！」

「你在說什麼？」夏爾馬聽不懂帕泰爾的意思。

「你不用明白的，高貴的神之子！」帕泰爾依舊冷淡，然後拍了拍他華麗神衛服的塵士，轉身朝著門口走去，大聲說道：「你要殺我，儘管來，我現在沒有任何的反抗之力！這是你依靠你那高貴的身份爭來的權力，但我也不妨告訴你，婞婭早已對我死心塌地，如果我死了，通過特殊的方式她會第一時間知道，然後她會陪我上路。你自然可以懷疑你妹妹沒有這樣的決心，我根本不介意你賭一把。記得，你的任何要求，我都拒絕。」

帕泰爾說得雲淡風輕，可是夏爾馬卻捂著胸口，一下子坐下了。

在那一刻，他感覺到了世界的破碎。

第一百一十八章　爆發的邊緣

「這是愛情嗎？利用自己的戀人，為自己的野心爭取到一個喘息的空間。帕泰爾愛婷婭嗎？」最容易被愛情打動的往往是女人，因為她們註定比男人感性，我承認我自己對夏爾馬的處境感到唏噓，可是我還沒有去想過婷婭和帕泰爾之間愛恨的問題，可是如月卻想到了。

提出這個問題的時候，承願、承真和如月靠在一起，從她們臉上的表情來看，顯然也是關注這個問題的。

我認為這個問題是愚蠢的，有什麼樣的男人會利用自己的愛情，來為自己營造一個「安全」的環境？除非他根本就是不愛，我以為強尼大爺會給出一個否定的答案，卻不想強尼大爺的答案卻是如此肯定：「帕泰爾是愛婷婭的。」

彷彿是看出了我內心的疑問，強尼大爺的目光顯得有些滄桑，一隻手按在了我的肩膀上：「承一，這世間愛情的形態千奇百怪，你是李的弟子，也就註定了你的心在真正錘煉完成之前，充滿了弱點，因為你會很像一個孩子，喜怒哀樂，還有對感情的執著與表達都少了成人的掩藏，少了看似睿智的處世態度。不要奇怪，李本人也是這樣，真到非常天真的地步，可是又深到世人看不穿。如今的你，只有真，卻沒有那份深，你也理解不了帕泰爾的愛情，因為在你看來，愛就是愛，純粹而沒有雜質，可你哪能明白這世間有的人即便是愛到了骨子裡，一樣有那種他認為的理智，讓一些事情凌駕於愛情之上，既然在愛情之上了，利用它也是未嘗不可，即便這種利用會傷到自己，可他認為值得。因為他用理智判斷過，他所得到的大於所失去的愛情。帕泰爾就是這樣的人。」

我無言以對了，是的，強尼大爺對我的定位很準確，就如同師傅從小給我批註的那樣，情關難過，會造成我心性上的弱點。我不能理解也是情理之中，因為我會認為帕泰爾所追求的東西價值不會大過一份純真的愛情，世間事如浮雲，權力、金錢、地位都是如此，唯有那個時候感情的真摯不可以改變，再回頭已經難求。

這樣的看法，或許又會被師傅評價為癡兒，癡於感情，不能放下，和帕泰爾癡迷於自己的野心沒有區別。

可是都看透了，也都是神仙了，還哪來這紅塵萬種？不停的焚心火焰錘煉著這世間的千奇百態呢？師傅一樣是置身於其中，才會執著投身於昆侖路。

不管我的心中有什麼樣的想法，夏爾馬和帕泰爾的故事還在繼續。

他們處在了一個微妙的平衡中，和以往沒有撕破臉溫情的相處並沒有任何的不同，因為維持著這種微妙平衡的都是婞婭。

至於再以前，那種他們兩人之間的真摯相處，已經久得讓人快想不起來了，夏爾馬心中明白，在那個月光被風吹起，婞婭說著永遠不分開的夜晚，他和帕泰爾之間的真摯就已經永遠失去了。

他們恢復了彼此之間的平靜，是一種不得不平靜的相處方式，因為誰也不敢輕舉妄動。不同的只是他們都賣命發瘋般在修行著，帕泰爾是為了什麼，夏爾馬還不是太看得清楚，可是自己是為了什麼，夏爾馬卻太清楚，是為了心中那一份危機的感覺，他不能讓失控的帕泰爾超過自己太多，儘管他明白帕泰爾的天賦註定了他不可能跑在帕泰爾的前面，但總不能落後太多吧？

這是夏爾馬給自己的目標！因為靈魂上的壓制這個優勢，已經被帕泰爾化解，如果他還超越自己太多……夏爾馬不敢想像這結果，他總覺得這背後有一份說不上來的危險隨時會爆炸。

時光如同流水，一轉眼又是五年過去了，他和帕泰爾都早已告別了青澀的時代，步入了三十歲，這個象徵著男人應該成熟的年紀。

婥婭還是沒有出現過，一絲一毫的消息也沒有，就像這個天使從來沒有存在於這個世間一般。

可是夏爾馬清楚，婥婭還在某個角落裡活著，因為帕泰爾是那般從容淡定，就足以說明一切！難過的是，夏爾馬並不能從帕泰爾的口中得到任何的消息，因為帕泰爾說過對於他的任何要求，他都會拒絕。

所以夏爾馬過得比帕泰爾難受，他不得不在父母面前編織美麗的謊言，讓他們難過煎熬的心得到些許的安慰。

「父親，婥婭在英國過得很好，你不知道，那些英國佬有多喜歡她。當然，我們的婥婭得到這樣的喜愛是理所當然的。」

「父親，婥婭準備遊歷一下世界，她寫信告訴我，這樣會讓她的生命更加充實。」

這樣的謊言夏爾馬不停在編織著，顯得更加蒼老的父親和母親會帶著微笑傾聽，但夏爾馬也敏感察覺到，這不代表聰明的父親會被完全矇騙，他會問，那婥婭什麼時候回來？婥婭的信呢？我能不能看看？

每當這種時候，夏爾馬都應付得分外艱難，他有時不得不懷疑，父親根本就沒有相信他的話，只是強逼自己去相信，這樣沉溺於謊言的話內心會舒服一些。

父母有多愛婥婭，每當這種時候，夏爾馬太清楚，有什麼心情會比一個失去了女兒的父親更加難過和焦躁呢？每當這種時候，夏爾馬甚至會有一些恨婥婭，為什麼如此殘忍？看見父親頭上的白髮和母親眼角的皺紋了嗎？可曾認真體會過他們流出來的眼淚？在印度，女性的地位一向不高，能把女兒寵愛成這般的父母，是有多愛自己的女兒，難道還需要想像嗎？

而這並不是夏爾馬唯一的折磨，更大的折磨來自於帕泰爾，他還是會回到那個莊園，就和一切都沒有發生過一樣，甚至在父母思念婥婭不能壓抑時，他一樣把他們一家人的悲傷看在眼裡。每當這種時候，夏爾馬就感覺想立刻殺了這一條冷眼看戲的「毒蛇」！難道多年的養育之恩他根本就不曾放在過心上嗎？

夏爾馬就是這樣度過了五年，勤奮的修行和痛苦的折磨，但五年以後的他卻更加絕望。

「寺廟有自己評判能力的一套標準，五年的勤奮修行，讓我在修行上的成就驚歎了寺廟裡所有的長老。可和帕泰爾比起來，這一切又黯淡無光了，因為種姓的問題，長老們不願意表達他們的讚賞，可他們必須得承認一個事實，那就是帕泰爾所取得的成就耀眼得可以和歷史上任何的天才比肩，甚至能力超越了寺廟的長老。除了那一位聖雄稱呼都匹配不上的天才他望塵莫及之外，帕泰爾的光芒可以掩蓋任何人。」強尼大爺的聲音中充滿了苦澀。

而他口中的那位天才，從他們信奉的宗教來看，我只能想到一個人——喬答摩・悉達多，那是誰？那是佛教至高無上的人啊——釋迦牟尼！

強尼大爺對帕泰爾的評價到了如此高的程度？我簡直難以置信，帕泰爾是一個多麼光芒耀眼的人。

這段故事是如此壓抑，讓人完全看不到希望的陽光，我並非是用偏激的眼光去看待帕泰爾的成功，只是我從帕泰爾和夏爾馬的對話中，就知道帕泰爾的心性和他的能力並不成正比，他的心性偏激到了一定的地步，如果是這樣的人無限前進，從而到了一個至高無上的地位，會引發一場災難的。

「是聞到了災難的味道嗎？」強尼大爺也不知道是第幾次洞悉我的心事了，或者並不是洞悉我的心事，只是故事發展到這個程度，人們都會考慮到的一個問題。

強尼大爺這樣問，這裡的每一個人都點了點頭，強尼大爺苦笑著說道：「是的，的確是一場災難，阻止它繼續發展蔓延的，就是你們的師祖——李。不過，在這些紛亂的事情發生以前，我和帕泰爾有過一場對話，一場無比重要的對話。」

在那一次寺廟的實力評判過後，夏爾馬陷入了一種絕望的情緒當中，因為帕泰爾已經越走越遠，腳步快得他快跟不上了。他為他的家族擔憂，為自己擔憂，也為帕泰爾的危險性擔憂……但婞娅又是他的軟肋，限制著夏爾馬不能做任何事。

在這種絕望之下，夏爾馬覺得他必須和帕泰爾談一談了，儘管這種方式是最軟弱無力的方式，卻也是他現在唯一能利用的方式了。

第一百一十九章　仇根燃燒的開端

那一場談話是在夏爾馬的房間進行的，夏爾馬採用的是一種帕泰爾不能拒絕的方式邀請了這一場談話，他在一次寺廟的聚會上，所有的長老面前邀請了帕泰爾。

除了他們兩人，沒人知道他們的關係產生的微妙變化，所以帕泰爾根本沒有拒絕的理由，而且他也不想把事情徹底擺上檯面，宣告他和夏爾馬的關係到了什麼地步，這對他沒有好處，婞婭可以掣肘夏爾馬以及夏爾馬的家族，可不見得能掣肘宗教的勢力，他們一樣是一群對種姓制度嚴格信奉的傢伙。

在夏爾馬的房間中，帕泰爾和夏爾馬終於有了五年後的又一次談話。

比起五年前帕泰爾鋒芒畢露且囂張的態度，這一次的帕泰爾內斂了許多，坐在夏爾馬的房間裡，他只是平靜地說道：「為什麼想到再一次和我談談？你認為有意義嗎？」

「我就是覺得沒有意義，所以在過去的五年當中，都沒有想要找你談話的意思。可是事情在這樣的拉鋸中，總是要有一個結果，我也不想無休止的等待，不如你直接告訴你想要什麼吧，帕泰爾？」夏爾馬有一種疲憊的感覺，這種疲憊讓他面對著帕泰爾不想繞任何的彎子，直接開門見山的說出了他的想法。

「我想要什麼？很簡單，我想要有一天能夠超越你的地位，想要風光把婞婭娶進門，當然這必須是你父母心甘情願的！另外，讓我的父親成為一個真正的貴族，你的家族則成為我的附屬家族。我暫時想到的只有這些。」帕泰爾說這話的時候很平靜，很理所當然。

可是夏爾馬卻笑了，他連憤怒的力氣都沒有了，他就這樣望著帕泰爾笑著說道：「你認為這可能嗎？」

「我認為沒什麼不可能的。」帕泰爾說這話的時候，就像是在說每天天都會亮這麼一件事情一樣，會平常也很篤定。

夏爾馬沉默了，他有很多理由可以反駁帕泰爾，可是他找帕泰爾談話並不是為了陷入和他無休止的爭論，所以面對這樣的帕泰爾他只有沉默。

「你讓我來談話，只是為了問我這個？」帕泰爾揚起眉毛，顯然他有些不耐煩了。

夏爾馬深吸了一口氣，然後看著帕泰爾說道：「顯然不是，你的野心和我無關，我只是想說，你想要爬到什麼位置上去，我都不會成為你的掣肘，你懂我的意思！我只想請你放過婥婭還有我的家族，就算不念其他的情誼，請看在我父母把你撫養長大，為你提供了那麼多優越的條件讓你成長的份上，求你答應我的要求吧。」

「求」，夏爾馬說出這個字的時候，內心也感覺到一種苦澀，他沒有想過有一天，他會這樣和帕泰爾說話，如果讓別人知道了，肯定會憤怒，高貴的婆羅門為什麼要這樣對一個達利特說話？這簡直侮辱了所有人！

可是夏爾馬卻不在乎，他看得很明白，婥婭和家人比他的尊嚴來得可貴！

「哈哈哈……」面對夏爾馬的請求，帕泰爾笑了，笑得非常肆意，笑得非常張揚，夏爾馬看著這樣帕泰爾，在他的記憶裡，帕泰爾除了童年時代，根本就沒有這樣笑過，是如此舒心，如此暢懷。

「嘖嘖……我沒有想到，有一天高貴的夏爾馬少爺也會如此懇求我。不，是求我！這讓我很開心，這比較能讓我感覺到自己存在的價值……很可惜的是，你如果不提你們家族給予我的那可笑的情誼，說不定我會考慮你的話，畢竟你很討厭，如果我前行的路上少了你，我會舒心很多。但是你一提那可笑的情誼，那我只能對你說抱歉，你的請求我拒絕，因為我想要的一切，我自己也能拿到，有沒有你這個人的存在，都是一樣的，雖然你的存在會讓我麻煩那麼一點兒。」帕泰爾冰冷地拒絕了夏爾馬。

「為什麼你會這樣說？」儘管夏爾馬預料到了帕泰爾一定對自己的家族有所不滿，可他做夢也沒有想到，他從夏爾馬的話中聽到的卻是刻骨銘心的仇恨。

「為什麼？你難道不比我清楚嗎？親愛的夏爾馬！我所得到的待遇是我父親用性命換來的，而你那高貴的父親在施捨他善良的同時，也不忘了利用我，就在發現我是一個可以利用的人才以後，不是嗎？你們的家族對我從來沒有平等相待過，培養我只是為了成為你的左肩右膀，成為你的神衛，這是在葬送我的一生！你認為會有任何天才甘心追隨一個不如自己的庸才嗎？不僅是你的家族，就連這可笑的宗教勢力也是如此！我以為你會不一樣，畢竟我們從小一起長大，所以我給了你機會……還記得你為了我成為你的神衛那件事情回來嗎？那就是我給你的最後一次機會，可是你太讓我失望了，在你父親提出的時候，你沒為我爭辯一句！沒有提出反對！在接下來的幾天當中，你甚至把事情當做了理所當然，半點不曾提起……就算這樣，夏爾馬，我還沒有對你完全失望。」說到這裡，帕泰爾停下了他的訴說，深深看著夏爾馬。

而夏爾馬在帕泰爾這樣的目光下，竟然有一種手足無措的感覺，他知道帕泰爾所說的都是事實，可中間卻有一點兒不對勁的地方，到底是什麼不對勁，他一時間還說不上來。

但帕泰爾有些煩躁地一揮手，根本不給夏爾馬反駁的機會，繼續說道：「你以為如果我想隱藏，那些可笑的小丑會發現我和婥婭的事情嗎？我是故意透露的，就是為了有一天能讓你先發現這個事情，所以有了你見到我和婥婭在一起的一幕。可是我親愛的夏爾馬，你再次讓我失望了，你首先做的就是看不起我，強烈反對我和婥婭在一起，你讓我對你還能保有什麼幻想？你和你的父親是一路貨色……什麼從小一起長大的感情，什麼你偶爾流露出來的真情，現在在我看來噁心得可笑！你的家族都該受到懲罰，讓你們成為我今後的附屬，就已經是仁慈，是給婥婭的安慰，否則你們可以去死一萬次了。」

說完，帕泰爾再次深深看著夏爾馬，那種眼神中跳躍的竟然是刻骨的仇恨，面對著這種眼神，夏爾馬一下子跌坐在椅子上，揉著額頭，喃喃說道：「不，帕泰爾，從始到終都不是這樣的，不是！」

「說什麼不是呢？可惜的不過是從小我就比你有才能，雖然你輕易就得到了器重，得到了神之子的地位，可才能這種天生的東西，你卻不能依靠家族和那可笑的姓名得到！還有婥婭的愛情，她偏偏就是要給我，你又能如何？求上天阻止嗎？現在才可憐兮兮的來求我，不嫌晚了一點兒嗎？當然，我還在危險之中，你可以隨時利用你撿來的力量殺了我，但你也要賭上你妹妹的性命，這會讓你痛苦一輩子。能讓你痛苦一輩子，我也值得了，因為這幾十年來，你的陰影一直籠罩著我，灰暗了我的人生，我很開心能這樣報復你。」帕泰爾此時是用一種居高臨下的眼光看著夏爾馬，又是那種篤定的理所當然。

可是夏爾馬終於抓住了什麼地方不對勁，他站起來說道：「帕泰爾，是，我必須承認你所受的委屈，可是這一件事情，你不能怪罪我父親所起的善良念頭，畢竟他決定撫養你的時候，你還是個嬰兒，並沒有任何的能力值得他利用。難道善良就應該受懲罰嗎？你要知道，在這個社會裡不管地位如何，一個人為另外一個獻出了生命，所得的人該付出怎麼樣的回報，並沒有任何的約束，除了道德。你不能報復我父親的道德！就算他想讓你成為我的幫助，可是也從來沒有想過虐待你，不是嗎？反而是給了你一個不一樣人生的機會，這難道不是嗎？更何況，我的媽媽對你是真心的感情！還有婷婭，你說要娶她，卻又利用她，難道婷婭對你付出的純真感情又是錯嗎？她該被你這樣利用來對付我嗎？至於我，你口中的陰影，我承認我沒有勇氣和整個制度抗爭，可是帕泰爾我有害過你嗎？一切都是被動接受而已，你說我反對你和婷婭，難道你生在這個社會，你不懂你和婷婭的結合，帶來的是什麼後果嗎？我做哥哥的希望婷婭幸福，有什麼不對嗎？帕泰爾，你可以說這不公平，但你不能這麼偏激，報復從給予你恩惠的人開始做起，你可以抗爭，不見得我就不會支持你，可你怎麼能傷害我們？怎麼能？」

說到最後，夏爾馬激動得抓住了帕泰爾的衣領，已經是在質問帕泰爾了。

可是帕泰爾的神色始終冷漠，他扯下了夏爾馬抓住自己的手，然後整了整自己的衣領，冷漠地說道：「我不會改變我的任何決定，不要說什麼恩惠，就算我痛恨這個社會，但第一個要開刀的也是你們，因為傷害是從你們開始的。說我冷血也好，偏激也好，我所能記得的，就只有仇恨。為了它，我願意獻祭我自己，而這仇恨的開端，並不是我人生的開始，而是從我的父輩，祖輩就一直燃燒的仇恨，只是他們不願意覺悟罷了。」

第一百二十章　真正的魔鬼

「在帕泰爾和我談話的時候，我就知道事情已經不可逆轉了，因為有一種人並不會因為恩惠而心軟，只會把仇恨記得特別深刻。而你偏偏還無法指責他，只因為他說的不公平都存在，而他報恩與否也並沒有什麼約束，只是個人的道德問題，顯然帕泰爾認為這個道德不值一提，早已拋棄了它，或者被他用恨的理由給掩蓋了。但無論如何，那個時候，和我最後一場談話的帕泰爾還能讓我感覺到一絲人的味道，但在我絕望的過了又一個三年以後，又發生了一件大事，讓帕泰爾徹底改變了。」強尼大爺的訴說已經到了最後，語氣也變得稍微急促了一些。

「改變了什麼？」我輕聲地問道。這件往事沉重得讓人喘不過氣，其中牽涉到整個社會的不公平，讓人一時難以判斷往事裡的主人翁到底誰對誰錯，只是讓我們看到了黑色的結局。我這樣問，是因為我覺得事情已經到了最後，而我的師祖可能快牽涉進事件中了。

「改變了什麼？那就是他徹底變了，變得完全沒有人情味，整個人用高貴的眼神就像看螻蟻般看待所有人。這樣的帕泰爾帶來了很大的一場悲劇。」強尼大爺說這話的時候沒有加過多的形容詞，但是顫抖的聲調已經說明了那是一場很可怕的回憶。

沒有人情味，高貴……我像是捕捉到了什麼重點，一下子抬頭看著強尼大爺。

「你心中所想的沒錯，這樣的改變不是沒有原因的。在我們的寺廟裡祕密供奉或鎮壓著許多神祕之物。其中有一組特殊的存在，既是供奉，也是鎮壓，寺廟裡的大祭祀說過那是來自神靈的靈魂，可同時也是危險之極的靈魂……帕泰爾偷偷謀劃了多久我不知道，但在一個晚上，他偷偷融合了它。」強尼大爺的聲音充滿了苦澀。

我想起了在萬鬼之湖的城主，以靈魂的狀態融合昆侖之魂都是如此可怕，而帕泰爾一個活人……！我能夠說什麼？我只能說，他是一個天才，一個瘋狂的天才，我彷彿也可以預想強尼大爺口中的慘劇是什麼。

果然那是最痛苦的回憶，在說起接下來的事情時，強尼大爺再次痛苦地抓住了自己的頭髮，他說道：「融合了神魂的帕泰爾誰還敢動他？他果然是做到了，把自己的地位攀升到了一個不可思議的地步，不是所有人都願意承認他這樣的地位，畢竟他是一個達利特，又是偷偷融合神魂，問題的關鍵在於沒人能夠壓制他了，包括我！因為在那個時候，不知道神魂為他注入了什麼樣的力量，我發動不了埋藏在他靈魂深處的那個炸彈。」

「你是說，到了那個時候，你已經放棄了婞婭，準備要動用那力量殺死帕泰爾了？」承真低聲問了一句，語氣中充滿了某種憐憫，我明白她是在憐憫婞婭，這一個本身無辜的女孩子，到這種時候竟然被放棄了。

強尼大爺站起來說道：「沒有辦法不放棄婞婭，我那時已經做好了事後承擔一切的準備，包括婞婭的性命。妳沒有目睹那一場慘劇，根本不知道事情已經到了幾乎無路可退的地步。帕泰爾不知道在做什麼，利用宗教的力量開始讓無辜的人獻祭自己的生命，每一天都會死去至少十個人，這些人是婆羅門和剎帝利之下的種姓，但偏偏沒有達利特，在這種時候帕泰爾的藉口是達利特的血液是不潔的，沒有資格獻祭。我不明白是他自己也看不起達利特，還是說他的報復已經開始，總之這種趨勢已經沒人能夠制止。宗教的修者勢力派人暗殺帕泰爾也好，還是準備聯合制裁他也好，都以失敗告終，因為他一天比一天強大，我成了最後的……最後的力量。」

「難道整個印度的修者圈子都沒有辦法制止一個帕泰爾？」承真追問了一句，看來同為女人，她無論如何也接受不了犧牲婥婭。

「如果動用整個修者圈子的力量，當然可以制止！但那樣的代價太大了，會動搖根基……那個時候的事情牽扯到許多，我沒辦法詳細的說明，就比如宗教本身要為帕泰爾的獻祭遮醜，就比如那個時候的印度並不是能夠自己做主的印度，還比如……總之，我修行的寺廟變得血腥一片，帕泰爾為自己建造了一個血池！這根本不是聖潔的寺廟，已經變成了一個真正魔鬼居住的地方……知道嗎？總是要有人犧牲的，我和婥婭都是已經準備送上祭台的犧牲品，因為不管出於道義或仁慈，還是各方面的壓力，都註定了我要出手，可是我卻失敗了。」強尼大爺苦澀地說道。

這應該就是帕泰爾所造成的慘劇了吧？大批的人被獻祭，被犧牲……但是也是被歷史掩蓋的慘劇，應該只有小範圍的人還記得這件事情，畢竟沒有書寫下來的歷史，會隨著時間漸漸把真相掩蓋。

不知道為什麼，說起這個的時候路山的全身都在顫抖，一直沉默聽著強尼大爺故事的他，忽然開口說道：「我理解強尼大爺，如果是我，也必須這樣犧牲了。沒有親眼目睹那獻祭慘劇的人，不懂得其中的殘忍。」

強尼大爺歎息了一聲，用這樣的聲音來附和著路山的話。

而我也彷彿看見了帕泰爾「輝煌」的那個時代，成批的無辜生命被拉上祭台，被愚昧的獻祭，血流成河，鑄成了帕泰爾所謂的血池！

「那他那些偏激的願望達成了嗎？」如月忍不住追問了一句。

「短短三個月時間，他要的一切都已經達成了，他為自己的身世開始正名，追溯到自己的祖先其實是一個血統異常純正的婆羅門，他被冠上了婆羅門的姓氏，而他強硬逼迫我的家族成為了他的附屬，沒人能有辦法！他還為自己準備了一個儀式，在那個儀式上他就會正式公開自己的身份，宣佈我們的家族成為附屬，然後他會登上宗教勢力的頂點，並且迎娶婷婭。」強尼大爺幾句話就說出了這些，可能是不願意回憶當時的痛苦，他並沒有說出他的家族人在那個時候承受了什麼。

印度教並不是佛教，所以婚娶自然是被允許的，一切都阻止不了帕泰爾和婷婭結合了，就算是不允許婚娶，帕泰爾恐怕改變規矩也會迎娶婷婭。

「如果是那樣，至少婷婭可以得到幸福了，不是嗎？」在我們的沉默中，強尼大爺這樣用自嘲的語氣說了一句，然後接著說道：「那段時間，我已經不顧宗教的約束，天天開始借助酒精把自己灌得爛醉，知道那種生活在痛苦中無能為力的感覺嗎？我那時候就是這樣！而婷婭的幸福成為我唯一安慰自己的藉口。安慰自己至少帕泰爾從來沒有否認過，他是愛婷婭的，他有地位了，可以給婷婭幸福了……可是，一個變成了魔鬼的帕泰爾又怎麼可能給婷婭幸福？」

「那最後到底怎麼樣了？」如月忍不住追問了一句，顯然婷婭的命運牽掛著女孩子們的心。

「怎麼樣了？帕泰爾的那個偉大儀式就定在一切都發生的一個月以後，他是那樣的迫不及待，而在他的儀式要開始的十五天以前，婞婭回來了，回到了我們的莊園。可惜她能見到的只是被一切打擊的重病父親，和因為思念過度加上打擊已經在幾個月前去世的母親的墳墓了。對了，還有我這個變成酒鬼的哥哥……那個時候，帕泰爾已經讓所有人都亂了，沒人再關注我這個神之子是否違反了規矩變成了酒鬼這種小事了。」強尼大爺的眼淚從臉頰滑落，落在那朵一直在不停顫抖的紅花花瓣上，就像婞婭也在哭泣。

「那婞婭一定很難過吧？這些年她到底去了哪兒？」承願忍不住小聲說了一句，彷彿能體會到婞婭那種錐心的痛苦，為了成全自己的愛情，回來看見的卻是一片狼藉的家，深愛自己的親人一個個變成了那個樣子。

「很可笑啊，原來她一直都被藏在我們寺廟的附近，那個普通的鎮子上，藏在眾人的中間，我們竟然找不到她……當然，她也一定過著深居簡出，不見天日的生活吧？否則，又怎麼可能不被發現？她是那樣的深愛帕泰爾，才願意做出這樣的犧牲吧？我見到她時也是醉著的，因為酒精的作用，我對她破口大罵，我對她在那個時候，只剩下深切的抱怨。當然，我很難恨她，因為我曾經是如此愛她！我說婞婭沒救了，變成了魔鬼的帕泰爾，她也一樣深愛著吧。」

強尼大爺快說不下去了，但他強迫著自己說下去：「我可能在那個時候刺傷了婞婭吧？但我沒有辦法！帕泰爾的確變成了魔鬼，整天裹在密不透風的華麗袍子裡，披著遮臉的斗篷，建造血池……他的一切都不像是一個正常人，而是真正的魔鬼。」

「接下來呢？」承真追問了一句，聲音有些顫抖，在整個故事裡，最可悲的無疑就是婞婭了。

強尼大爺抹了一把眼淚，望著深潭說道：「接下來，婞婭在家裡待了三天，那個時候的她早已經沒有了小時候的活潑可愛以及純真，她依然美麗，可是瘦了很多，也變得非常憂傷。她幾乎沒有存在感，因為她不願意說話，只是沉默陪著重病的父親，即使父親情緒激動時會讓她滾開，滾去那個魔鬼那裡！快一點兒和那個魔鬼結婚！直到三天以後，婞婭才告訴我，她走了，她說她不知道自己能做什麼，但如果自己還能阻止帕泰爾，她願意犧牲自己的一生，去時時規勸約束帕泰爾。」

「我以為她還是想嫁給帕泰爾，不過是為自己找一個藉口！而且在我心裡很明白，婞婭對帕泰爾是很重要，但是沒有重要到能干涉他的一切行為。我只是讓婞婭走……可我哪裡知道，那是我最後一次見到婞婭。」強尼大爺的聲音哽咽了。

「為什麼？」淚水也掛在了如月的臉頰，其實這明明是可以猜測的結局，如月只是不甘心問了一句。

「還能有為什麼？帕泰爾拒絕了婞婭的勸解，對他的行為執迷不悟，婞婭已經徹底絕望了，所以選擇了自殺……這個原因，是婞婭在自殺前寫給我的一封長信裡提到的，她是那麼痛苦，夾在愛情和親情的中間，幾年的抗爭讓她失去了親人，愛人也變成了魔鬼，她那麼無辜的說她竟然什麼也做不了，改變不了！這種痛苦她已經承受不了，所以她選擇了自殺。我可憐的婞婭。」說到這裡，強尼大爺已經開始抽泣。

第一百二十一章　被拉開戰鬥的序幕

婞婭自殺的地方就在我們所在深潭不遠處的那段河面，這裡曾經是強尼大爺家族的屬地，曾經他們三個人在這裡度過了一個快樂的夏天，按照強尼大爺的說法應該是最快樂的一個夏天。

但隨著關係的漸漸冰封，沒人再想起這個相對貧窮卻充滿了自然生機的屬地，或許是不願意再觸景傷情。

在婞婭自殺的那一天，很多人都曾經目睹過一個美麗的女子在這河岸的附近遊蕩，原本這只是一個普通的行為，可是因為婞婭太過美麗，面紗也遮掩不住她絕世的風華，所以注意到她的人多了一些。

再後來……她把自己葬送在了這奔湧的恒河裡，再後來的後來，這一段的河面會傳來女子的哭泣聲，夜航的水手們會聽見，附近的人們會聽見。

到了最後，這原本只是嚇人的哭泣聲，變成了「殺人」的哭泣聲，因為聽見它的人們會被迷惑，特別是航行的船隻會失蹤，這裡徹底成為了禁忌的河段。

而在婞婭的悲劇發生時，夏爾馬的人生彷彿也走到了絕路，父親受不了婞婭自殺的打擊去世了，婞婭沒了，自己的家族變為了附屬，而自己……如果不是一段仇恨支撐著夏爾馬，他恐怕也會結束自己的生命，因為有時候痛苦太痛了，不是每一個人都能堅韌到沒有底線的接受它，不是每一顆心都經受得住它的錘煉。

夏爾馬最後的仇恨來自於帕泰爾的淡定，那麼多人目睹了婞婭的自殺，紛湧而來的消息都證明自殺的人就是婞婭，已經不需要懷疑，可是帕泰爾還是那麼的淡定，像什麼事情也沒有發生過！想起婞婭為帕泰爾付出的一腔真情，夏爾馬就恨不得一塊一塊把帕泰爾的肉撕下來，生吞活剝了。

可是他做不到，他只能軟弱恨著，他不能結束自己的生命，怕這復仇的火種從自己這裡徹底熄滅。

不，帕泰爾也不是淡定，他只是變得更加瘋狂，每一天獻祭的人更多，在那個儀式舉行之前，那個血池真的匯集成了一個充滿了血腥臭味的池塘！

終於，在儀式舉行的前三天，在夏爾馬的生命裡，出現了一個陌生人，他們相遇在一個下著大雨的深夜，夏爾馬爛醉以後的街頭，那個人就是我的師祖——老李！

我師祖和夏爾馬的相遇，以及遏制帕泰爾的事情又將是另外一個故事了，不乏驚心動魄和鬥智鬥勇……而故事的最後結尾是，帕泰爾終究沒有舉行得了他那個儀式，身亡被封印！血池被毀滅……

而夏爾馬和師祖在一起的日子裡也改變了信仰，因為在最絕望的時期，拯救他的是一個道家人，而他閃耀的思想也折服了夏爾馬，把夏爾馬從仇恨的深淵拉了出來，不至於走上了偏激的路，夏爾馬成為了一個道家人。

故事最後是一片蕭索，父母去世，婞婭自殺，帕泰爾的屍體被封印，只剩下了孤獨的夏爾馬……按說，經歷了這些風雨，夏爾馬的前途應該光明至極，家族也恢復了昔日的榮光！可是夏爾馬卻放棄了自己光明的前途，潛心打理了家族幾年，然後開始在世界遊歷。

「到最後的最後，我遇見了Alina，她不是一個普通的女人，知道嗎？她是一個西方的修者，她的職業是一個屠魔者！我和Alina在一起了，然後我變成了強尼……那又是一段故事，而故事太長，我已經沒有講下去的力量了。總之，不是每一件事情都需要有一個結局，就比如你們在貧民窟看見的我，也不是我最後的結局。」說話間，強尼大爺鬆開了他一直握著的頸鏈，帶著笑容說道：「這是Alina留給我的東西，在墜子中裝著她的一小縷頭髮，我這一生最遺憾的事情，是我沒有早一點遇見Alina，讓婞婭也和她遇見，或者她的智慧能夠拯救那個時候在苦海中的我們，而不是這樣淒涼的命運。」

說到這裡，強尼大爺站了起來，然後說道：「你們做好準備吧，我將要做一件事情，徹底拉開這一場戰鬥。而我需要你和我一起做超渡的事情。」他這句話是衝著慧根兒說的。

慧根兒沉默地點了一下頭。

「而至於你們，陣法已經完成，怎麼樣運轉你們也應該知道，怎麼樣戰鬥也只能靠你們自己。但我會在需要的時候給你們最大的幫助，那是我生命中保留的最後的一擊。」真正要開始戰鬥了，強尼大爺的語氣平靜淡定了起來，反倒是我們有一些緊張。

風從岩石上吹過，或許是感應到了我們要準備開始戰鬥，剛才還傷感的氣氛已經變得肅殺了起來。

我們不知道強尼大爺要做什麼事情拉開戰鬥，也不知道那個被封印的帕泰爾接下來會做出怎麼驚心動魄的舉動，我們所能做的只是默默在那個複合的陣法上各就其位，然後目送著強尼大爺一步一步走向那朵紅花，背影有一些蕭索，而慧根兒跟在他的身後，因為要進行超渡，身上的氣息也變得莊嚴起來。

莊嚴與蕭索的碰撞，就像是一幅抽象的畫，看在我們的眼裡，心頭竟然湧上來一種說不出的滋味。

我站在陣法的中央，也就是陣法的主位，在這裡我將接受來自陣法各個位置靈魂力，精神力，甚至是功力的支撐，但我主戰！這是在繪製陣法的時候，我們所得出的結論，畢竟什麼東西看一眼沒辦法完全瞭解，只有在繪製的過程中，才能夠更有體會。

在那幅陣法圖的背後有一段咒語，是讓陣法徹底運轉的咒語，不過只是看了一眼，我就知道這咒語不完整，還得配合老李一脈祕傳的一種行陣咒語，才能讓陣法完全運轉。

可是，當我站在主位的時候，陣法明明沒有開始運轉，但我已經感覺到了各種力量開始隨著陣紋流動……師祖留下來的陣法玄妙到這個地步，果然不是我們能夠完全理解的。

在我感受陣法的片刻時間，強尼大爺和慧根兒就已經走到了那朵紅花的跟前，慧根兒盤膝坐好，手持念珠，一副肅穆莊嚴的樣子。

而強尼大爺站在紅花的跟前，靜靜看著它，久久沉默不語。

在這個空檔，承真在給如月和路山等不是老李一脈的人講述著共同行陣一些要注意的地方。

這個複合陣法的複位極多，可是說每兩條陣紋的組合就可以形成一個重定，就是說它可以容納很多人的力量彙集，但我們人手有限，就算算上了不是老李一脈的夥伴們，也遠遠沒有達到陣法行陣的最高負荷，但對於帕泰爾這種可怕的存在，再多的人也不會嫌多。

強尼大爺在沉默良久以後終於開口了，是看著那幽深的潭水開口了：「帕泰爾，我知道你就在這水潭底下。那麼多年以來，我以為你對婞婭只有利用，愛情少得可憐，但在我知道你最後選擇的停留之地，竟然是婞婭最後所在的地方，我能感覺到你對她的感情或許不是我以為的那樣。原諒我一直以來的逃避，從來沒有想過來到這裡，找尋婞婭最後的痕跡，只是想讓她安息，因為我沒有辦法面對……所以得知這個也就晚了一些，給你們的抱歉也晚了一些。」

說這話的時候，強尼大爺的聲音雖然平靜，但是卻飽含了一種說不出來的深情在其中，他說到這裡停頓了一下，然後忽然大聲地說道：「可是，我認可的是愛情本身，而不是帕泰爾你的方式。你最終辜負了婞婭，你讓她失望到失去生命，在那種絕望的時候，你甚至不明白你是她最後的支撐。我接下來要做的事情可能會觸怒你，因為我要帶走婞婭的靈魂然後超渡……可是我怕什麼觸怒你呢？就如同我當年既然封印了你，也知道許多年以後，註定還有一戰，那就讓這個成為戰鬥的開始吧！」

強尼大爺的話剛落音，深潭之上的天空忽然就被一種灰黑色的雲層所籠罩，如同烏雲蓋頂一般，朝著我們壓迫而來。

而我們所在的岩石開始劇烈震動，這一次不是靈魂錯覺的震動，而是整個岩石真的開始震動，而整個深潭就如同沸水一般開始沸騰起來，現實大片大片的波浪莫名湧起，接著那些水浪開始越來越大，竟然咆哮著翻湧著，沖天而起有三、四米的高度，捲起了一些體型較小的凶魚，夾雜在其中！

我們站在陣法當中，受到了一股力量莫名的保護，還能穩住身形……我還沒有深究那是什麼，卻看見在那朵紅花的範圍內也能保持著安靜和平穩。

而強尼大爺神色複雜，一隻手已經顫抖的伸向了那朵紅花……

第一百二十二章 魂現

隨著強尼大爺的動作，整個深潭的氣氛變得更加狂暴，沖天而起的浪頭拍擊到了我們所在的岩石然後破碎，劇烈的水花淋了我們一頭一臉，還有偶爾被捲上來的凶魚，重重摔在岩石上不停掙扎著，就算如此也想要瘋狂襲擊我們。

岩石震動，天空中灰暗的物質被忽然而起的狂風捲得不停變換形狀，整個深潭莫名響起了「嗚嗚」的聲音，也不知道聲源是來自哪裡？

原本只是一個簡單的摘花動作，強尼大爺卻做得分外吃力，伸手的過程中，牙關緊咬，整個脖子青筋暴起，彷彿是有巨大的阻力在阻礙著他的動作。

我們不能生生承受這種狂暴，承心哥看了一眼強尼大爺那邊，說了一句：「承一，啟動陣法，開始抵抗吧。」

卻不想話剛落音，強尼大爺就轉頭吼道：「先等一下，現在鬥法會傷及婞婭的靈魂的。」

面對強尼大爺的要求我沒有辦法拒絕，只能點頭答應，好在無論天地怎麼狂暴，陣法的力量還在保護著我們，只是這股力量也顯得有些薄弱了。事實上，我在剛才仔細感應了一下，這守護我們的力量並不是來自陣法本身的力量，而是我們眾人的力量在陣紋中流動，是我們自己共同的力量在守護著我們。

如果強尼大爺的時間拖得太長，這股力量顯然在陣法沒啟動的情況下，就承受不住這種狂暴了。

我雖然不想承認，但是只要靜心感覺，都能知道這狂暴的背後其實是靈魂力的作用，靈魂力形成意念，影響物質！帕泰爾真的太強大，想想老林子裡吳老鬼那可憐的物質能力，只能舉起一些輕微的物件，一對比之下，帕泰爾簡直就是厲鬼中的厲鬼，還是在它被封印的情況下。

「婷婭，這又是一次選擇了，如果妳要跟我走，妳幫我。」強尼大爺嘶喊著，或許他也知道我們的情況不能再拖下去了，他必須快一些帶走婷婭的靈魂。

面對強尼大爺的話語，那一朵在風雨中顯得那麼微弱的紅色花朵劇烈顫抖著，我不知道它表達的是一個什麼意思，但在那個時候，我感覺到一股哀傷的靈魂意志瀰漫在了整個岩石之上，我彷彿感覺到了一個女人最傷心，最無助的感覺。

是回應強尼大爺了嗎？在那一瞬間，我看見強尼大爺伸出的手一下子抓住了那朵紅色的花朵，我的心忽然有些欣慰，在婷婭死後那麼多年，她終於再一次做出了一個選擇。

驚天的大浪在那一刻忽然靜止了，變成了水花嘩嘩落回了深潭，狂暴的風也像是被誰摁停了開關一樣，忽然變得輕柔起來，輕柔到有些哀傷，發出了類似於哭泣的咽唔聲。

這種悲傷和岩石上的那種傷心交織在了一起，或許就驚動了天地，變成了淚水一般的細雨，淅淅瀝瀝的落在深潭。

這雨水我也不知道是不是因為錯覺，竟然夾雜著淡淡的紅，整個深潭也瀰漫了一些非常淡薄的血腥味，而身處其中的我們，只體會到了其中的悲傷之意，卻不知道具體為什麼會這樣，因為這一切天地的變化就像開始那般是瞬間發生的事情。

強尼大爺一直握著那朵紅色的小花，臉上的神情複雜，淚水卻一滴一滴滑落，他的聲音顫抖，低沉說著：「婞婭，妳終於做出了選擇，一切都還不晚。妳知道，就算一千年以後妳回去，只要肯敞開心扉，家人都還是會原諒妳。回到家族的墓地吧，爸爸媽媽等了太久……」

說話間，強尼大爺忽然猛地一用力，那一朵紅色的小花被強尼大爺從岩石上拔起，這只是一個簡單的動作，但懂行的人都知道，人的靈魂如果寄生在某種物質上，物質被移動，也代表了靈魂被移動，如果靈魂不願意被移動，在這種時候應該就會顯形抵抗。

一切都很安靜，紅色的小花連帶著根鬚，就靜靜躺在強尼大爺的手中，我感覺我們所在的岩石在此刻劇烈震動了一下，就像是一個人非常傷心，心臟忽然就重重跳了一下那樣的感覺。

但沒有更多餘的了，天空依舊是那種淡紅色的雨點下得細細密密，就像是除了哭泣，已經不能做任何的事情。

「開始超渡嗎？」慧根兒此時坐在那裡，或許心境已經沉澱到了某種境界，雙眸裡竟是慈悲的淡然，彷彿看透一切，只是要做該做的事情。

可強尼大爺搖搖頭，望著天空說道：「帕泰爾，他，竟然傷心到了一部分靈魂本源的力量都散開了，這是來自血池裡提煉的精血還有怨恨之氣的力量，紅色的雨啊。」

強尼大爺想要表達什麼？我不明白，只是看著天空的細雨，若有所思……至少這句話裡說的意思我能明白，就好比一個人傷心到極點，會忍不住吐出一口心頭之血，而靈魂的形態傷到極點，意志發散，不足以凝聚所有的靈魂力，就會散去一部分本源的力量。

「帕泰爾，你總是喜歡一個人陰暗地猜測我們對你所有的感情都是利用。在今天，我要超渡婷婭了，但是我想要婷婭和你做一個告別……」強尼大爺說這話的時候彷彿是很費力，一字一句中間停頓的時間是那麼長。

深潭上莫名起了霧，在霧氣中一個個的身影出現了，在深潭的水面飄蕩，想要朝著我們靠近，卻又彷彿是畏懼著強尼大爺手中那朵紅豔的鮮花，不敢靠近。

出現了，那一晚曾經在河面上飄蕩的冤魂，在婷婭被移魂的這一刻，它們終於出現了，這是婷婭背負的又一筆債務。

強尼大爺完全無視了這些，只是望著手中的紅花溫柔地說道：「婷婭，他對妳的感情在那麼多年以後，證明是真的，不論如何，與他道別吧？還有那些無辜的人……我想妳也應該去解開，雖然那不是妳的本意。」

雨水一絲一絲落在那朵紅色的鮮花上，就像是在最後的親吻與擁抱它，那一朵被連根拔起的紅花卻開始微微顫抖。

霧氣全部朝著岩石上湧來，而在一團一團的霧氣中，那一朵紅花從強尼大爺的手中飄落，在落地的一瞬間，我們看見一個女子的身影模模糊糊的出現在了霧氣之中。

那是故事裡的婷婭嗎？我也忍不住關注了起來，聽了那麼久的故事，我就好像跟她很熟悉一般，她的出現也預示了她最後最後的結局，我怎麼可能不關注？儘管這關注中有一些些的傷感。

霧氣在婷婭出現的那一刻慢慢變淡了，雨下得更加猛烈，那雨中淡淡的紅色彷彿也變得更加濃烈了一些，深潭上霧氣中的冤魂開始集體哭嚎嘶吼……眼中帶著迷茫的迷戀與深深的畏懼，在深潭的水面上想要躲避，卻被力量禁錮著無法躲避。

終於，婞娙的身影完全清晰地出現在了這片天地之中，雖然有著靈體固有的那種虛幻的感覺，可是掩飾不了她的美好。

我在看見她的第一眼，就忍不住在心裡歎息了一聲，怪不得強尼大爺用眾多美好的詞語來形容她，她是如此美麗，象牙色的皮膚，整個身形的曲線婀娜，有著閃動著哀傷的盈盈秋水一般的迷人雙眼，高挺而精緻的鼻樑，紅潤小巧的嘴唇，完美的臉型。

這是一個會讓男人瘋狂的女孩子，可她的身上還有著一種傻傻的單純和天真的氣質……或者也就是這份單純和天真決定了她的悲劇。

她出現以後，先是深深看了一眼強尼大爺，腳步移動了一步，或許是想要像當年一樣撲進強尼大爺的懷中吧。

可惜陰陽兩隔的距離已經不能讓她那麼做了，所以她的眼神變得更加哀傷，她望著強尼大爺，也不知道用意念對強尼大爺說了什麼，強尼大爺的淚水不停滑落，他忍不住捂著臉，也低聲說道：「婞娙，不，哥哥也一直是愛妳的。」

面對強尼大爺的表白，婞娙笑了，就如同鮮花盛放那般的笑容，她的目光在強尼大爺身上停留了一會兒，然後慢慢朝著岩石的邊緣走去。

這個時候，風也停了，原本還有些許波動的深潭變得安靜而詭異，只是雨下得更大了。

婞娙在岩石的邊緣站住了，然後慢慢坐下，終於輕輕開口了……並不回避我們每一個人的意念。

第一百二十三章　狂暴

意念是一種玄妙的交流方式，不受語言的限制，就能讓人明白它所要表達的，就如同當年的吳老鬼如果願意，也可以掙脫東北口音的桎梏，純粹用意念來交流。

在婥婭「開口」的時候，我就知道她是在對帕泰爾訴說，儘管她並沒有表達這些話，她是對帕泰爾說的。

意念很玄妙，並不能用具體的語言去形容，我只有在心中不停整理，才還原了婥婭的本意，而在這種意念的傳達中，我彷彿聽見了婥婭那充滿了哀傷、幽幽的聲音，穿越了百年的時光，在今昔再一次的表達。

「這是一片充滿了信仰的土地，而我曾經的信仰是愛情，它是我全部的生命，因為在這背後的原因，不單單只是希望愛情的圓滿，還有著對公平和自由的嚮往。這一點，家人不曾瞭解，哥哥也不曾瞭解。我以為你瞭解的，帕泰爾。」

「如果我們在一起了，就是一次美好的勝利，穿越了種姓和門第之見，充滿了自由光輝的愛情，我可以宣告，這片土地在我身上終於綻放了公平。這種希望就是力量，最終變成了我的信仰。我用生命去成全這份信仰，可是我卻輸了！感謝你，帕泰爾，用謊言給了我那麼美好的幾年，不停穩住我編織著美好的希望，並且你口口聲聲說，和我有著同樣的意志。

卻用叛徒一般的方式，成全了你的野心，宣洩著你扭曲的殘酷，讓我回家才看見了我們家族的慘劇……那是我沉淪在你謊言中的幾年，後來才發現你根本不是我心中的鬥士，你只是一個充滿了野心，被仇恨蒙蔽了雙眼，始終逃不過種姓讓你帶來自卑的可憐人！把自己變為你深恨的高貴種姓？帕泰爾，我要如何心疼憐憫你？憐憫你根本就不曾放下，掩藏得很好的自卑？」

婞婭的話娓娓道來，一字一句敲打在我的心頭，在故事裡，我以為的婞婭是一個純真天真被矇騙的女子，可聽她說話，我才知道根本不是，她是如此有思想，如此有內涵，她讓人沉迷的根本不只是她的外表。

原來在整個故事中，自始至終的鬥士根本不是帕泰爾，而是這個看起來柔軟的婞婭，帕泰爾只是想把自己變為上層，而婞婭卻渴望用自己的愛情來抗爭一次整個社會的不公，哪怕只是微小的勝利，或許她也能看見一點綻放在祖國的希望。

這個勝利的意義就算微小，也很不平凡，可能會在社會中也會產生影響，因為她是最高貴的婆羅門，有著婆羅門最古老的姓氏，在婆羅門中都是貴族！而帕泰爾，是最低賤的達利特……這種反差才會是最震撼的「對抗」。

可惜的是婞婭是女人，她還是有著女人的弱點，哪一個女人也逃不過甜言蜜語的包圍，就算是謊言，也不一定被識破，只因為她們願意去相信。

「哥哥，還記得一個沒有名字的女孩子嗎？她是我們家的奴隸。」婞婭的意念繼續在我們的腦海中迴盪，她的思維彷彿很跳躍，忽然就說起了一件完全無關的事情，而被點名的強尼大爺卻完全茫然地搖了搖頭。

「唔……」婷婭歎息了一聲，然後坐在岩石的邊緣上自顧自地說道：「你肯定不會記得了，那個女孩子只是附屬在我們家很多奴隸家庭中的一個普通孩子，你又怎麼會記得？可就是她點燃了我心中的一把火焰。哥哥，在你們離開之後，她是我唯一的玩伴，我不介意去接近她，不在乎她是低等種姓者，因為我們家連達利特都收養，還會在意去和一個低等種姓接觸嗎？我以為我的父母是不同的，我以為你還有帕泰爾都是不同的，那是我還懵懂的童年。」

說到這裡，婷婭再一次微笑了，帶著苦澀，可依舊不影響她的笑容還是像一朵盛放的鮮花。

「她是一個美好的女孩子，不比我差。她的皮膚雖然黑，卻如同天鵝絲絨一般細膩，她有像我一樣的大眼睛和甜美的笑容。她上進、害羞、善良……我們在一起也很快樂，她彌補了你和帕泰爾離開在我心裡扯開的一個空洞。可是……你想知道她的結局嗎？哥哥……在我悄悄帶她參與了一次上流宴會以後，以貼身傭人的身份，她的生命就凋零了。因為她的美麗，她被幾個披著人皮的餓狼給……在事後，她在家裡上吊了。那幾條餓狼是高貴的呢，他們都是剎帝利！知道嗎？原本是沒有任何懲罰的，一個鮮活美好的生命在被肆意糟蹋凋零以後，摧殘她的人竟然沒有任何懲罰！」說到這裡，婷婭回頭看著強尼大爺，然後一字一句說道：「是我在家裡強硬的對抗父親，利用父親的權勢，才換來了一點兒可憐的懲罰，一些金錢上的補助，你覺得可以告慰逝去的她嗎？」

強尼大爺無言以對，眉眼間是深深的憂慮……還有，那種忽然理解了妹妹的心疼。

「不怎麼美好的往事……我沒和任何人說起過，除了你，帕泰爾。」婷婭的意念是如此的平和，可是深潭微微起著波浪，卻像是有些激動地在回應著什麼。

可是婞娅沒有去在意那些波浪，望向遠方的目光變得悠遠起來：「我以為你聽懂了這個故事背後的意義，你要成為舞台前的英雄，為了逝去的人，也為了我們的愛情，進行一場力量不對等的英勇對抗。帕泰爾……我還有什麼好和你告別的呢？我心中的英雄早已經死去了！而我用生命去彌補我的錯誤，並不是說對愛情的失望，我的信仰從來沒有失去過，愛情背後的自由與公平，我彌補的只是做為一個受盡了寵愛的女兒，卻讓父母傷心到如此的地步，傷心到我在膝下盡孝都不能接受了，還要承受你變為魔鬼以後的折磨！我以為我的死，可以讓你停下的，可以喚醒你一些良知的，這才是我死的意義，這是我唯一能為父母做的事。」

「妳的死最終也沒有讓帕泰爾醒悟。原諒他，到了那個地步，他已經收不了手了。」強尼大爺的聲音充滿了哀傷和遺憾，迴盪在岩石之上。

他們家人之間有太多的誤解，可惜的是，那個時候的婞娅把信任全部給了身為低等種姓的帕泰爾，她以為他是英雄。如果誤解能夠解開的話……但生命中就是沒有如果！

「我知道，因為自殺我的靈魂得不到解脫，我當然知道他沒有收手，其實他的靈魂已經融合了魔鬼，又怎麼可能收手？」說到這裡，婞娅站了起來，輕聲說道：「我不為我的決定所後悔，畢竟我還有燃燒生命為錯誤彌補的勇氣，儘管那也錯了。哥哥，還記得那封長信嗎？信中我是一個逃避者，只是為了不讓父母太過傷心，在我去了以後，或許對我失望會讓他們的痛苦少一些。但我……」說到這裡，婞娅的表情變得非常哀傷，就像是要哭泣，可惜靈魂是沒有眼淚的。

「但我……如果再有一次從前，我想多陪伴他們幾年。」

婥婭說到這裡，強尼大爺的眼淚再次滑落，還是那一句「生命根本就沒有如果」。

婥婭收起了哀傷的表情，歎息了一聲：「該如何與你道別呢？帕泰爾！如果還有下一世，我希望我愛的人是一個真正的英雄，他會頂著所有的壓力，牽著我的手，在這片土地上不停的戰鬥，哪怕是付出了生命，我也會追隨他而去。帕泰爾，我很謝謝你為我帶來了一顆花的種子，紅色的不知名野花，還記得那是你送我的第一朵花，在路邊採摘羞澀地遞給我……可是帕泰爾，你生前用謊言讓我做了一顆棋子，做下了很多原本不是我意思的莫名事情。死後，你竟然這樣找到我，用你身上魔鬼的氣息影響我，讓我的靈魂也帶上了魔鬼的力量，害死了那麼多無辜的人。」

深潭的水再一次翻騰起來，開始時的細雨已經變成了瓢潑大雨，傾盆而下……這是帕泰爾面對婥婭的心情嗎？

「生前，我做了一個逃避的人，沉迷在謊言到最後不得不用生命去阻止，希望悲劇停止……死後，你還要我去還債……這些無辜被我禁錮的冤魂。」婥婭一字一句地說道，然後忽然轉頭對強尼大爺說道：「哥哥，你別阻止我。」

我已經預測要發生了什麼了，這些冤魂因為婥婭而死，所以不管婥婭願意與否，他們的靈魂都被婥婭被動地禁錮了，就好像在陽世殺人者的身邊會跟著無辜的靈魂，成型的胎兒被打掉也會跟著自己的父母，除非超渡……而婥婭這一種情況，她要解開這種禁錮，就不只是超渡那麼簡單……她必須要燃燒自己的靈魂。

「婥婭……」強尼大爺從喉嚨裡發出的聲音是那麼的痛苦。

而在這個時候，整個深潭終於沸騰了，一個沙啞而陌生的聲音忽然在整個深潭響起：

「不，婞婭，我不會讓妳離開我的！沒有可能！」

狂暴的風忽然吹起，那紅雨詭異地開始聚合，朝著深潭的某一點兒狂暴傾瀉而去，那是婞婭的停留之地！

「承一，動陣！」強尼大爺嘶喊了一句。

哪裡還用得著強尼大爺的提醒，我此時已經端坐在陣中，開始和大家一起念動口訣。

第一百二十四章　瘋狂的碰撞

帕泰爾的動作比我們想像的要快得多，強尼大爺的話剛落音，我們的咒語才行進了一小部分，就感覺到一股強硬的靈魂力忽然沖天而起，然後朝著我們陣法的所在快速撞擊而來。

因為全心行咒我的眼睛是閉上的，但這並不妨礙我的感知中一片夾雜著黑色條紋的紫色力量，形成一把巨槌模樣的東西，朝著我們這裡狠狠砸來。

這就是帕泰爾嗎？直接而野蠻，沒有任何的預兆，拋棄了所有華麗的迷惑和術法……一來就是這樣異常直接的靈魂力碰撞！

在我思感的世界裡，靈魂力化為巨槌，可見這就是沒有一點技巧的靈魂力運用，直接碾壓似的碾碎！如果說加上了技巧，在思感的世界裡，靈魂力或者是針或劍，務求以最小的力量進行最大的攻擊，以點破面……我只能說如此揮霍靈魂力的帕泰爾瘋了。

可是他就算瘋了，我們的處境也一下子就被拖到了危險的懸崖邊緣，因為沒有任何一個人可以和帕泰爾這樣龐大的靈魂力相比，而陣法的合力還根本沒有形成。

沒有辦法啟動陣法了，在那一瞬間我睜開了眼睛，下一刻只能採取犧牲式的辦法，可是有個人動作比我還快，手訣掐起，一隻懶洋洋的大龜憑空出現在了深潭的上空……承清哥在第一時間就召喚出了二懶龜！

我們沒有時間交流，在這莫名其妙就進入最激烈對戰的紛亂情況中，只是彼此交換了一下眼神，但我明白承清哥是在告訴我，讓二懶龜先來，它原本就是以靈魂防禦見長。

二懶龜才出來時的模樣有些呆呆的，如果它能產生眼屎這種東西，就能更好的說明它的狀態——剛剛睡醒。

但畢竟是強大的妖魂，在被召喚出來的一瞬間，它立刻就感知到了在這片空間裡，有一股霸道的靈魂力正朝著我們碾壓而來，下一刻，這隻懶洋洋的大烏龜，雙眼中立刻就有了精神，昂揚著脖子不滿地嘶吼了一聲，那股意志表達的態度是對承清哥的不滿。

大概意思應該是：你把老子生生叫醒，然後就是叫出來這樣驚嚇的？

可不滿歸不滿，二懶龜在這種生死之間還是不敢怠慢，身上的背甲瞬間就變成了深黑色，那讓人哭笑不得的懶龜一隻四個大字也變成了充滿了滄桑古樸氣息的玄龜二字！

一秒的時間，二懶龜就調整到了最佳的狀態，它也只能有一秒的時間，在這個時候，帕泰爾的靈魂力形成了紫黑色巨槌已經朝著擋在我們身前的二懶龜狠狠砸下。

在那一瞬間，我看見二懶龜猛地豎起了身子，四肢和頭縮回了背甲之內，然後就和帕泰爾的力量開始了最直接的碰撞。

天地在那一刻彷彿無聲了那麼一瞬間，接著我看見那柄紫黑色的大槌靜靜龜裂開來，二懶龜還是巍然不動，可它背甲的情況我卻看不清楚……

「行咒！」我低聲喊了一句，沒有可以猶豫的時間，他們的咒語相對較短，而整個陣法主要的行咒人是我，我必須完成完整的咒語，我是擔心二懶龜的情況，可是我更沒有時間耽誤。

我重新念起了咒語，在這一瞬間，在我思感的世界裡終於聽見了一聲彷彿是山雨欲來，悶雷響徹天地的聲音。

接著，破碎的狂亂靈魂力忽然在二懶龜和帕泰爾碰撞的地方激射開來！

「轟」彷彿是颶風響起的聲音，亂流的靈魂力鋪天蓋地朝著我們每個人洶湧而來，我們表面上沒有任何的變化，但在靈魂深處，每個人都感覺像是被突然摁進了深水之中……有一種喘不過氣的壓力。

「嘩」，深潭的水也在這一刻沖天而起，就如同海嘯一般的場景，整個巨大的波濤就像一幅忽然被拉扯開來的巨大幕布豎立著，中間夾雜著數不清的凶魚，給人一種原始的天地威壓撲面而來的感覺。

可我不敢多想，這些靈魂力的亂流還在我的承受範圍以內，我必須強忍著完成這個大陣的運轉。

在那一刻，我的思感集中到了極限，我從來沒有嘗試著那麼快速念誦咒語，幾乎是腦中有所想，口中立刻就跟上的這種狀態，簡直是考驗人類大腦的極限。

儘管我知道，下一刻那沖天的水波就會像包圍般的瞬間淹沒我們所在的岩石，但我不能停下。

在這絕對的集中下，我還是能感應到周圍所發生的事情，只是就和踏天地禹步的狀態一樣，我的心境莫名在這個時候陷入了一種古井無波的狀態，不能對任何的事情做出回應。

我感覺到了二懶龜在這個時候才被激射而出的力量推出了老遠，身上看起來堅不可摧的黑色背甲碎裂成了好幾塊，整個魂魄的狀態看起來是如此萎靡不振，做為主人的承清哥

「噗」的一聲吐出了一口鮮血，共生魂自然會被承清哥也會被連累……但他任由二懶龜回歸自己的靈魂，連嘴角的鮮血也不曾擦去，繼續念動著咒語。

我也感覺到了強尼大爺提起了魚槍，忽然跑到了陣法的前緣，瘋狂叫喊著什麼……感覺到了婞娅的靈魂開始自我燃燒，那美麗的白色火焰，開始一絲絲蠶食著它的靈魂，而慧根兒那充滿了莊嚴肅穆的誦經聲也同時響起……

「嘩」、「啪」那沖天而起的水浪終於狠狠落下，其中一小半的力量是正朝著我們所在的岩石。

就算在絕對的沉靜中，我也感覺到了水的力量帶來的巨大衝擊，在它落下的瞬間，我整個人彷彿是被從天而降的重物砸中，五臟六腑在那一瞬間都強烈震動了一下，喉頭一甜……差點就中斷我的行咒。

我強硬地把湧上來的鮮血咽了下去，在這種時候噴出鮮血的後果，就好比在比武的時候吐出了一口氣，力量就會散去……我必須繼續行咒！但我本身也意識到了只是一擊的力量，帕泰爾就讓我們吃了大虧！二懶龜受傷，我們被靈魂亂流擊中，靈魂受到了一定的影響，連同身體也被巨浪衝擊造成了內傷，狀態一下子變得有些糟糕。

但對抗才剛剛開始。

在岩石之上，強尼大爺彷彿瘋了一般用魚槍狂刺著剛才巨浪帶上來的凶物，而在這時，陶柏第一個完成了行咒，在陣法徹底運轉之前離開了大陣，也加入了強尼大爺！

幸好是在岩石之上，這些大多為水生物的凶物發揮不了什麼，除了一條巨大的水蛇會給我們帶來威脅，其他的只是掙扎得厲害。

行咒根據不同的位置而有長有短，陶柏所在的位置恰好就是所需行咒最短的位置，而幸運的是，這種巨大凶惡的水生物，只有充滿了力量的他和慧根兒能夠對付，慧根兒在超渡中顯然不能，陶柏完成行咒對我們來說簡直是一個巨大的好消息。

在我們陣法中間的岩石，婥婭還在繼續燃燒著靈魂，隨著她的靈魂被白色的魂火所吞噬，越來越多的冤魂掙脫了束縛，接著就被慧根兒誦經所帶來的溫和慈悲念力所包圍，消失在了天地間，走上了該去的正軌……

「不，不……婥婭，妳停下來……婥婭……」化作痛苦嘶喊的意念迴盪在整個深潭，是來自帕泰爾的聲音。

它無法阻止婥婭的自我燃燒，除非突破我們還沒運轉的陣法，它的一擊沒有效果，這讓它焦躁而瘋狂，整個深潭的水就猶如被高溫燒煮一般的沸騰，大片大片的冒著水泡，在水中的凶物受到了波及，有些在這雜亂的力量下翻起了白肚皮。

「婥婭……那麼多年的守候，妳第一次出來見我，竟然就是燃燒自己的靈魂！為什麼不等我，為什麼不給我機會？我會帶著妳去到永生，和妳永遠都不分開……婥婭……妳知道我守候的痛苦嗎？」帕泰爾的聲音在深潭裡迴盪，燃燒中的婥婭彷彿有所動容，原本承受著巨大痛苦也顯得平靜的臉，忽然變得哀傷起來。

靈魂燃燒有兩個辦法可以停下來，一個是自我停止，一個是另外一股強大的靈魂力加以阻止，帕泰爾剛才失敗阻止不了，它期望婥婭能夠自己停下來。

可惜它的深情已經晚了，婥婭的哀傷只是在臉上轉瞬即逝，接著就閉上眼睛，臉上的神情重新變得堅定起來……

強尼大爺一邊瘋狂刺殺著岩石上的凶魚，一邊開始發洩般嚎叫著大哭……伴隨著我們行咒的聲音和慧根兒超渡的聲音，顯得那樣痛苦無助。

而帕泰爾終於徹底瘋狂了。

「那就毀滅吧，即便是要傷到妳，我絕對不允許妳消失在天地間！」它的聲音伴隨著絕對不回頭的意志忽然咆哮在這深潭上空。

第一百二十五章　各自的激鬥

瘋狂就意味著毫無保留，不計後果的攻擊，這條定律在戰場是絕對適合的，而帕泰爾所展示的力量讓我從內心感覺到恐怖！

剛才那一擊的力量就破碎了二懶龜的絕對防禦，這一下從四個方向沖天而起的靈魂力分明就是要置我們於死地！

「山哥，我可不可以……」陶柏的喊聲從陣外傳來，充滿了焦急，我想除了路山沒有人知道他可不可以什麼？

路山沒有回應，他同我一樣也是全身心投入了陣法當中……而帕泰爾的力量在集結。

「我想不可以的。你的力量一定是禁忌。」肖承乾的聲音平靜，帶著一些懶洋洋的意味，長時間的接觸，就算有些祕密沒有說破但大家多少也有些瞭解。

從他開口說話，表明他的行咒已經完成了。

陶柏是一個聽話的孩子，在肖承乾說了不可以以後，沒有再出言爭辯什麼了。

至於肖承乾看了一眼壓抑的天空，忽然就轉身對我說道：「承一，四道力量啊，其中一道就交給我吧，但願你們能快一些。」

而我的狀態根本沒有辦法給肖承乾任何回應，在冷靜的思感世界中，我也想不出來肖承乾有什麼辦法硬抗帕泰爾的靈魂力，可是完全沉浸的心神讓我連阻止都沒有辦法。

一絲焦慮差點擾亂了我古井不波的心態，行咒又一次差點兒被打斷，但肖承乾的聲音適時響起：「不要擔心，為什麼要硬抗它的力量？我會想辦法讓它的力量沒有辦法集結。」

相比於我的焦慮，肖大少顯得從容許多，在話音剛落，就已經開始有些生澀地行咒掐訣，這原本是我們這一脈祕傳的召喚妖魂方法，在肖大少擁有了那條曾經被奴役的蛟魂以後，我自然是教給了他，這是他第一次召喚妖魂。

畢竟是山字脈的傳人又是四大勢力的人，肖大少的基礎還是不錯的，這第一次的召喚雖然生澀，但是卻分外順利，隨著行咒掐訣的完成，那一條曾經被奴役的蛟魂咆哮著出現在了天空當中。

「哇哦！」肖大少興奮大喊了一聲，顯然第一次召喚妖魂給了他極大的新鮮感和成就感，他這一刻彷彿是感覺不到危險一般，只有興奮。

原本陷在哀傷裡的強尼大爺也被肖大少的情緒所感染，忍不住流露出了一絲淺淡的微笑，望著肖大少說道：「李的祕技，曾經的李有一條了不起的妖魂！肖，你還等什麼？帕泰爾可是等不及了。」

肖承乾收起了初始的興奮，看樣子應該是在和他那條蛟魂進行溝通，而在下一刻，他的蛟魂就帶著一往無前的氣勢衝了上去，巨大的魂體在空中纏繞住了帕泰爾正在集結的力量……

肖承乾的臉一下子變得通紅，脖子上的青筋也瞬間暴起，共生魂力量是相連的，在蛟魂力量不夠的時候，顯然要借助肖承乾的力量！可見帕泰爾的力量有多麼可怕！

「好傢伙！承一，你最好快點兒，我覺得阻止他力量的集結是一件愚蠢的事情，我不知道我能撐多久。」肖承乾幾乎是使出吃奶的勁兒對我嘶吼了一句。

我反而平靜了下來，我的行咒已經完成了一半還多一些，看樣子，肖承乾是能支撐住一會兒的，而按照這個時間來計算，除了陣法中心點的承心哥和承清哥，其他人也已經都快完成了行咒。

我的猜測沒有錯，在肖承乾之後，路山、承願、承真、如月都先後完成了行咒……面對帕泰爾集結的力量，各自開始施展開來，除了承清哥的妖魂，沒有人可以和帕泰爾的靈魂力硬碰硬，所以能採取的方式都是拖延……

「真是一群幸運的小傢伙……帕泰爾在瘋狂之下已經沒有理智去思考正確的方式，按照它被封印的力量，一次性凝聚四道靈魂力速度會變得緩慢，給了你們喘息準備的機會。」此時，岩石上的那些凶物已經被強尼大爺和陶柏清理完畢了，在把牠們的屍體拋入水中的時候，強尼大爺感慨了一句。

的確是如此，比起第一道力量那風雷一般的速度，這一次帕泰爾凝聚力量顯然慢了很多，不然也不會給我們機會有時間去行咒完畢，阻止它力量的凝結。

賣萌蛇被召喚出來了，看著這天空中帶著巨大威壓的靈魂力，它也顧不上保持那賣萌的形象了，變成了一條巨大的蝮蛇，選擇了和肖承乾蛟魂同樣的方式，纏繞住了帕泰爾正在集結的力量……不過，從承真的表情來看，她顯然比肖承乾吃力一些，畢竟相字脈不屬於戰鬥之脈，功力和靈魂力什麼的沒有肖承乾深厚，優勢只在於賣萌蛇被承真溫養的時間長一些，魂魄比肖承乾的蛟完整有力一些。

承願的好鬥蛟也緊隨承真的賣萌蛇被召喚了出來，相比於賣萌蛇，這條瘋子蛟一出來就興奮得多，我常常是懷疑它智商有問題，在它的思維中，打不打得贏根本就不是問題，重點是在於有得打有得鬥……承願這麼沉靜淡定的女孩子，竟然也扭轉不過來它智商上的硬傷，它在一出來之後甚至不用承願指揮，急吼吼就衝上去了。

可是帕泰爾的力量哪是什麼好相與的東西，完全沒有準備的好鬥蛟在纏繞的時候就吃了一個大虧，差點被帕泰爾的力量彈開，讓身為主人的承願悶哼了一聲，它才意識到了自己的錯誤，終於沒有那麼衝動了，而是在集結了自己的靈魂力之後，才慢慢纏繞而上……

三方的局勢很快就穩定下來了，唯一需要擔心的就是剩下的那一道力量，失去了聖器的路山能有什麼手段？而如月擅長的是用蠱這種靈魂力的博奕，我不知道蠱苗是否能夠有什麼辦法？

但很快，我的擔心就證明是多餘的了，和我一起戰鬥過的傢伙，都是不簡單的。

路山拿出了他那把我見過多次的骨刀，不知道是用什麼樣的力量，竟然把堅硬有餘，柔韌不足的骨刀生生插進了那塊巨大的岩石中，然後用怪異的姿勢開始了祈禱般的行咒。

而如月顯然向我展示了蟲苗的另外一種能力，她祭出了胖蠶，然後開始吹響了口中的竹哨，胖蠶先是在空中飛舞，然後停在如月的肩頭靜止不動，原本顯得有些滑稽的胖蠶在那一刻竟然變得有些「威壓」起來，下一刻，一道白色的虛影從胖蠶的身體裡抽離，然後如同箭一般衝向了帕泰爾正在集結的力量。

相比於其他三道力量，這道力量已經快集結完成了，至少我感覺到了來自靈魂力特有的威壓，但那道白影是什麼？竟然毫不畏懼的衝了過去？

可能是怕完全沉浸在行咒中的我被影響，如月開始娓娓道來：「三哥哥，不用擔心，你看見的是金蠶的蟲魂，牠是蟲王有完整的魂魄！而用蟲蠱的最高境界，是能驅使它們的靈魂，就如貓兒蠱和犬蠱是同一個道理。胖蠶子是無毒不吞，無毒不解的……而帕泰爾的靈魂力裡纏繞著大量的怨氣，那些黑色的條紋就是！這是靈魂之毒，胖蠶子是可以吞噬那一部分的，雖然速度慢了一點兒，但一樣也可以起到阻止的作用。」

聽如月這樣說我就安心了，這時我也看感覺清楚了，帕泰爾集結的靈魂力上趴著了一隻微小的靈魂，就體型而言也是胖胖的，原來這傢伙的靈魂也是一個胖子！

它的體型和帕泰爾龐大的力量相比，顯然就如同螻蟻和獅子的對比，但它的氣勢並不比帕泰爾微弱多少，它是蟲王！可我在沉靜的思感世界裡，只感覺到它瘋狂的進食欲望！這傢伙根本沒有戰鬥的覺悟……

在如月完成驅使金蠶蠱之後，路山那邊的骨刀祭祀也終於完畢，我沒想到的是，隨著祭祀的完畢，路山的骨刀中竟然衝出了一道巨大的刀影，仔細看去，竟然是由數不清的靈魂密密麻麻集結而成的刀影。

這些靈魂……確切的說應該不是靈魂，而是那種只剩下靈魂力而失去了靈魂意識的存在，更接近於鬼頭，它們的力量威壓竟然比我們老李一脈的妖魂也弱不了多少。

而路山在此刻，忽然拿起一根針刺破了心頭，用特殊的方式弄了一滴心頭血獻祭於骨刀之上，整個人一下子變得有些萎靡了起來。

「承一，這才是我真正的法器，沾染了不知道多少人的鮮血！流傳到我手中就是如此了，但我會記得用原本罪惡的它來做正確的事，我也珍惜這裡面可憐的已經沒有意識的靈魂，用自己的心頭精血來滋補它們。」路山靜靜說道，而我不知道他為什麼要和我說起這個。

而那邊，巨大的刀影已經高高揚起，朝著帕泰爾集結的力量狠狠砍去……

第一百二十六章　針芒大槌，極限對戰

隨著路山的行動，四股帕泰爾正在集結的力量被成功拖住了，這還是大家並不敢用全力的結果，畢竟陣法還需要大家的力量來支撐。

各種的戰鬥和經歷讓人成長，可以說現在我們的戰鬥力和最初集結起來的時候，已經不是一個等級了。

一種莫名的安心在我心中蔓延，我相信我的任何一個夥伴，即使此時的帕泰爾正在怒吼，螻蟻的掙扎支撐不了片刻，我們都將是害死婞婭的凶手，而它不會原諒我們。

咒語從我口中不停念出，隨著接近完成的咒語，陣法傳來莫名的震盪，竟然自動溢出了一部分力量……這讓我莫名吃驚，莫非陣法根本就沒有真正的完成？怎麼彙集的力量還會逸散去一部分？

但是下一刻，我發現溢出的那部分力量竟然在陣法的作用下，自動溝通著天地之力，彷彿是產生了某種未知的變化……可是這一部分竟然是我不能瞭解的。

「承一，我撐不住了，再這樣下去力量會枯竭的，到時候陣法也是擺設。」在我暗自驚心於陣法的變化時，肖承乾大吼的聲音再次出現，我微微感應了一下，肖承乾纏繞帕泰爾力量的那條蛟龍，已經被帕泰爾膨脹的力量拉伸到了極限，很多地方都有靈魂力微微滲出，就像是人類的皮膚被拉伸到了極限，有血絲滲出那般。

而反觀其他人的狀態也不是太好，畢竟不敢全力以赴對付帕泰爾，能做的只是盡力拖延，撐個半分鐘幾乎就是極限了。

承真和承願的蛇與蛟，就出現了和肖承乾的蛟同樣的情況，而如月的胖蠶也從一條原本只是肥肥胖胖的蠶子變成了一個小餅似的東西，身上浮現出淡淡的黑氣，如月雖然沒說，但從胖蠶的這個狀態，幾乎就可以看出它不能再「吃」下去了，而路山的骨刀之靈，上面集結的靈魂，竟然有開始破碎的跡象，這些靈魂一旦彼此之間的連繫分散，被各個擊破是再簡單不過的事情。

情況又一次變得危急起來，但我沒辦法回應肖承乾什麼，我口中的咒語越念越快，隨著我最後幾乎嘶吼般的行咒，陣法的震盪也越來越厲害，情況或許也不是那麼危急，因為行咒就快完成。

隨著最後兩個音節在我口中念出，帕泰爾或許也感應到了什麼，發出了一聲憤怒的嘶吼：「你們讓我徹底失去了耐心。」

一股巨大的危機感瀰漫在了我的心頭，那一刻，陣法剛好徹底運轉起來，我立刻睜開眼，大喊了一句：「歸陣。」

我的話剛落音，帕泰爾集結的力量就開始劇烈波動起來，在一瞬間膨脹到了極限，我看出來了，如果再繼續糾纏下去，帕泰爾會選擇自爆靈魂力，這和自我燃燒靈魂力是一件異曲同工的事情，以它的力量哪怕是自爆一點點靈魂力，拖出它的幾個人都會受到極大的傷害。

但我不知道帕泰爾在謀劃什麼，它竟然這個時候才這樣選擇，難道是捨不得靈魂力嗎？

或許吧……它畢竟沒有了陽身又被封印，靈魂力對於它來說是有限的資源，它對婞姫的愛到底是屈服在它個人的利益之下吧？還是有別的原因……？我忍不住胡思亂想了一下。

相比於帕泰爾的行動，我的那句歸陣也來得異常及時，在帕泰爾真正這樣做之前，肖承乾幾個人就先後快速收回了妖魂，回到了陣法之中，在各自的位置上坐好了……在所有人歸陣以後，陣法就如同一架充滿了能量的發動機，在被啟動以後，瞬間就爆發出了強悍的力量，開始高速運轉起來。

一股股澎湃的靈魂力開始快速充斥著我的靈魂，只是瞬間就讓我的靈魂膨脹到了極限……而因為肉身的限制，一個人對靈魂力的容納能力是有限的，否則就會出現我小時候那種情況——陽不關陰，會因為陰陽的不協調而使肉身受到極度的損害。

但是這沒有關係，因為有巨大的麻煩等著我去解決，關於直接用靈魂力對戰的術法，每個傳承都記載了不知道有多少，我快速掐動手訣，下一刻那些找不到宣洩出口的靈魂力，就通過我的手訣在我的周圍集結……

於此同時，整個深潭迴盪著帕泰爾帶著嘲諷的冷笑，它冷酷的意念在我們的周圍響徹：「你們做出了一個正確的選擇，沒有浪費我寶貴的力量，那是我帶著婞姫通往永生的力量，你們的性命賠不來。」

可它也並未因得意而忘記自己應該做什麼，擺脫了束縛的四道力量幾乎是在我掐訣的同時就已經快速集結完畢，這是比上一次「試探」般的攻擊更加澎湃的四道力量，還是聚集成了碾壓式的大槌模樣，帶著驚人的氣勢朝著我們陣法的所在狠狠砸來，但刻意避開了婞姫所在的位置。

「又是那個李的層出不窮、讓人弄不明白的討厭東西嗎？以為我真的怕了嗎？如果不是他陰謀太多，我怎麼可能會輸給他而被封印了那麼久的歲月？」帕泰爾瘋狂吼叫著，而四柄大槌彷彿是自天而降的力量，瞬間就快逼到了我們的眼前，不用碰撞就能讓人感覺到那窒息般的壓力。

但我的心還是能保持在一個冷靜的狀態，術法最後的一個手訣已經在我手中結出，此刻我心中忽然有了一絲明悟，原來這帕泰爾根本不是托大才把靈魂力集結成如此粗糙的形態，而是相比華夏的道法，他所信仰的宗教對於靈魂力的運用還在一個極其粗糙的地步……根本不懂得精細利用它們！

而如果一個普通人在場，恰好又是那種感覺比較敏銳的人，閉上眼睛可以能就在思感裡發現帕泰爾的力量壓迫而來的時候，我的身旁被我宣洩而出的靈魂力，已經變成了密密麻麻不知道有多少的細針，浮在我的身旁……隨著最後一個手訣的完成，這些細針忽然變得更加凝聚，由原本縫被子大小的大針，變成了細如牛毛的針芒……閃爍著靈魂特有的微藍色光芒，雖然數量很多，但是和帕泰爾壓迫性的力量對比起來，氣勢顯得是那麼微弱。

但我可不那麼認為，隨著最後一個手訣的完成，我忽然大喊了一句：「師祖對術法的理解和運用，豈是你能夠理解的？不要把你的無知當成了別人的陰謀！你什麼時候能改掉自卑的毛病，什麼時候也才能學會不要自己找理解！」

「你這個不知天高地厚的傢伙！」帕泰爾怒吼了一句，四柄大槌的速度忽然加快，就和第一次出手的速度一樣快！顯然帕泰爾被我激怒了，更別提強尼大爺在旁邊大喊的那一聲「承一，你說得很好！」

面對這呼嘯而來的力量聚集在我們的周圍，我感覺天空好像被這力量所遮擋而陰暗了幾分。我不敢再耽誤，手訣一動，浮現在我身邊細如牛毛的針芒忽然就激射而出，對著帕泰爾的靈魂力毫不畏懼的迎了上去。

「可笑！」帕泰爾一副勝券在握的樣子！

真的是可笑嗎？那麼多細如牛毛的靈魂之針對上帕泰爾的力量之槌，看起來是那麼弱小，在第一批針芒和帕泰爾的大槌接觸的瞬間，連讓它的力量停頓一下的作用都起不到……難怪帕泰爾會這樣認為。

轉瞬之間，大槌離我們的距離就不到十米了，上面澎湃的靈魂力對我們的肉身都產生了影響，我們的頭髮被吹得亂舞飛揚，可是針芒的運用原本就不是如此的。

所以我看著那壓迫性的力量，忽然冷笑了一聲，對帕泰爾說道：「真正可笑的怕是你。」話剛落音，那些牛毛針芒忽然一根一根在帕泰爾的靈魂大槌上爆炸開來！

這才是這個術法真正的力量，利用了爆炸和濺射的力量，以少對多的消耗靈魂力，祕密就在於這每一根細如牛毛的針芒並不是純粹由靈魂力組成的，而是暗含了一絲精神力，把靈魂力凝練到了極限！

畢竟這個陣法是全力的互相支持，從靈魂力到精神力到功力都是流通的……小爺的精神力也終於奢侈了起來！

而加入了精神力控制的靈魂力，就好比子彈裡加入了火藥，依靠的可不是那一點兒銅殼的作用而是爆炸的作用，如此精深的運用，怕是帕泰爾這個粗糙的傢伙理解不了的！

爆炸很快就連成了一片，而這種力量所產生的傷害在瞬間就發揮了作用，帕泰爾的靈魂大槌被爆炸阻擋了腳步，一點一點的停頓，一點一點的後退，表面的一層靈魂力在急遽減少，而聚集的大槌也開始了有了不穩定的跡象！

但來自於陣法的支持，湧向我的靈魂力還是那樣源源不絕，我嘴角帶著一絲笑，手訣又開始掐動，以少換多的買賣，誰不願意做？帕泰爾，你來多少力量，小爺就接著了。

這樣想著，我手上的手訣掐動得更快！

而在針芒爆炸的作用下，帕泰爾的其中一柄大槌竟然碎裂了……

第一百二十七章　壓抑的火山

「非常不錯！」看見這樣的微小勝利，強尼大爺忍不住高喊了一聲。

而我卻是時刻不敢放鬆，我以為會像第一次那樣，逸散的靈魂力會形成靈魂力亂流，那個帶來的衝擊也是不小。

可是我卻預料錯了，在第一柄大槌裂開以後，帕泰爾一聲狂吼，那些碎裂開來的靈魂力又開始凝聚，帕泰爾竟然要重聚靈魂力！但同時在我身邊又再次浮現了密密麻麻的針芒。

原來彼此的想法都是一樣，這不是一場遭遇戰，只要一個回合把對方打趴下就行了，這根本就是一場拉鋸戰，比的是誰能堅持到最後。

我大概可以預料到帕泰爾融合了昆侖之魂，但有沒有萬鬼之湖城主融合的那一個厲害就不得而知，帕泰爾具體還做了一些什麼，我也不是太知道，畢竟強尼大爺沒有詳細地說過，但無論如何，它的靈魂力都應該比我們強大，即使是在被封印的情況下。

我對戰帕泰爾唯一的優勢只是我對靈魂力運用的技巧，註定要打一場以少勝多的戰爭，我能依靠的也只是技巧。

「澎」「澎」「澎」，我身邊浮動的第二批針芒又朝著帕泰爾的大槌激射而去，在第一批的針芒爆炸完畢以後，帕泰爾的四柄巨槌都破碎了一次，但又被它重聚了，這是第二次的正面對決……

婞婭的靈魂還在持續燃燒，伴隨著我們這一場慘烈戰鬥的是慧根兒莊嚴慈悲的誦經之聲，越來越多被婞婭靈魂束縛的冤魂在消散，而婞婭本身的靈魂已經開始變得越來越黯淡……原本美麗得讓人窒息的臉也開始模糊不清。

在這一次過程中，我和帕泰爾對拚了三次，我的額頭佈滿了冷汗，連續不停三次掐訣，對於我的整個人是一場巨大的負擔。而我身邊的夥伴們也好不了多少，一個個臉色都呈現一種異樣的蒼白，這是全身的力量開始枯竭的表現，從湧動到我身上的力量就可以知道了，已經不像一開始那樣如同澎湃的江河，而是變成細小的溪流。

這還是在我運用最節省的技巧之下的結果！形勢變得有些糟糕，但值得欣慰的是，帕泰爾的靈魂力也不可能沒有絲毫的損耗，相反他凝聚的大槌已經沒有了之前的氣勢，小了很多，顯然和我們的對碰中它的損耗也很大。

深潭上的霧氣已經變得很淡，這是冤魂先後消散，已經只剩餘了零零散散十幾隻，陰氣慢慢變淡的結果……而我眼角的餘光還能看見婞婭燃燒著白色火焰的靈體……已經快淡得看不見，只能看見一個人形的火焰！這般美好的女子……我的心也忍不住微微一痛，莫非註定的結局就是消散在天地間嗎？

於此同時，我身邊再一次浮現出針芒，比起前幾次這些針芒已經稀疏了很多，畢竟可用的靈魂力與精神力已經不多了。

而帕泰爾這一次凝聚的大槌也變得有些模糊，沒有了那種凝實的架勢，而且上面密佈著裂紋，它也有些有心無力了。

難道只剩下幾次對撞，戰局就可以決定了嗎？

慧根兒的超渡聲還在繼續，一隻又一隻的冤魂不斷在消失……我的心情卻莫名沉重，我有一種這才是開始的錯覺，如果這才是開始，那整個戰局是不是顯得我們有些黔驢技窮的感覺了呢？接下來應該要怎麼辦？

我的頭一陣一陣的刺痛，可是我沒有辦法停下來。比起其他的術法，針芒是最節省靈魂力，也是攻擊效果最好的，可它有一個弊端，就是非常考驗施術人的精神力，畢竟要操控這麼多的針芒，我的依仗是大家提供給我的精神力，但就是這樣也避免不了過度集中精神後身體所產生的本能反應。

第四次的對撞開始了，氣勢已經弱下來的雙方這一次的對撞簡直沒有什麼看頭，依舊是同歸於盡的結果，而速度比之前卻是快了很多，因為雙方的損耗都很大，剩餘的靈魂力對撞能持續多久呢？

深潭水面上密集的冤魂已經被慧根兒超渡完畢了，原本霧氣籠罩的深潭變得清明起來，可是依舊被灰黑色的雲層壓抑著，湧動著呼嘯的風，看起來是如此沉重的一幅畫面，唯一的亮色竟然是那一團燃燒的魂火。

我依舊在掐動著手訣，這一次的速度比之前幾次都慢了很多，因為過度透支的冷汗佈滿了我的整個身體，連帶著身上那一件衣衫也被浸透，被冷風一吹黏黏膩膩的貼在身上說不出的難受。

帕泰爾再一次被擊碎的靈魂力此刻詭異的靜止在空中，竟然沒有開始最後的凝聚，難道是它已經到了底限，不能再繼續了嗎？

事情的結果恐怕沒那麼簡單，在深潭壓抑的天地中彷彿就像在醞釀著暴風雨之前的平靜……

「婞婭……」強尼大爺的聲音充滿了悲苦，顯然冤魂超渡完畢，婞婭的靈魂也已經燃燒到了極限，就快要消散了。

「我不會原諒你們的，不會！是你們逼我的。」在強尼大爺悲泣的同時，帕泰爾的意念再一次瘋狂響徹在整個深潭，我的心開始不停往下沉，我的靈覺告訴我，這個時候的帕泰爾才開始真正的危險起來，雖然從事情上來推斷這不符合邏輯，但靈覺的預測的確就是如此。

在這個時候，慧根兒超渡的念力沒來由的包裹住了婞婭，金色的念力湧動之下，婞婭白色的魂火熄滅了，而她的靈魂看起來是那樣的虛無，只要有經驗的道家之人一看都知道，這恐怕是無力回天，隨時要消散的徵兆了。

如果不是慧根兒的念力包裹住了靈魂，下一刻婞婭的靈魂就會消失在這天地間。

深潭的水面再次湧動起來，沒有之前那種狂暴，卻讓人感覺有一種異樣危險的暗湧在流動，仔細一看，是密密麻麻的水下凶魚聚集在了一起，從入水口處我甚至看見了更多的凶魚，比起之前牠們湧入那一次，這一次顯然規模更加宏大，竟然從水面上都可以看見那密密麻麻的魚鰭！如果有一個捕魚人在此，隨手一抓就能抓起一條魚，當然這只是我形容凶魚的密集程度！

帕泰爾想要做什麼？

這時我停下了掐動手訣，我知道下一次就不是靠針芒這種技巧性的東西可以解決的問題了，我能感覺到帕泰爾在嘶吼完畢以後壓抑的憤怒，就如同洶湧的火山將要爆發。

承心哥默默從隨身的布包裡拿出了一瓶藥丸，開始分發給每一個人，說道：「這個藥丸的作用，我想承一就不陌生了，它有著強烈的刺激作用，可以刺激出我們每一個的潛力，各種潛力！但就如同過度勞累會透支生命一樣，我們的潛力也會被透支！後果呢，有些嚴重……承一，全力施展你那作弊術吧，這問題已經不是我們能解決的了。這藥丸你們要不要吃，你們看著辦吧？」

作弊術是承心哥調侃我的說法，因為別脈的中茅之術請來的同門師祖誰能同我們的師祖比？這樣反倒顯得中茅術比傳說中的上茅之術還好用了，不是作弊又是什麼？

只有我心裡清楚，我的中茅之術自從在地下密室發生了異變了之後，就已經完全脫離了中茅之術的範疇，反倒是像師祖的意志在刻意配合我，不，應該不是靈魂意志，而是魂魄，就是殘魂的感覺！我搞不清楚這其中到底是怎麼一回事兒……但我到如今唯一的依靠只能是它。

我拒絕了承心哥遞來的藥丸，並非我不吃，而是我身上有更好的藥丸，那是師傅留下的，效果「變態」的藥丸，曾經在黑岩苗寨的洞穴中我服用過一次，給我留下了非常大的後遺症，可這次我也不得不拚了，只因為上次在萬鬼之湖我得了師祖殘魂的好處，無論是靈魂承受力還是靈魂力比起以前都強大了許多。

接下來的戰鬥更加殘酷，每個人都分到了藥丸，沒有一個人拒絕，大家都明白也拿出了拚命的架勢。

「帕泰爾，住手吧。」於此同時，婞娅那虛弱的意念忽然再次響徹在我們每一個人的腦海。

「婞婭……」

「婞婭……」

這是強尼大爺和帕泰爾同時呼喊了一句，聲音都同樣充滿了悲傷，不同的只是帕泰爾的聲音中充滿了壓抑的暴虐。

而在這時，我忽然也感覺到了陣法傳來了異樣的波動……

第一百二十八章　她的結局

這股波動非常微弱，微弱到我以為是我的錯覺，所以在這難得暫時平靜中，我看了一眼其他人，他們並沒有什麼異樣的反應，反倒是一個個捏著藥丸，盯著看著眼前的局勢，婷婭最後到底想要對帕泰爾說些什麼，是不是對我們的局面有所扭轉？

而最衝動的肖承乾，看他捏著藥丸那個樣子，倒是想馬上吃下去的意思。

「先別吃！」我莫名喊了一聲，肖承乾嚇了一跳，手中捏著的藥丸咕嚕嚕的滾到岩石之上，正好落在我的腳邊，我撿起了那顆藥丸，也不明白知道為什麼會這樣喊一聲。

也就在這時，陣法再次傳來了一陣波動，這一次的波動比上一次的強烈多了，這是……我下意識看了一眼天空，手上的藥丸一鬆，再次咕嚕嚕滾到了深潭之中，激起一層層的漣漪，然後消失不見了。

「承一，看你做的好事！」肖承乾激動得罵了我一句。

我卻來不及解釋什麼，因為此刻婷婭的意念再次出現是那麼的虛弱，打斷了我們之間這個微小的動作，我只能擺手示意肖承乾暫時安靜，畢竟人家帕泰爾都安靜了下來，咱們比禮貌也不能輸給帕泰爾啊！

「帕泰爾，我到底是欠你一個道別的，如果你對我還有一絲的感情，就請你停下這一切吧。」婞娅的意念充滿了一種真摯和蕭索的味道。

真摯是因為即將消散,還有什麼好隱藏的呢?而蕭索也是因為婞娅的靈魂也走到了盡頭,這一次是真正的消散。

「婞娅,請妳不要懷疑我對妳真摯的愛情,除了妳沒有任何一個人能走進我的心裡!但妳怎麼能讓我停止?每一個人都有夢想,我為它付出了那麼多,直到身體的死亡也不曾放棄,難道就這樣停止嗎?婞娅,妳是我夢想中最重要的一環,我還有辦法保住妳的,哪怕付出一半的力量,請妳不要再做愚蠢的事情了……我來不及告訴妳的是,什麼制度、公平、自由、屈辱都再也和我沒有關係,這是後來的我接觸了更高的存在,才明悟的一件事情!這世間的一切都是如此低級,我只想帶著妳一起走到更好更幸福的地方,就只有我們兩個相守,什麼都無法再打擾我們……婞娅,這難道有錯嗎?難道妳就不能支持我一次嗎?」帕泰爾的聲音充滿了急切,同樣它也是真誠的。

「你根本就是受到了魔鬼的蠱惑,你說的一切根本就逆天的!李曾經說過,不屬於這裡的強大力量,就是魔鬼的力量,人們追逐它的過程中,會連本心都失去!婞娅,不要相信它,它會把妳拖入更深的深淵!」強尼大爺忍不住大喊了一句。

而婞娅那邊卻沉默了,不知道為什麼在沉默……

至於我,一邊感受著陣法的波動,一邊開始有意識的聚集這種波動所帶來的力量,但同時我也明白強尼大爺話裡的意思,昆侖遺禍本身就不存在對錯,就好比曾經在黑岩苗寨的惡魔蟲,也只是想憑藉力量突破空間的限制,回到昆侖。但唯一不同的是牠們對這世間的一切沒有感情,而且是用高傲的思想去看待這個世間,我們的存在就如同螻蟻……人心被這樣的力量所蠱惑，那不是魔鬼的蠱惑和力量是什麼？

其實這是一個讓人唏噓的事實……就好比我們看待螞蟻的世界，一根指頭就能壓死無數的螞蟻，難道我的同類會因為我壓死了螞蟻而指責我的不正義嗎？可是螞蟻如果有思想，那又會怎麼樣？肯定會認為我是一個充滿了力量讓牠們害怕的魔鬼，代表著邪惡！

世間事的因果對錯就是那麼糾結，放大了來看，竟然沒有絕對的對錯，可是總有一點要承認的是，螞蟻不能反過來這樣對待螞蟻，人類不能視其他的人生命為螻蟻，生存進化如果是天道中最基礎的道，那麼一個族群之間不能大規模的互相傷害，就是要遵守的最基本的原則，那是一種自我傷害，付出的代價是巨大的！人類總是在不停犯錯，代價其實也已經在付出……只是人類也在進步，至少變得越來越尊重同類的生命，在如今已經輕易不會戰爭，戰爭也不會出現令人髮指的屠殺和大規模生命的消失。

每一個勢力都開始懂得了對生命的尊重，更多的人在覺醒！

可是受到了魔鬼蠱惑的人，又應該怎麼醒來？比如說帕泰爾？又比如說那個讓我刺痛的名字——楊晟！

在短暫的沉默以後，婞婭開口了：「帕泰爾，從你漂流到我的身邊，我們相伴了那麼多的歲月，雖然我從不曾出來見你，和你交流，可是我能感覺得到我哥哥說的話是對的！你的靈魂力駐紮著魔鬼的力量，這樣的力量那麼強大，以至於連我的靈魂都受到影響和感染，靈魂力竟然充滿了如此大的殺傷力，引來了那麼多無辜的人死在這段河面，被凶魚所吞噬，而鮮血用來滋養你，我說得對嗎，帕泰爾？你為了追求你所謂的力量，連我的靈魂都在利用，可你說你對我的愛情是真摯的。」

「婞娅，我以為這是妳和我的默契！婞娅……不是妳想像的利用……如果要得到所渴望的東西，就包括沒有壓力的幸福愛情，就註定了要付出更多，妳難道不明白嗎？這個世間原本就不存在公平，人們也是如此的醜惡，我不去做的事情，他人也一樣會去做……那為什麼我不為自己爭取！」

「傷害到他人也無所謂嗎？」

「我不傷害別人，不代表別人就不來傷害我！難道從小到大我受到的傷害少嗎？連靈魂也受到了傷害，成為了那該死的神衛……妳難道不知道嗎？我保證，只要得到了我想要的力量，我就會住手，其他的一切紛擾都再也與我們無關，婞娅，我保證！」

「帕泰爾，我和你沒有默契，這麼多年來，我被動因為你而傷害的生命，我在此時已經償還了，幸運的是還讓它們得到了超渡！我一個女人都有償還的勇氣，可你卻永遠在為自己的自私找藉口！帕泰爾，我和你是永遠走不到一起了，你知道為什麼嗎？你眼裡看見的永遠只有恨，被無限放大的壞，所有的好都被你忽略……而我眼裡看見的卻有愛，還有很多的美好，所以所有的恨都被我放下！你因為恨而變得充滿了攻擊性和狹隘，只能允許別人無限的好，不能忍受別人的錯誤，加倍的報復，惡毒的面對……而我卻因為愛而得到了解脫，哪怕是靈魂消散，可我心坦然。你又怎麼能明白坦然的心情就像是天堂般美好？」

「婞娅，妳怎麼到最後還是不明白！所謂的愛都充滿了目的性！他們……」

「帕泰爾，不用說了。如果在很遠的未來，你和我還有相遇的可能，我希望你是一個真正的英雄，你的心中嚮往的是更多的愛，你為了它們而抗爭……而不是現在這樣的你，我對你的愛已經燃燒到了最後，我很遺憾到最後我……也不能改變你。」婞娅的聲音也開始變得虛無飄渺起來，此時慧根兒的念力也不能維持婞婭的靈魂了。

「婞婭！」帕泰爾瘋狂嘶吼了一聲，整個深潭變得異常狂暴，到處都是激流的水浪，朝著四面八方瘋狂撲打，在那一刻，我忽然看見了瞬間出現的湖底，在兩塊岩石的中間，有一個類似於船型的怪異棺木就固定在那裡……

具體的我看得不是太清楚，畢竟只是一瞬間，但我明白那就是我們此行的目的，被封印的帕泰爾！

但同時，我的心中也充滿了悲傷，婞婭的結局難道就是如此嗎？雖然她得到了解脫和內心最珍貴的坦然，可這個女子是不應該消散在天地間的……

強尼大爺已經跪在岩石上，整個人趴下來，開始無聲哭泣……婞婭卻不可逆轉的在漸漸消散。

「這一場功德，是妳的。」就在這種時候，慧根兒的聲音忽然響起，他的雙手掐著一個複雜的手訣，身後出現了一種迷濛的金色光芒，和念力的光芒不同，這種光芒充滿了一種讓人迷醉的正能量，此時正飛快的從慧根兒的背後湧出，湧向了婞婭！

這種光芒我有些眼熟，在恍然之後，才覺得我好像在一個人的身上看到過，那個人是——弘忍大師！在他得道的時候，所閃爍的金色光芒就是這樣。

光芒很快包裹住了婞婭，奇蹟終於發生了，婞婭的靈魂竟然停止了消散，而是不停又凝聚了起來……然後飄向了一個未知的遠方。

在那一瞬間，我看見她微笑，她看了一眼已經被奇蹟震撼的強尼大爺，說了一聲「我親愛的哥哥，再見。」，又看了一眼我們所有的人，特別是慧根兒，說了一聲謝謝……

但那一聲謝謝已經如此飄渺，因為她的靈魂瞬間就已經飄到了很遠的地方！我知道，那是她真正走向了輪迴！

「婞婭，不！妳留下來！我的夢想中不能沒有妳！」帕泰爾瘋狂了，原本消散的靈魂力忽然聚攏成一隻紫黑色的大手，想要抓住婞婭的靈魂……

但回應他的，竟然是一道充滿了天地威嚴的閃電！一下子擊散了帕泰爾的那隻靈魂之手。天道輪迴，怎麼可能讓帕泰爾干擾！就連我的師祖也不能干擾這一過程！

婞婭，終於得到了一個真正屬於她的美好結局……一朵顯得那麼虛弱的紅色小花，靜靜留在了岩石之上。

第一百二十九章　瘋狂聚集的力量

看著那一朵顯得有些孤獨的小紅花，我很難否定帕泰爾對婷婭的愛情，即便這愛情中充滿了自私的佔有欲，但那也是愛情的一種情緒吧，只是有人把愛情中的正面能量放大，而有人用負面情緒主宰愛情。

婷婭的身影已經徹底消失在天際，但願下一世她可以生存在一個相對自由公平的地方，讓她這個有火一般熱情、純白的善良還有鮮明個性的女人，能夠在那裡活得張揚而放肆，美好享受著生命。

而帕泰爾的靈魂之手被擊碎以後，竟然變得無聲無息，四分五裂的靈魂力就這樣詭異的停在空中，整個天地都像靜止了一般。

只有一個人是這絕對靜謐中移動的點，那就是強尼大爺，他帶著欣慰的表情和未乾的淚水伸手撿起了那岩石之上的小紅花，鄭重放在了重新穿上的上衣的口袋裡。

隨著強尼大爺這個動作的結束，安靜的畫面破碎了，是被帕泰爾的意念「敲」碎的，他張狂而肆意的笑聲充滿了這深潭的每一個空間，任誰都能感覺到這笑聲背後壓抑湧動的怒火以及瘋狂的恨意。

「夏爾馬，你這個軟弱的傢伙一如既往的沒有變化啊，連婷婭燃燒靈魂你都不去阻止，現在撿起這朵已經沒有意義的紅花能代表什麼?對,它倒是可以讓你這樣軟弱的人寄託一下無用的思念!你也只能如此了……否則,你怎麼會那麼多年連踏足這裡的勇氣都沒有。」帕泰爾說話的時候,原本聚集在深潭裡密密麻麻的凶魚開始一條一條,接著是一小群,一小群的產生著某種變化,有的死去了,而有的開始變得呆滯,接著是瘋狂的掙扎想離開這裡。

我敏感察覺到這些凶魚身上原本附著的靈魂力開始消失,所以才會產生這種變化——承受不住地死去。能承受住的已經變成了普通的魚,儘管牠們其中有一些外表被「影響」的並不能變回來!

氣氛有一些詭異,我大概知道帕泰爾在做什麼了,這些原本散佈在凶魚身上的星星點點靈魂力開始瘋狂朝著一個地方聚集!這才是帕泰爾真正的實力嗎?我的心一點一點往下沉去,這些力量聚集起來有多可怕,我是可以預料的。

但是我沒有辦法阻止,因為我也在聚集某種力量,其他人就算察覺到了這種異常也沒有辦法阻止,且不說這些力量原本就是屬於帕泰爾的,就說這些力量原本就是分散而零碎的,任誰也沒有辦法把它們一一湮滅,只能眼睜睜看著它們瘋狂匯集。

強尼大爺也注意到了這種異常,風吹起他的花白的頭髮,他的容顏顯得是那樣滄桑,他的語氣很平靜,絲毫不為這種異常所震驚,用彷彿早已料到的語氣對我說道:「承一,帕泰爾已經瘋了,婞婭的離去刺激得它終於捨得動用一些力量了,一些它聚集的力量。但這還不是真正的帕泰爾,最終的危險還沒有開始,我希望你能挺住。」

我周圍的力量已經聚集得有一些規模了,天地間的波動終於讓身旁的人也察覺了,最先察覺的自然是藥丸被我丟入水中的肖承乾,他吃驚看了我一眼,下意識說了一句:「承一,你……」

「陣法的作用，原本逸散出去的靈魂力，竟然通過陣法溝通了天地的力量。」我安靜說出了答案，這才是師祖陣法真正神奇的地方，借助我們的靈魂力溝通了天地的力量，就像我們施展五行術法，原本就是通過自身溝通天地那般，只是這陣法要厲害得多，溝通的天地之力是那樣澎湃，我已經暗中聚集了那麼久，天地之力才開始在陣紋之間流動，遠遠沒有到它承載的極限。

也就是說我和帕泰爾又開始了一輪力量的聚集，只為了下一次更猛烈的碰撞！

「怪不得你讓我別吞藥丸……」肖承乾呆呆說了一句，顯然師祖神奇的陣法再一次震撼了他。

「我一個人承載鎮壓不住那麼多天地之力，在我動用這股力量之前，你們千萬不要離開陣法，否則我會被這股力量掀飛，運氣不好連靈魂都會被擠爆，知道嗎？」天地之力的洶湧，讓我感覺自己就像要被淹沒了一般，徹底感覺到了它的威壓、可怕與無窮無盡，忍不住喊了一句。

「好了，我們不是白癡，讓我們一起來幫你聚集力量吧，趕在帕泰爾之前，或者更有優勢。」肖承乾沒有說話，倒是承心哥說了一句，反觀務實的承清哥已經開始掐動手訣，幫我聚集天地之力了。

這種聚集天地之力的手訣是每一脈的基礎，任誰都會，畢竟哪一脈都要用到天地之力！只有如月和陶柏不會，有些茫然……但是無所謂了，他們自身坐在陣法當中，就算不會聚集天地之力，但做為修者的靈魂也能容納一定的天地之力為我減輕壓力！

我們這邊在瘋狂聚集著力量，陣紋神奇地開始漸漸發亮，發出了迷濛的七彩光芒。

而帕泰爾那邊也同樣是如此，凶魚朝著深潭不要命的湧來，很多被抽取了力量變為普通魚類的魚也來不及離去，這原本不小的深潭竟然在一時間擁擠得不像話，水裡自然開始缺氧，很多魚都翻起了白肚皮……原本，死一兩條魚對於人類來說，算不得什麼殘酷的事情，可是當魚一群群死去，你才能體會死亡的陰影是那般可怕。

可是帕泰爾不在乎，他要的只是聚集他的每一點力量。

「帕泰爾，你的靈魂特殊，可以和水裡的生物溝通，曾經你微笑著告訴我，牠們是你的眼睛、耳朵、觸覺，甚至身體，因為牠們可以帶上你的一部分靈魂，牠們就是你！你是那麼珍惜牠們每一個的生命，你甚至不吃魚肉……不吃在水裡的每一種存在！而我，也因為你的這份珍惜，在那麼長的一段時間裡和你一樣不去碰牠們，可到底是怎樣的魔鬼在蠱惑你啊……如今你竟然可以忘記這些美好，殘酷看著牠們一群一群死去。」強尼大爺一開始根本無視帕泰爾的話，可是如今他站在岩石的邊緣，看著一群一群死去的魚，忽然表情傷感的感歎了一句。

「任何的成功者都是踩著無數的屍體堆砌的高山，一步一步踏上巔峰，何況是一些水中的魚，牠們連思想也沒有，怎麼配得上我的憐憫？更何況，憐憫這種無用的感情我已經拋開了，這只會讓我想起你們對我的憐憫，變質為了利用和壓制！不過，我應該給這些魚一些適當的尊重，畢竟這麼多年，是牠們不停為我收集著人類的鮮血，維持著我的力量……軟弱的夏爾馬，你還沒有回應我一開始的話呢。」聚集力量的過程，帕泰爾顯得比我們輕鬆，在回應強尼大爺的同時，水面開始翻騰起來，翻騰的水浪掀起的波濤，讓一部分魚的屍體跟隨著波濤從深潭的出口處漂了出去。

就像是帕泰爾隨手拂去了一些沒用的垃圾，讓它們不要佔據那麼多的位置。

「軟弱？曾經的我是的，躲避著過往的一切傷痛！可是如今的你，沒有資格和我談軟弱，我能面對著婥婭無憾的離開，而不是強留下她，這就比你堅強了一百倍。帕泰爾，你讓這些無辜的魚兒為你收集鮮血，我很好奇，你到底收割了多少人命？力量就那麼讓你沉迷嗎？」強尼大爺說到最後，話語裡帶著壓抑不住的憤怒。

「哈哈哈……這種事情需要我記得嗎？這片土地上那麼多平庸的生命，擁擠不堪，誰還會在意每天死去多少人？一路漂流，我記不得了，一千人？兩千人？我只知道還不夠多！因為那些力量還不足以讓我破解封印……但是沒有關係，等我殺死了你們，你們的鮮血會讓我獲得更大的力量，如果不夠，我還會繼續下去。」帕泰爾的聲音充滿了瘋狂，顯然婥婭的離去，已經讓它失去了最後的束縛。

強尼大爺沉默了，或許他始終對帕泰爾還有一些割捨不下的感情，才和帕泰爾有了那麼多的對話，可如今他已經徹底明白了，帕泰爾已經沒救了，沒有任何挽回的餘地了。

入水口漸漸安靜了下來，已經沒有更多的凶魚湧入了，但是深潭之上卻漂浮著無數的魚屍，這是讓人震撼的「天才」，是何種強大的靈魂才能分割那麼多的靈魂力在水中生物的身上？怪不得強尼大爺會評論帕泰爾的天才僅次於那個聖人！

可是，就連注重修身的道家人都承認，修身只是其次，一顆心跟不上永遠也成就不了大道！一顆人心的區別，就已經註定了一個是光耀歷史，不可磨滅的聖人，而一個只是沉淪的魔鬼被淹沒在時間的長流裡。

天地之力還在不斷湧來，陣紋的光芒開始刺眼，我們維持陣法的每一個人都已經到了極限，可是我感覺陣法的容納還沒有到極限，如果我施術，這樣的壓迫就會得到緩解，但是面對這可怕的帕泰爾，我還想支撐一下，讓力量達到最高峰，所以我看了一眼在那邊休息，稍許有些虛弱的慧根兒，大喊了一句：「慧根兒，進入陣法中來，分擔一部分天地之力。」

慧根兒應了一聲，然後站起來，小跑著進入了陣法……又添加了一位生力軍，我們的壓力暫時得到了一些緩解。

而帕泰爾那邊光點聚集的速度也開始變慢，但整個深潭的水竟然微微泛起了紫色。

第一百三十章　雷神落

「哥，額受不了了。」進入陣法幫助我吸收天地之力的慧根兒，還沒有五分鐘，就狂吼了一句。

這倒不是慧根兒差勁兒，只因為我們幾個都是「飽和」的狀態，就他還是「空」的，天地之力都湧向了慧根兒，能支撐接近五分鐘，已經算這個小子厲害了。

深潭的水已經明顯變為了紫色，還有稀疏的星星點點的能量在朝著深潭之水聚集，一波又一波死去的水下生物被浪濤推了出去，整個深潭終於顯得不那麼擁擠，一些活著的存在，明顯感覺到了這深潭裡不同尋常的力量，拚了命朝著外面游去，彷彿非常畏懼。

連水下生物都感覺到了不同尋常，我自然也是察覺到了深潭水面下含而不發的力量。

我怕我們對抗的力量不夠，我感覺陣法對天地之力的貯存也快到了一個界限，只差一點點，所以面對慧根兒的狂吼，我也忍著被天地之力淹沒的難受，對慧根兒吼了一句：「小子，再堅持一下，就一分鐘。」

「怎麼堅持啊？」慧根兒對著我回喊了一句，臉紅脖子粗的樣子，但到底還在咬牙堅持。

「那就轉移注意力，和我說話吧。」我腦子瘋狂運轉著，然後忽然想起一個問題，對慧根兒吼道：「你最後是怎麼救了婞婭的？」

「不是額救她，是她自己救了自己，燃燒靈魂釋放怨魂，額才有超渡的機會，額只是用祕法把超渡的功德轉給了她！如果因由不是因她而起，這功德用啥祕法也給不了她……！加上她生前還是善良的，又忍受了靈魂自燃的痛苦……反正總之就是那麼一回事兒。哥，額真的受不了了。」慧根兒在天地之力的壓力下，語序不清地給了我說了一句，終於算是支撐到了極限。

而陣法在這個時候，能引動的天地之力也到了極限，運轉之下，七彩的光芒沖天而起，我一下子站起來，喊了一句：「那就不用承受了，全部給我放出來。」

話音剛落，我就開始在陣法中踏動步罡，掐動手訣，以自己的靈魂為引，運用這陣法中充沛的天地之力，開始了一項祕術……說起來，這項祕術和我師傅曾經施展過的一次祕術相似，是在黑岩苗寨的後山山谷中那個十方萬雷陣。

可是，那是布好了陣法，並請了許多修者一起才完成的，我一個人要完成十方萬雷陣，顯然是不可能的，之所以說相似，那是因為在短時間內，這項祕術所達到的威力，幾乎和十方萬雷陣不相上下，甚至還能超越；遜色的是，十方萬雷陣可以堅持很長的時間，而這項祕術能堅持的時間不過短短五分鐘。

不過，這正好適合我和帕泰爾的「對撞」，激烈而不留餘地的！

這項祕術就是雷訣中最高級的術法——雷神落！簡單的說，就是請神術和雷訣的集合，用請神術溝通雷神，然後用龐大的天地之力聚集成雷，請雷神的虛影親自引動這含而不發的雷電！經由雷神的雷電，就不再是普通的雷電了，而道道都會變成致命的天雷，連綿不絕的落下。

這就是縮小精簡版的十方萬雷陣！至於師祖傳下的雷罰之術，我有陽身的限制，不像是純粹的靈體時靈覺那麼出色，根本沒有辦法使用，不然有那雷罰之術，倒是對付帕泰爾的一個極好的辦法。

雷神落，是我第一次使用如此高級的術法，在踏動步罡的時候，我的心情也比較忐忑，術法的原理說起來簡單，但事實上，請動雷神已經算是請神術裡非常高層的請神了，對靈覺的要求苛刻，而要雷電引而不發，也對靈魂控制力有著極大的苛求，幸好我曾經用過分流之術，這一點兒倒還稍許有一些信心。

這些條件滿足了，我最大的依仗也就是陣法聚集而來的天地之力，如果引動的天地之力不夠雄渾，雷神落也就成了一個笑話，不要說那天雷甚至會因為雷神的存在連普通的雷電也釋放不出來能量就消散了，因為威力沒有達到天雷所需要的能量，雷神是不會釋放的。

如果不是這個陣法，這個術法我是完不成的，只因為真正的雷神落，要求是一邊溝通雷神，一邊聚集天地之力，然後轉化為雷，加以壓制，引而不發。待到雷神就位，才開始真正的爆發。

陣法為我省去了最後一步，實在是我的幸運！

隨著我步罡的踏動，狂風開始吹起，吹動我口中祈求雷神降臨的咒語也變得斷斷續續，深潭之上那一層消散不去的灰黑色物質也開始被吹散，外面的天空開始凝聚起一層又一層厚厚的烏雲。

雨水毫不猶豫的落下，先是一點一點，接著是伴隨著那些已經很稀疏的紫色光點，一片一片的一同落入這深潭的水面之上，清脆的雨滴聲就如同擂響的戰鼓之聲。

彷彿是為了回應我這邊的氣勢，原本寧靜的深潭開始翻滾，這一次沒有帶動任何的水浪，反倒是像沸騰的開水那樣翻起了大片大片的水泡，映射著詭異的紫光！

雷電已經聚集，最後的請神術還在繼續，我的情緒隨著這天地的變化，達到了一個興奮之極的頂點，這是戰鬥過的人才能體會的情緒！那種戰到熱血時，手中的刀劍只想痛飲敵人鮮血，一往無前就算戰死沙場也在所不惜的，一種叫做熱血沸騰的興奮。

這種興奮讓我的施術到達了一種玄妙的集中，不論是步罡、手訣、行咒，都變得分外行雲流水，我弄不清楚自己的速度有多快，只是通過感知，看見肖承乾目瞪口呆地看著我，然後對承心哥說了一句：「承一這是吃了興奮劑，對吧？你給他的，是不是？否則怎麼可能在施術時忽然達到這種境界，啊，就是快身法合一了，我外公一生中也只有過幾次這樣的狀態啊！」

此時，在天空中的紫色光點已經完全消失，深潭之水翻滾得更加厲害，就像開水剛剛到了一百度的頂點那般，然後在持續了一秒鐘之後，詭異地安靜了下來，卻更加可怕，這是火山爆發前忽然的寧靜，給人無限的壓力。

每個人都受到了這種氣場的影響，臉色瞬間變得蒼白，這不是恐懼，而是身體對危險本能的反應。

就如我內心一片平靜，可是頸椎上卻傳來了冰冷的微麻感，那是自己的身體本能起了一串兒雞皮疙瘩。

我已經溝通到了雷神，此刻咒語也行到了最後的部分，祈求雷神降下意志附身於我，滌蕩世間的罪惡……而在這時，紫色的深潭水面上忽然冒出了一個巨大的氣泡，在深潭的水面上還在無限膨脹，任何的光芒都不能掩蓋那個巨大的氣泡所散發出來的詭異紫色反光！

整個氣泡違背常理一般膨脹了五秒鐘，就已經到了非常巨大的程度，直徑怕是有十米，最邊緣的地方已經靠近了我們所在的岩石，然後再一次靜止不動。

於此同時，第一道閃電終於劃破了天空，瓢潑大雨中，我那行咒的聲音伴隨著雨聲異常悠遠，還帶著一種瘋狂般的興奮，天的盡頭顯出不正常的紅色，這是請神術請到了高等級神明的象徵。

「澎」的一聲，水面上的氣泡毫無徵兆的爆開了，激蕩起巨大的水花，濺到了已經踏動步罡，走到岩石邊緣的我臉上，一股帶著恐怖氣息的能量沖天而起，一個男子的虛影，伴隨著這股能量，也同時從水面下沖出，停在了深潭的水面上空！

「帕泰爾！」強尼大爺失聲喊了一句。

而那男子的虛影漸漸凝實，整個人呈現一種詭異的紫色，竟然沒有靈魂那種很虛無的感覺，是如何強大的靈魂才能做到這一步啊？

它沒有對強尼大爺失聲的呼喚做出任何的回應，而是目光閃動，落在了慧根兒的身上，隨手一指，一股澎湃的靈魂力就以讓人難以察覺的速度朝著慧根兒呼嘯而去！

「啊……」猝不及防之下，慧根兒慘叫了一聲，剎那間裸露在外的血色紋身就浮動了出來，和那股能量碰撞在了一起，然後同時消散在空中。

慧根兒整個人一下子躺倒在岩石之上大口喘息，忽然來自靈魂的攻擊，讓他吃了虧，應該是大腦感覺到了昏沉，其他沒有問題，他的血色紋身在關鍵的時候保護了他，我能感受到那股來自帕泰爾靈魂力的湮滅，並沒有實質上傷到慧根兒，否則慧根兒會立刻失去意識的。

「是你帶走了婞婭，就拿你先開刀，我看你身上的力量能夠保護你幾次？」說話間，帕泰爾又抬起了它的手，這一刻它的神態高高在上，興許真把自己當成了神。

於此同時，天盡頭的紅色消失了，一道雷神的虛影忽然降臨在我的身後凝聚，我感覺到身後強烈的力量波動，大喊了一句：「帕泰爾，你的對手是我。」

「轟隆」，在又一道閃電撕破天空之後，一道純金色的巨大雷電，朝著帕泰爾直直落下。

第一百三十一章　最後一重變化

金色的天雷落下，沒有驚人的氣勢，只是無聲碰撞在了帕泰爾的靈體之上，才發出了令人牙酸的電火花「滋滋」的聲音，纏繞著帕泰爾的靈魂竄流而過，帕泰爾的靈魂力就這樣被消磨了一部分，而在雷電纏繞之下的它也做不了任何的事情。

它顯然沒有想到華夏術法的神奇，竟然請來了天雷，這幾乎是世間一切邪惡的剋星，越是一身血債的存在，受到天雷的打擊也就越大，帕泰爾背負的血債太多，註定了天雷對它的打擊非常之大，所以在第一道天雷落下到劈中它身體，然後穿流而過的時候，它的表情都維持在一個驚恐的定格。

「請神術的親兒子果然是靈覺，竟然請來了雷神。」我的身後響起了肖承乾酸溜溜的聲音，他們那一脈的請神術在整個修者圈子裡都頗為有名，請來雷神也不是那麼容易的，怪不得肖承乾會酸溜溜的。

可是我卻沒有空理會肖承乾，雷神落已經在進行中，我必須全身心的維護我身後那道雷神的虛影，時間能拖得越長當然越好，畢竟從帕泰爾那強大的靈體來看，天雷的數量不夠，根本不足以完全湮滅它。

或者根本不能湮滅它，因為強尼大爺說過，沒有到最危險的時候！那最危險的時候，會是什麼？

我想不出答案，只是操縱著天雷一道一道落下，和帕泰爾多次的對撞中，只有這一次在天雷的威力下，我完全佔據了上風，帕泰爾被一道接著一道的天雷打擊得完全不能動彈，只能被動承受著這種打擊，連躲避都做不到！

「啊……」帕泰爾的慘叫迴盪在這深潭上空，如此強大的靈魂，就算發出的意念也讓我們感覺到了大腦彷彿是在震盪，被影響得彷彿是在和它一起痛苦，我實在無法想像，如果在沒有天地之力的支持下完成了雷神落的術法，和這樣的存在硬碰硬，我們將要面對的是什麼樣的結果。

轉眼間，就過了將近三分鐘，而在這三分鐘內，起碼有不下五十道天雷落下，帕泰爾的靈魂在這樣的打擊下，它現有的形象已經完全破碎了，變成了一個龐大無比、紫黑相間，形狀和臉都模糊不清的靈魂體！

這倒不是說帕泰爾的靈魂力變強大了，反而是說明它受到了巨大的打擊，連維持基本的形貌也做不到了。

可我的心情卻沒有因為這樣而輕鬆，透過閃爍的雷電，這樣的帕泰爾反倒讓我心裡沉重，只因為它的靈魂力比我想像的還要強大，在如此打擊之下，露出了本來的「面貌」，竟然是如此龐大，幾乎遮擋住了我們面前一半的深潭，連同我們頭頂上的天空都帶上了陰影！

應該要怎麼辦？我的大腦極速運轉著……臉上的神情也變得異常沉重，又是一分鐘過去，帕泰爾那龐大的靈體在天雷的打擊下，又消減了三分之一，但同時天雷也變得稀疏起來，我通過感應，知道那澎湃的天地之力已經變得稀薄，最多還能支撐一分多鐘！

這剩下的一分多鐘根本不足以湮滅帕泰爾的靈魂，但我竟然想不出任何的辦法。

我臉上的神情，只有自始至終站在我身旁不遠處的強尼大爺看在了眼裡，他望著我想要說點什麼，卻被帕泰爾帶著痛苦嘶喊的囂張大笑而打斷。

「哈哈哈哈……哈哈哈……夏爾馬，最後勝利的是我！是我！」在深潭的上空中，帕泰爾的靈魂帶著瘋狂的神色，儘管這瘋狂的背後是巨大的痛苦。

可是沒人能夠反駁它，因為不是傻子都能看出雷神落的威力到底不夠，根本不能完全湮滅眼前的帕泰爾。

帕泰爾卻不理會我們的沉默，繼續瘋狂的大笑，然後嘶吼道：「原來我還能剩下力量，原來你們連接近我都不能做到，總有一天我會突破封印而出，我發誓那個時候，我會在印度的大地上添加一個死亡之城……以一個城市的人為我的血祭，然後……哈哈哈……」

死亡之城……帕泰爾已經完全瘋了，我頭皮發炸地想像著這個結果！它要製造出一座死城嗎？就如同一九二二年忽然發現的那座名為「莫亨喬達羅」（死丘）的城市一樣嗎？那也曾經是一個印度的城市，如今屬於巴基斯坦，它輝煌於三千六百年前，卻是一夜之間被毀滅，原因難明，帕泰爾竟然瘋狂到又要弄出一座死城！如果是那樣，且不說是整個修者圈子都難以承受的壓力，那些活生生的人命都會成為本世紀最大的慘劇。

如果真的發生，這個世界怕是要變一個模樣，因為隱藏在背後的一些事實，恐怕再也無法對普通人隱瞞了……這會造成多少人的恐慌？又有多少人會自殺？畢竟知道了有靈魂存在後，很多存在逃避心理的人會選擇放棄現有的生命！而自殺是相當大的罪孽，於天道不符，那時候……

一滴冷汗從我的額頭滴落，怪不得師祖的一生執著要磨滅昆侖所留在這世間的一切，力量會讓任何存在都瘋狂的，而世界原本應該有它的運行規律，提前得到的力量根本就不是好事！

「承一，陣法有三個變化，最後的變化需要你的一滴精血來勾動它。」強尼大爺忽然開口說了一句。

取精血是需要時間的啊，為什麼強尼大爺現在才說出來？我看了強尼大爺一眼，他卻說道：「沒時間解釋了，在這之前，需要有力量拖住帕泰爾。」

還有什麼力量拖住帕泰爾？這一次其實是我們集體作戰！每個人幾乎都掏空了各種力量……原本慧根兒還是一個生力軍，無奈的是剛才帕泰爾第一個針對的就是慧根兒，就算他沒有大礙，要恢復起來怕也要一定的時間。

帕泰爾瘋狂的笑聲還在繼續，彷彿此刻的天雷越是讓它痛苦，等一下它的報復就會越加瘋狂。

「哥，我去試試吧。」慧根兒站了起來，靈魂剛才被帕泰爾打擊過的他臉色還有幾分蒼白。

我看了慧根兒一眼，此時天空落下的稀稀疏疏的天雷已經容不得我猶豫了，最多還有半分鐘……

可不想在這時，一聲輕輕的歎息在我們耳邊響起，路山開口了：「陶柏，如果你想去就去吧，如果說要去找回白瑪，你的存在遲早會被他們發現。」

什麼意思？我還沒有來得及思考，就聽見陶柏開心嗯一聲，然後對我說道：「承一哥，讓我去吧，我封印的力量還在！」

封印的力量？我忽然想起了在萬鬼之湖的大戰之中，陶柏忽然發威的那一幕，那帶著火紅翅膀的靈體，在那之後，陶柏的本體發生了一些變化，路山還讓我去看過，但沒有具體的說明什麼原因，我只記得那一天，陶柏昏迷的屋子裡充滿了一片純陽之氣。

而純陽之氣是除了天雷之外，對一切邪惡或者是靈體最大的剋星！

還沒等我說什麼，陶柏已經跑過來，站在了我的身旁，一把就扯掉了他那薄薄的上衣，然後用一種複雜的手勢開始在胸口的某個位置拍打起來，曾經我在萬鬼之湖也見過他這個動作，不同的是，那時候我們都是以靈體的形式存在的，沒有如今他在我身邊做這個動作那麼有真實感。

而我也注意到一個細節，在陶柏的胸口位置，有一個羽毛狀的紋身，那是一片如燃燒的火焰一般的羽毛，是異常好看的金紅色，栩栩如生。只是那麼一片羽毛就讓人感覺到一股撲面而來的炙熱。

朱雀之羽……我忍不住就這樣想到，可是也想起了路山激動的話語，哪有什麼朱雀，根本沒有朱雀！

我腦中的念頭紛雜，可是在此時「轟」的一聲，已經是最後的一道天雷落下了，它纏繞住帕泰爾的瞬間，我身後的雷神虛影已經徹底消散了……

「哈哈哈哈……」帕泰爾發出了我們對抗以來最囂張的笑聲，等這道天雷散去，就是它它瘋狂報復的開始！

我看了一眼，持續了五分鐘的雷神落消磨了帕泰爾將近一半的靈魂力，此刻的它已經沒有最開始不能維持人形時那樣的龐大了，可是剩下的力量依然不是此刻虛弱的我們能對付的。

只能讓陶柏拖它一些時候了，張狂大笑的帕泰爾此刻根本沒有注意到陶柏的變化，那周圍逐漸變得炙熱的空氣，還有胸口處若隱若現的紅光……

完成雷神落，我的大腦一陣一陣的發暈，那是完成術法後的後遺症，我的消耗非常之大！可是我根本不敢有半分的耽誤，而是趕緊盤膝坐下，從隨身的布包裡拿出了一件稍微鋒銳一些的法器，我要取自己的精血，完成陣法的最後一重變化。

第一百三十二章　震撼的終極

「知道嗎？承一，不是我不願意給你說陣法的最後一重變化！而是在我和李的預估中，這最後一層變化將會是配合著我的最後一擊，徹底消滅帕泰爾……可是，婥婭在這裡是一重變數，而婥婭的死又刺激了帕泰爾，讓事情發生了一些變化……李畢竟不是神仙，不能完全算計到一切。對不起，承一，我只是沒有想到陣法的兩重變化，都還不足以讓我們靠近帕泰爾的本身，但也不見得這是壞事。」就在我取自己精血的時候，強尼大爺解釋的聲音在我耳邊響起。

「帕泰爾的本身是什麼？」此刻，那件鋒銳的法器已經刺進了我的胸口，我疼得悶哼了一聲，但還是忍不住問了一句。

「是殭屍。」強尼大爺的語氣很沉重，可我的心情更加沉重，竟然是這樣的存在？又一個老村長？

於此同時，纏繞著帕泰爾的最後一道天雷已經散去……在深潭半空中的帕泰爾之靈魂，甚至來不及喘一口氣，伴隨著它瘋狂的笑聲，一道靈魂力就朝著我們衝擊而來。

這一次並不是簡單的靈魂力衝擊，在那一瞬間，我彷彿看見一座由屍體堆積而成的屍山，屍山之下是一片流動的血海，無數的亡靈在掙扎嚎叫，而我被拉扯進了這片空間。

在這空間的最高處是帕泰爾矗立的身影，在這裡它穿著一身華麗的長袍，就和我在強尼大爺的鐵皮屋裡，曾經看見過的強尼大爺年輕時的照片中那一身華麗的長袍一樣，應該是神之子所穿的服飾。

「到這裡來，臣服於我，獻祭你的靈魂，我將帶你走向永生。」此時的帕泰爾就像一個真正的王者，站在那高高的屍山之上，居高臨下地對我說道。

我站在屍山之下，旁邊就是翻滾的血海，浮沉著一張張痛苦的臉龐，在這地獄般的空間內帕泰爾的意志是如此強勢，強勢到根本不容人拒絕，即使我知道這只是靈魂必有的攻擊方式！

就算再強大的靈魂，攻擊方式不外乎也就是幾種：一種是給人幻覺，一種是靈魂力的衝擊，不然就是直接擠入人的陽身……當然，修者的靈魂不同，還有屬於自己的術法。

但是像信仰強烈的宗教所走出來的修者，一旦被自己的信仰所拋棄，很多術法是不能施展的，就好比帕泰爾，他早就被他所信仰的宗教所拋棄，與宗教相關聯的術法自然也是不能用了，這算是我們不幸中的萬幸。

在面對迷惑時，最好的辦法就是保持自身的心志不動搖，說來簡單，但這也要看對方的力量強大與否，就好比普通鬼物所帶來的幻覺自然比不過厲鬼，像帕泰爾這種存在，完全是厲鬼中的厲鬼，在我猝不及防的情況下，明知道是幻覺也無法破除這種影響，走不出這片空間。

但到底我還不至於被迷惑到獻祭自己的靈魂！

「你要反抗我嗎？」屍山之上的帕泰爾憤怒高呼道，我緊緊咬著牙關，死守著自己的心志，不為那股不容抗拒的意志所動搖。

「你要反抗我嗎？」帕泰爾再次高喊道，於此同時它的身影忽然極快的從屍山上漂浮而下，一隻手無限在我眼中放大，彷彿下一刻就要捏住我的脖子。

「敢於反抗我的人，都要死！」帕泰爾如此叫囂道！

而我不能動彈毫無辦法，在動用了雷神落後靈魂力早已空虛的我，除了心志還能保持一絲清明，已經沒有任何的術法可以助我突破這幻境……但在這時，我感覺到了炙熱的溫度，抬頭一看，一點金紅色的火星出現在這幻境中天際的一角，然後沸騰成為一片金紅色的火焰，開始快速燃燒！只是一瞬間幻境的天空就被破除了大半！

這是……來自陶柏的力量！

「可惡！」帕泰爾嘶吼了一聲，然後消失在我的眼前，而我感覺到自己快被炙熱包圍，一陣恍惚中，我終於從來自帕泰爾靈魂的幻境中清醒過來，神智再次清明時，已經重新到來了現實中。

一片冷汗佈滿了我的額頭，也不知道是取精血給疼的，還是被剛才所經歷的給驚的！看似經歷了不短時間的幻境，在現實中不過是短短的一瞬間，讓我震驚的不過是帕泰爾的靈魂力還沒有衝擊到我們，就已經把猝不及防的我們帶入了幻境，這是何等強大的力量？

而用我們這個詞語，是因為在下一刻我就發現，臉色難看明顯是剛回過神來的人不只我一個，而是包括了陶柏之外的所有人！可以說，是陶柏的忽然爆發救了力量已經空虛的我們。

我周圍的溫度依舊炙熱，抬頭一看，原來是來自陶柏身上的溫度，此時的他並沒有什麼驚世駭俗的表現，只是在他裸露的上半身浮現了大片大片的紋身，都是那種像火焰狀的羽毛，那狀態就像慧根兒的血紋身，不同的是只有在他胸口那片羽毛的紋身帶著不同尋常的微微光芒！

「哎，這股力量一定會引起遠方某一處地方的共鳴的。」此時的陶柏緊握著拳頭，還沒有來得及收回，可以想像，在剛才我們都被拉入幻境，不可避免要承受帕泰爾靈魂衝擊的時候，是陶柏一拳粉碎了帕泰爾的靈魂力！

陶柏的力量那麼驚人？就算知道純陽之力對某些事物的克制力幾乎等同於天雷，我還是避免不了的震驚了一下。

但在我震驚的同時，路山卻說了一句那麼莫名其妙的話，什麼是遠方的共鳴。

「沒有關係，有承一哥他們在。」陶柏的聲音依舊帶著羞澀，那語氣中感覺依靠我們是天經地義的事情，但同時又有著麻煩我們不好意思的害羞。

我不明白他和路山到底是在交談什麼，但還是點頭嗯一聲，於此同時，用祕法催動而出的精血已經從胸前的傷口滲透了出來，紅得耀眼！帶著比平常鮮血更炙熱的溫度。

精血一出，我感覺整個人都萎靡了幾分，我看了一眼空中的帕泰爾，可惜一團模糊的它根本就看不到任何神情的變化，只是看見又一道更加巨大的靈魂力衝擊朝著我們呼嘯而來！

帕泰爾明白我們是不死不休的狀態，根本無須和我們廢話！

「陶柏，頂住。」我用指尖接住了這顆滾燙的精血，忍不住對陶柏大喝了一聲，如今的情況是一分一秒都不能耽誤，我不想再被拖入那個可怕的幻境。

而陶柏呼喝了一聲，然後對我喊道：「承一哥，這股力量我只能動用三次，你要快！」

話音剛落，我就看見陶柏再次朝著那股迎面而來的靈魂力舉起了自己的拳頭，在那一瞬間，我彷彿看見一股火熱的力量從陶柏的胸口滾動到了手臂，然後是拳頭之上，隨著陶柏揮拳的動作，然後對著帕泰爾的靈魂力傾瀉而出。

在這個時候，我看了一眼強尼大爺，強尼大爺立刻會意說道：「把你的精血抹到身下的那一道陣紋，最關鍵的中心陣紋。李說只要是他的傳人，就會明白中心陣紋是哪兒？」

我當然明白這個陣法的中心陣紋是哪裡，我在陣眼的位置，中心陣紋就在我的身下，我此刻毫不猶豫地把精血抹在那道陣紋之上。

在那一瞬間，原本已經接引過天地之力，幾乎停止運轉的陣法，猛然再次運轉起來，不同的是這一次並不是整個陣法都在運轉，而只是運轉了圍繞著我的那一部分接近陣眼的陣法。

我沒有感覺到任何力量，反倒是感覺到了一種熟悉的感覺，那是……我猛然睜大了眼睛，然後在熟悉的感覺之下還隱藏著一道強烈的吸力，而吸力的源頭竟然是我的靈魂！

這第三重變化到底是？

於此同時，陶柏的力量已經和帕泰爾的力量對撞在了一起，那一刻的天空一下子爆開了一大股金紅色的火焰，嗤嗤作響的一下子就包圍了帕泰爾的靈魂力，像一團盛放的煙花。

「我看你能擋幾次！」帕泰爾不是傻子，顯然已經察覺到了我這邊的異常，忽然瘋狂叫喊了一聲。

接著，它竟然一連發出了三道靈魂力朝著我們衝擊而來！而於此同時，一股意志已經降臨在了我的身上，原本靜靜蟄伏在我靈魂深處的傻虎忽然威風凜凜地站了起來，咆哮不已。

「合魂的最高狀態，是可以借用所有的力量！這就是初步的終極合魂！」師祖的聲音忽然就出現在我的靈魂之中。

這……就是陣法的第三道變化！

第一百三十三章　決鬥（上）

一聽見師祖的聲音，我內心自然感覺到喜悅，我已經習慣了在關鍵的時刻，總有師祖通過各種方式神祕的現身，解救我們於危局之中，否則光是憑我們的力量，根本沒有辦法闖過這一道又一道的難關。

可瞬間我又察覺到了不同，因為這一次師祖的降臨，沒有那種熟悉的強大靈魂力附著於我，而這道意志也顯得過於冰冷，沒有以前那種充滿了感情色彩的味道。

就比如會叫我承一兒什麼的，就是非常純粹的意志，好比一段留言。

這是……？還不容我多想，我就感覺到一股陌生的靈魂直接闖入了我的身體，我還沒有弄清楚那是什麼，緊接著又是一道靈魂闖入了我的身體，但這兩道力量都很奇異的異常乖順，好像被傻虎所壓制。

但就是這樣也讓我內心感覺到緊張，畢竟比起肉身來說，靈魂是更重要的存在，這樣莫名擠入了兩個陌生的靈魂，任何人都會感覺到不安吧？

「沉靜心神，速速使用合魂的口訣，但在咒語的後半段……」師祖的聲音不停從我的靈魂深處傳來，他催促我使用合魂，我下意識就沒有去管擠入我身體的兩道靈魂，然後照著師祖的吩咐去做了，但合魂的口訣我已經使用了多次，這一次我隨著師祖的口訣走，明顯感覺口訣的後半段發生了很大的變化。

隨著合魂的進行，我才發現擠入我身體的兩個陌生靈魂，一個是嫩狐狸，一個竟然是二懶龜……不只如此，賣萌蛇也來了，接著是好鬥蛟……難道這就是師祖一開始說的借助所有力量的初步終極合魂？

容不得我多想，我看見屬於老李一脈的五個妖魂，力量開始隨著我的行咒，奇異的融合在一起，那已經沒有了具體的形象，而是一股純粹的力量。

「融合自己的靈魂！」在我感慨這種合魂狀態神奇的時候，師祖的一聲呼喝瞬間讓我清醒了過來，我不知道外面的情況怎麼樣了？但帕泰爾最後的一擊顯然不是陶柏能夠抵禦下來的，我必須快一些融合自己的靈魂。

可是這一次的融合比我想像的困難許多，因為按照我的靈魂強度竟然難以融入這股經過初次合魂的力量，感覺根本沒有辦法駕馭這股力量。

而因為這次合魂和以往不同，口訣幾乎是師祖臨時傳授的，我必須全神貫注才能跟上師祖的節奏，所以連基本的感知外界都做不到，現在與這股力量不能融合，又想起外面可能發生的情況，在這風雨未停的天空之下，我的汗水也一下子佈滿了全身。

「溝通主靈，就是你本身的共生妖魂，先與它融合……」彷彿是能預料到如今的情況，師祖的聲音依舊不疾不徐的從我的靈魂深處傳來。

在此時，我已經可以肯定這是一股純粹的師祖的意志，不能溝通，更不存在依靠一說……我無法形容自己內心的著急，但更不敢放開基本的感知，去知道外面的情況，那會影響我此時合魂，現在我唯一能做的只能是冷靜，然後去完成這一個對我來說相對陌生的術法，才能真正扭轉現在這個局勢。

深吸了一口氣，我開始試著溝通傻虎，和以往一樣很快就得到了傻虎的回應，然後我用自己的靈魂試著和傻虎開始融合，和剛才不同，這一次的融合異常順利，畢竟傻虎和我是共生魂，我們之間不存在什麼阻礙。

在和傻虎合魂以後，我才開始試著慢慢融合這股力量，按照靈魂深處師祖留下的資訊，在靈魂強度不夠的情況下，正確的方式應該是先融合主靈，之後的力量再各個融合。

看起來，師祖像是預留了兩種方式，一種是直接和這股力量融合，一種才是靈魂強度不夠的情況下「各個擊破」！我有些汗顏，顯然我現在的水準根本沒有達到師祖的預期……

也不知道過了多久，我終於完成了這個對於現在的我來說，有些超出承受範圍的終極合魂之術，在術法完成的一剎那，我幾乎有一種靈魂快要被擠爆的感覺！睜開眼的瞬間，我卻看見了一片血腥。

陶柏早已經倒在地上人事不省的樣子，慧根兒就蹲在陶柏的身旁，身上的血色紋身就像真的要滴出鮮血了一般大口喘息，明顯也是到了極限。

在他們的身後是肖承乾，他同陶柏一樣是陷入了深度的昏迷，此刻擋在陣法之前的是路山和如月，他們正在努力對抗帕泰爾洶湧而來的靈魂攻擊，但顯然也快支撐不住了。

我沒有再猶豫的時間，下一刻我身體的意識就陷入了迷茫，而靈魂隨著合魂的釋放，一躍到了深潭的上空！視角轉換成了傻虎的視角！

合魂的形式依舊是傻虎的形態，可在釋放出來的一剎那，我就感覺到了不同的力量在我的身體湧動，在一瞬間我就知道了該怎麼去運用它們！

我並沒有直接的迎上帕泰爾，而是在瞬間，利用傻虎的速度，衝到了如月的身前，在那裡如月正在用胖蠶對抗帕泰爾的一股力量，無論是她還是胖蠶明顯都已經支撐到了極限，比路山那邊的情況要糟糕許多……

幾乎是沒有猶豫的，我咆哮了一聲，揚起了虎爪，帶著濃重的煞氣，一下子抓向了帕泰爾的那股靈魂力……於此同時，隨著虎尾的甩動，一股原本是屬於好鬥蛟的纏繞力量，又纏住了帕泰爾的另外一股靈魂力！

「澎」帕泰爾的這一股靈魂力在我的眼前爆開了，而另外一股力量在纏繞之下，也沒有辦法掙脫！而我冷眼看著那一股靈魂力，虎吼了一聲，選擇了直接吞噬……只有這樣才能發洩我的怒火，在睜眼的剎那，看見夥伴們血戰成這樣的怒火！

但帕泰爾豈會甘心我這樣，在電光火石之間，它那龐大的靈魂就撞了過來，直接將我撞飛了三米之遠……它冷冷看著我，說了一句：「珍貴的祖魂力量，豈能被你吞噬？」

祖魂的力量？那明明就是遺落在這世間的昆侖之魂！

我沒有和帕泰爾廢話的興趣，實際上它剛才的撞擊並沒有對我的靈魂造成任何的傷害，因為在我湧動的毛髮之下，覆蓋了一層龜甲，那是屬於二懶龜的力量——絕對防禦！

在下一刻，無數的狂風在我的身邊聚集，形成了狂暴的旋風，而在旋風之中，漂浮著無數鋒銳的「刀刃」，那自然不可能是真的刀刃，這只是屬於傻虎的力量，銳利的金和煞氣結合之下，形成的一種靈魂攻擊的形式！

早在之前，我就已經決定了，要不就不出手，一出手必然是讓帕泰爾不能翻身的「雷霆一擊」！這終極合魂得到的可不全是其他妖魂的能力，還有它們澎湃的力量！

傻虎的特色攻擊，已經能以這樣非常高級的形式來發揮了！

帕泰爾顯然感覺到了這股來源於我的澎湃力量，一下子轉過了身，可惜如今的它面目模糊，我也看不清楚它的表情，只是能感覺它的鄭重！

它顯然不明白傻虎是怎麼出現的？也想不通為什麼明明都把我們打殘了，怎麼還會有如此生猛的力量加入我們？但戰鬥就是戰鬥，它還沒有忘記只要對立的就消滅這一原則。

在我聚集力量的同時，帕泰爾的身邊也浮現出了無數的紫色光團，一團一團的就像一個個紫色的拳頭，但這力量並不鬆散，反而凝結無比，在這些光團浮現出來以後，帕泰爾那龐大的身軀就開始急遽縮小，變為了正常人形的大小。

再一次的，它原本的面目露了出來，一個眼神中卻充滿了陰霾、暴戾、憤怒等各種負面情緒的英俊男子，這樣眼神簡直破壞扭曲了它那張英俊的臉蛋。

奇異的是，它本體的靈魂不再是那種濃重的紫色了，而是黑色中微微泛著紫色。

我眯起了眼睛，因為震驚連虎爪也微微收攏了一些，低低咆哮著，怪不得說帕泰爾是天才，這一招和我第一次與他對撞時所使用靈魂針芒何其相似？帕泰爾竟然體會過一次，就懂得模仿得像模像樣了？

如果它有精神力，如果再能凝結一些，我毫不懷疑我將面對數量數不清的針芒！

而從帕泰爾的狀態來看，它幾乎也動用了全部的力量了，只保留了部分力量護住了它本來的靈體，就是那個黑色的靈體！

「吼」我狂吼了一聲，在身邊聚集的三個狂暴旋風朝著帕泰爾席捲而去，於此同時帕泰爾身邊浮現的紫色光團也鋪天蓋朝著我們湧來……

第一百三十四章　決鬥（下）

狂暴的旋風捲起了深潭水面上的水，帶著奇異的「嗚嗚」聲，在一瞬間就和帕泰爾的紫色拳芒交錯在了一起，那一瞬間的相遇，就好比兩顆小當量炸彈相遇，首先爆開的就是激蕩著被捲入空中的水流……在這陰沉的風雨天裡，像一朵盛放的透明之花。

接著紫色拳芒就被捲入了旋風當中，然後和旋風中隱藏的力量相遇了，「澎」「澎」，先是一聲脆響，接著是一串激烈的脆響開始炸開，好比戰場上最激烈的爆裂聲，瞬間就充斥了整個深潭的上空！

力與力的碰撞，帶來的是激烈的震盪，整個深潭都在微微顫抖，同時也是最美的極致，每一次的碰撞爆裂，都有一團紫色的光芒炸開在天空之下，就像整個陰沉的天幕之下，在一片一片盛開著一朵朵紫色之花。

交戰瞬間就到了最激烈的巔峰！可這還不夠……我低低吼叫著，帕泰爾以為我沒有餘力了，可它沒有料到老李一脈壓箱底的祕術到了終極的形態，肯定遠遠不只如此！我還有餘力，我要攻擊它的本體！

經過了幾輪的消耗戰，帕泰爾的力量無論如何也被削弱了至少一半，但它一直都很謹慎，不肯放出全部的力量。

而這次與傻虎的對決，或許它認為就是我們的終極殺招了，幾次的對戰下來，它的耐心也消磨到底線，所以它想一次性解決問題了，毫不猶豫放出了全部的力量！

它是猜測到了事情的本質，這個合魂就是我們最後的殺招了，可他沒有猜測到事情的細節，那就是合魂的能力遠遠不只如此，畢竟是巔峰五大妖魂的合體，如果說對付一個半殘的帕泰爾都只能做到如此的程度，那也就太對不起妖魂的名頭，也對不起壓箱底祕術這五個字了！

帕泰爾的臉上閃爍著得意，按照它的設想，最終它的拳芒會獲得壓倒性的勝利的，畢竟從消耗的速度來看，它的拳芒占著明顯的優勢，勝利只是時間的問題。

而我面無表情，就在帕泰爾以為勝局已定的時候，我收緊了自己的爪子，一個匍匐，忽然就朝著帕泰爾激衝而去。

「哦，不！」在我冰冷的雙眸裡，帕泰爾的表情定格在了一個難以置信的驚恐狀，接著下一刻，我張開了嘴，一口就咬住了帕泰爾的手臂！

對於靈體來說，咬哪裡並沒有區別，因為都是靈魂力構成的！

但應該是傻虎骨子裡奇怪的習慣，讓我想咬住它咽喉！無奈帕泰爾躲閃的速度也不算慢，被它本能掙扎遮擋了一下，只咬住了它的手臂！

「嗚」咆哮在我的喉嚨深處咽嗚，帕泰爾身上原本還覆蓋有一層紫色的能量，此刻劇烈流動起來，聚集在了手臂上，阻擋了我鋒銳的牙齒！

我能感覺到那股力量的強大，可用這個來阻止我還不夠，我只是緊緊咬住帕泰爾，然後亮出了爪子，然後帕泰爾的身上狠狠抓去，隨著一聲慘嚎，我尖銳的虎爪在帕泰爾靈體的胸口處留下了幾道深深的抓痕，差一點兒就透體而出！

「該死的！」帕泰爾狂吼一句，而這時我的牙齒也發揮了作用，雖然不如劍齒形態時候厲害，但終究在五大妖魂的支持下，它還是能發揮得極為出色。

代表著銳利，無物不破的金！傻虎的最大的五行屬性，這樣的能量在牙齒上不停聚集，然後在帕泰爾的話語聲剛落的時候，忽然爆發開來……就像一把彈簧跳刀忽然出鞘，我的牙齒刷的一聲就咬穿了帕泰爾湧來防禦的紫色力量！

「不！」此時，在帕泰爾有心的召喚之下，無數的紫色拳芒已經快速朝著帕泰爾聚集，它這樣的狀態根本不是終極合魂的對手，可它沒想到的是，這些代表著它力量的紫色拳芒還未來得及回歸，我已經咬穿了它的手臂！

我本能地撕扯了一下，帕泰爾的手臂就這樣被我扯下來了一小截，連接處代表著怨氣的黑色氣體不停噴吐著，這樣的靈魂讓傻虎都不屑，一口吐掉了它的手臂！

就算是靈體的狀態也沒有辦法再恢復的，因為我的牙齒上有賣萌蛇的毒，作用於靈魂的劇毒是異常劇烈的，這樣的劇毒或許對毒殺帕泰爾的靈魂還弱了一點兒，但是讓它神志迷亂一段時間完全是可以做到的。

可是在這樣的戰鬥中它敢神志迷亂嗎？所以它只能把這種劇毒壓制在傷口處，也就意味著就算靈魂力足夠它的手臂也長不回來了！

不要以為是靈體失去了一條手臂是小事，至少它失去了一隻可以用來攻擊，或者防禦的手，那個地方一定會成為它的弱點……而劇毒也壓抑著它不能化為別的形態！

一擊得手，我開始繞著帕泰爾緩慢踱步，紫色拳芒的回歸是不可避免的，我只是在尋找著下一個最佳進攻的機會，這是傻虎的本能，每一擊都希望是致命的一擊！

隨著紫色拳芒的回歸，帕泰爾已經無法阻止那狂暴的旋風，而能量也不可避免的被消耗了很大一部分，重新聚集起能量的它，看起來比起之前已經小了太多。

而旋風呼嘯而來，帕泰爾狂喝一聲，顯然是想憑藉著力量硬抗這旋風，畢竟它不傻，經過剛才劇烈的交戰，旋風的能量也消耗了極大的一部分！它的力量還是佔據優勢的……

但我的本意就不是憑藉著旋風絞殺它，而是趁著旋風和帕泰爾交錯的一瞬間，我又再次撲了上去！

似乎是對我一直有所防備，帕泰爾在我撲過去的一瞬間，剩下的手臂忽然一動，從身體憑空抽出了一把紫色的長刀，朝著我的身體狠狠砍來！

呵……真的是天才帕泰爾，對靈魂力運用的學習果然是極快的，我的眼眸中流露出一絲冷笑，但這又有什麼用，我本身就不是要咬它的！

我的身體朝著另外一個方向激射而去，帕泰爾的長刀落空，在風暴的中心身上受到旋風的攻擊不停「劈啪」作響，它迷茫的看了我一眼，而下一刻它的身體陡然被兩條纏繞而上的力量給鎖緊了！

這才是我的目的，在它判斷錯誤，我和它交錯的一瞬間，徹底釋放出了好鬥蛟與賣萌蛇的力量，這兩個傢伙趁它不注意，徹底纏住了它！

而好鬥蛟更是在纏繞住帕泰爾的瞬間，一個巨大的蛟頭就狠狠撞了帕泰爾一下，它天性好鬥，如果在這種時候不攻擊一下，它是不會甘心的。

儘管好鬥蛟是一隻土屬性的蛟，鎮壓纏繞才是它的強項，至少比賣萌蛇這方面的本事強了好幾倍！

帕泰爾瘋狂掙扎著，可是它又怎麼可能掙脫得了？我眯著眼睛，所有預想的戰術都在戰鬥中一一達成了，我再也沒有猶豫的撲向了帕泰爾，接下來就是硬碰硬的血戰，那紫色的力量並不是說我占盡了優勢，就可以任我宰割的！

但是在撲向帕泰爾的一瞬間，那之前熟悉的屍山血海又再次籠罩了我！而在這一次，比上一次我所見到的空間要廣袤得多！至於矗立在屍山之巔的帕泰爾在這裡是一個高大無比的「怪物」，正在冷冷俯瞰著我。

可是我會怕這個？下一刻，我的眼眸就變為了淡淡的碧色，感覺眼眶裡流動著一股炙熱的能量，帶著不可抗拒的精神威壓，一下子就盯住了站在屍山之巔的帕泰爾……

帕泰爾的身軀一震，然後它喃喃的聲音響徹在這片死寂的空間：「婞婭……婞婭……」接著，它又在屍山的巔峰，開始瘋狂手舞足蹈，對著黑暗的天空嘶喊著：「我才是最尊貴的那一個，我才是，我才是……！」

帕泰爾內心最深處的東西輕易就被嫩狐狸剝離了出來，肆意讓它們釋放了出來，在迷亂之下，帕泰爾怎麼可能還有堅定的意志支撐這片代表著迷惑的空間，只是瞬間的交手，它的這片空間就破碎在我的眼前。

竟然迷惑嫩狐狸……我都不知道是該哭還是該笑！

下一刻，帕泰爾的本體再次出現在了我的眼前，眼神中還有剛才被嫩狐狸迷惑過後的迷亂……這一次，我毫不猶豫的再次衝了上去！

這應該就是最後的決戰吧！事情就快要塵埃落定了吧？如果失去了靈魂，就算在那深潭底下沉睡的是千年屍王，也會變成一具真正的乾屍，而沒有了它該有的力量！
我就是這樣想的，可是一種說不出的不安情緒卻在我心中無限蔓延開來。

第一百三十五章　底牌

算盡了戰局，用盡了優勢，但我和帕泰爾之間的戰鬥仍舊是一場苦戰，畢竟昆侖殘魂的力量是可怕的，並不是一些優勢就可以佔據絕對的上風。

雨下得紛紛揚揚，在這樣激烈碰撞的戰鬥中，我也不知道時間過去了多久。

我知道的只是賣萌蛇和好鬥蛟已經不能再戰，縮回了我的本體，它們幾乎被帕泰爾忽然爆發的力量弄得靈魂碎裂，而我皮毛之下覆蓋屬於二懶龜的防禦甲殼也幾乎吋吋碎裂，勉強還能附著於身體之上。

至於嫩狐狸的情況要稍微好一些，比起魅惑的本事，帕泰爾是拍馬也趕不上嫩狐狸，它不能迷惑嫩狐狸，但同樣對嫩狐狸的魅惑有著極大的抵抗，這一點足以讓嫩狐狸「精疲力盡」，偏偏我和帕泰爾的戰鬥中，依靠嫩狐狸化解危機的次數不在少數。

而我的本體傻虎也是戰鬥到了極致，身上留下了很多不能依靠靈魂力修復的傷口，本身的力量也幾乎快要耗盡，多虧了賣萌蛇的毒，才能讓我在和帕泰爾最直接的「肉搏」中，占了那麼一點兒優勢。

天空越加灰暗，我和帕泰爾又是一連串的搏鬥以後，再次分開。

此時的帕泰爾龐大的身軀是真正只剩下了正常人形的大小，黑色的本體上只覆蓋了一層薄薄的紫色力量，還有一隻殘臂……顯得異常狼狽，它用一種狠戾的目光看著我，但終究沒有衝過來的勇氣。

而我還是緩緩圍繞著帕泰爾踱步，尋找著最佳的攻擊角度，我是勉強著維持這種節奏，我不能讓它看出來，其實按我現在的狀態，就連這種緩慢的踱步都是一種異常巨大的負擔。

我在拚命壓榨自己的潛力，我無法計算這場戰鬥的結果，即使現在的帕泰爾看起來是如此容易對付，但我們每一個人何嘗又不是戰鬥到了極限？這根本就是一場一開始就註定了的團體戰，沒有每一個人出手的機會，因為必須集中力量才能有和帕泰爾對等戰鬥的資格。

先前那種說不出來的不安感被我拋到了腦後，不是說我不在意來自靈魂深處的感覺，而是在這種戰鬥中，根本不容許人有半點兒的分神，哪裡還顧得上記掛什麼不安？

戰場安靜，我和帕泰爾的對峙還在繼續，其實我們這樣對峙的時間也越來越長了，因為我們彼此都需要一點兒喘息和恢復的時間。在這樣的戰鬥中，每一個人都是如此的緊張，我的勝利或者是失敗決定了所有人的命運，所以沒有人開口，只是靜靜看著。

「這應該就是最後一次進攻了吧。」紛紛揚揚的大雨並不影響我的視線，看著不遠處的帕泰爾，這就是我心中唯一的想法，我很清楚自己的力量，就算再壓榨潛力，也只能維持這樣一次進攻了，我唯一能依靠的只是強尼大爺口中的最後也是最強的一擊，在我和帕泰爾的戰鬥中，他始終不曾出手，我只能想著他在等著我完成最後的一擊，然後再出手什麼的。

想到這裡，我習慣性的收了收自己的爪子，然後低沉一聲咆哮，再次衝向了帕泰爾，這就是最後的一次進攻。

面對著我虎撲而來的身影，帕泰爾眼中怨毒的神色更加濃重，但它沒有選擇，只能硬生生面對……我們再次戰鬥到了一起，而這種戰鬥的級別已經非常可笑，就像兩個怨魂之間的戰鬥，看誰最終能吞噬誰一般。

我相信這裡只要出現了一個稍微有一點兒本事的術士，能成功把我和帕泰爾都收了去！

我已經快沒有力量舉起自己的爪子了，連撕咬都感覺快張不開嘴，至於帕泰爾的情況也好不了多少，對我的每一次打擊和撞擊感覺，放在之前，估計只能算上撈癢癢的程度……可到現在，卻已經是它的最強力量。

我的意識已經有些模糊了，我看著帕泰爾，我相信只要再有一次有力的打擊，帕泰爾就會煙消雲散，而帕泰爾看向我的眼神更加玩味，難道……？

「不管你是什麼樣的怪物，但是你完蛋了。」帕泰爾的聲音嘶啞，忽然這樣對我說道。

「嗚……」回到它的是我的一串咽嗚聲，此時的我正死死咬住帕泰爾腰的部分，我還在積蓄著力量，只要我的牙齒能咬穿這裡，我相信帕泰爾再沒有多餘的力量凝聚自己，但我不得不承認帕泰爾的話讓我的心有些沉重。

「你以為我是在說笑嗎？」帕泰爾看向我的眼神忽然認真了起來，它的手一揚，忽然一把紫色的力量凝聚出的匕首在它的手中出現，我的心陡然沉重了起來。

而帕泰爾的臉上浮現出一絲冷笑，望著我用殘忍的語氣說道：「神明魂魄的力量，豈能是你們這樣的凡人能夠戰勝的？我沒有告訴你的祕密是，我已經徹底融合了一些神明魂魄的力量，懂什麼是徹底融合嗎？就是它的魂魄和我的魂魄完全融合了一部分，它的力量就是我的力量，你也可以理解為它就是我！」

彷彿是為了享受此刻的勝利，帕泰爾揮舞著手中的那把「匕首」，卻遲遲沒有落下，在訴說著自己的偉大，可我的心卻一點點沉重起來，崑崙殘魂的力量我不是沒有見識過，就好比郁翠子和那個能讓人一夢萬年的城主。

但我卻知道帕泰爾此時狀況和它們的區別，就好比郁翠子和城主，崑崙殘魂和它們融合的狀態，更像是在它們的身體中寄居，也就是說和我與傻虎的這種共生狀態幾乎沒有多大的區別……所以，在當日郁翠子魂飛魄散之時，才會留下一抹紫色的殘魂接受雷罰之術……而那城主是連同崑崙殘魂一同被囚禁的，所以這個狀態並不明顯！但當日我一直看到它最後灰飛煙滅之時，本身的意志早已經消失，剩下的只是一團紫色殘魂被斬滅……

所以，帕泰爾說出這句話的時候，我簡直不可想像，它所說的這種徹底融合到底是一種什麼樣的狀態，就好比我和傻虎融合一般，讓我不可思議，難道就類似於我和傻虎這樣的合魂嗎？

「我的肉身要復活，所以我一直不想使用這樣的力量……融合之後的魂魄可是你不可想像的！你很好，逼我動用了最後的力量，我原本是想要更多融合這樣的力量的。」帕泰爾嘶啞的聲音猶在耳邊，但它手中的匕首已經狠狠落下，崑崙魂魄的靈魂力凝聚的匕首，自然毫不費力的插入了我已經虛弱不堪的身體，我注意到了它身上原本覆蓋的那一層薄薄的紫色力量已經不見了，這把匕首就是那最後的紫色力量凝聚了。

而帕泰爾本身根本就還有底牌，那就是它已經融合了的紫色力量！他和我們對戰所用的靈魂力一直都是沒有融合的力量……

想通了這一點，我猛地抬頭，是帕泰爾殘酷的笑容……我的心一點一點的冰冷，轉頭看向強尼大爺，他的臉上出現了痛苦猶豫的神色，但為什麼還不出手？

「讓你看看本質吧！」帕泰爾瘋狂笑著，一陣風呼嘯而過，彷彿是吹開了它身上纏繞的層層黑氣，在黑氣之下我看見了一抹淡紫色的存在，帕泰爾附身在我的虎背上，低聲而冰冷地說道：「這才是真正的融合，傳承了不可思議的力量，可惜要通過肉體才能徹底發揮，你的術法在這股力量面前只是小兒科，你不知道它的傳承有多麼的偉大！只等破開封印那一天，就是我帕泰爾復活的那一天，可惜我還想通過祕術復活婞婭的。」

帕泰爾說這話的時候，手中的匕首也沒有忘記在我的身體上猛地一劃，一條長長的傷口留在了我的身側，來自靈魂的劇烈疼痛，讓我痛苦地咆哮不已，還有沒有力量？還有沒有力量讓我利用？只要能鬥過這最後的紫色力量，我還可以阻止一些事情的……

至少從帕泰爾的話中，我清醒地認識到了一點，那就是融合的魂魄需要身體才能發揮最強的力量，如果是魂魄的狀態，可能沒有多大的力量，只是比一般的魂魄強悍許多罷了……雖然我不明白為什麼需要肉體才能發揮最大的力量，因為於我們修者來說，如果拋棄了肉體，所能用的術法應該是比有肉體時更加強悍的……

可惜，沒有人給我答案了……如今的局勢要怎麼扭轉？沒有人還有力量可以和這個狀態下的帕泰爾一戰」，難道我的不安就是在說明這一戰的結局？我們終究會失敗？

雨，悲傷地下著，失敗明明意味著死亡，我的心卻異常麻木，沒有快要死去的覺悟，反而是覺得頭頂上的烏雲更加濃重了一些……或者，天地都在為我預示？

但讓人想不到的是，這烏雲根本不是憑空出現的，因為一道耀眼的閃電忽然劃破了烏雲！

第一百三十六章　逃脫

忽然出現的閃電讓我和帕泰爾都不由自主地抬起了頭……而在這時，在劇痛之下一直忍耐的我，終於也爆發出了力量，嘶吼了一聲，抬起了爪子，聚集了最後的能量，虎掌上的虎爪帶著銳利的屬性掐向了帕泰爾。

「噌」的一聲，帕泰爾不得不拔出匕首擋住了我的爪子，在虎掌上不可避免的留下了一道傷痕，但那要命的匕首卻從我的身體中拔了出來。

我們再次快速分開，這一次，我匍匐在深潭的上空，連站起來的力量都沒有了，全身留下的創口無一不在劇烈疼痛著，提醒著我這是來自於靈魂的疼痛，必須用更大的堅韌意志去忍受！

我眼前模糊一片，再也沒有力氣撲向那帕泰爾，帕泰爾同樣也沒有追擊我，天空中閃耀劃過的閃電讓它不敢輕舉妄動！

「如果吞噬了你，我損失的力量也能彌補一些。」儘管如此不敢輕舉妄動，帕泰爾仍不忘盯著我冷冷說道。

我依然以低聲的咆哮回應著帕泰爾，儘管視線一片模糊，我仍然找到了這閃電出現的根源——沃爾馬！此時的沃爾馬就站在兩根勉強綁在一起的浮木上，掐動著雷訣，他手訣掐動得是那麼蹩腳，動作完全說不上標準，但也不至於偏離得失去作用，而低低傳來的行咒聲也不是那麼流暢，而是像小學生一樣哽哽咽咽，讓人感覺他隨時都可能記不起來行咒的口訣。

可就是這樣，他竟然成功聚集了烏雲引來了閃電，只差最後一步就能引來落雷！

之前，我和帕泰爾血戰著，誰也沒有注意到這個幾乎被遺忘的沃爾馬，但沒想到的是我和帕泰爾這樣程度的戰鬥，他竟然也有勇氣來插一腳。

帕泰爾自然是不敢去打斷沃爾馬，畢竟我還存在著，從一定程度上制約著它的行動。

我自然也不敢散去合魂，第一是因為我散去了合魂，沃爾馬這個亂來的傢伙就危險了。第二則是沃爾馬如果請來的不是天雷，只是普通的雷電，對於此刻的帕泰爾是能造成一定的打擊，可是根本不足以完全打倒帕泰爾，我還在不停抓緊時間讓自己休息，恢復一些力量，希望能給帕泰爾最後的一擊。

所以，原本兩人的對峙變成了三人的對峙，儘管沃爾馬是那麼弱小，但此刻他是依舊有著全力的人，倒成了很重的一道砝碼。

我的心很緊張，看沃爾馬這個樣子，怕他的雷訣進行到最後，卻因為各種各樣的生澀而導致不成功，但實際上這個傢伙的運氣很好，靠著蹩腳的手訣和斷斷續續的行咒，竟然成功完成了雷訣，下一刻就是接引雷電落下了。

帕泰爾怨毒的看了一眼沃爾馬，或者它沒有想到最後竟然是這一隻真正的，異常弱小的，它隨時都可以碾死的「螞蟻」來攪了局，可是此時一道雷電已經落下，帕泰爾只能無奈散去手中的紫色匕首，去抵擋雷電。

紫色的能量再次覆蓋了帕泰爾，不同的只是這一次薄薄的能量顯得更加薄弱了，幾乎就要覆蓋不住它的全身，它的表情有些緊張，但在看到雷電的一剎那，目光卻變得輕鬆外加狠毒的看了一眼我，再看了一眼沃爾馬……

我也無奈低吟了一聲，我完全理解此時帕泰爾的輕鬆，沃爾馬召喚而來的是一道普通的雷電，這個且不說了，我沒有寄希望他能無意中召來天雷，問題是他召來的雷電就像一根歪歪曲曲的樹枝一般粗細，整個營養不良，帕泰爾能不輕鬆嗎？

我看了一眼天空中烏雲的厚度以及能量的波動，心中再次無奈歎息了一聲，普通人第一次完成雷訣，至少能召來十道落雷，但沃爾馬這個雷訣，最多只能召來四至五道落雷……

可是，在那邊沃爾馬卻一臉興奮，掐動著手訣，指揮著落雷狠狠地朝著帕泰爾劈去！

雷電從帕泰爾虛無的身體穿行而過，自然給帕泰爾造成了一定的傷害，但也只是一定的傷害……非常有限！至少那層紫色的薄薄能量還完整覆蓋在帕泰爾的身上。

帕泰爾的臉上露出一個輕蔑的笑容，但沃爾馬渾然不覺，依舊興奮地指揮著第二道落雷……

罷了，我無奈歎息了一聲，能在這個年紀召喚來一次雷訣，沃爾馬也能算得上是一個有修道天分的人了，畢竟他靈覺出色，也是請動雷訣的最大原因，他這麼懶惰的修習還能做到這個程度，也足以讓很多修者妒忌了……而這種對帕泰爾的打擊至少聊勝於無，也從一定程度上解決了我的危機，給了我喘息的空間，讓這場戰鬥還有得打。

我努力調動著全身的力量，在那邊我的本體也在溝通著承心哥，等到沃爾馬最後一道天雷落下的時候，就把我背包裡的那顆藥丸塞進我的嘴裡……就是那逆天壓榨潛力的藥丸，這是我最後的辦法了。

不是我不想提前服用，而是這要的藥丸發揮的時間有限，還要根據潛力剩下的多少來決定，我認為連番的大戰我已經沒有多少潛力可挖了，那麼藥丸刺激所帶來的時間也就彌足珍貴，只能等到那一刻！

現在是不能進攻帕泰爾的，否則我也會受到雷電的波及，因為我現在是靈體的狀態。

雷電一道接著一道的落下，每一道都是營養不良的雷電，這是在溝通雷電之力的環節上出了問題，沒有引到足夠的雷電之力……我無奈的看著，沃爾馬卻一直都很興奮。

很快，雷電就落下了四道，沃爾馬引來的烏雲卻還沒有散去，稀薄的樣子，看起來應該還有最後一道雷電。

承心哥已經拿出了那顆藥丸，放在了我的嘴邊，我們等著最後的決鬥了！從我的本體再接引來一部分力量！

在那邊，帕泰爾已經開始囂張大笑了。帕泰爾的四道雷電，連消磨它最後的紫色能量都不能做到，事實上，連三分之一都沒有消耗到……

風吹過，雨變得小了……伴隨著帕泰爾囂張的笑聲，只有沃爾馬還是堅持著他的興奮不退散，信心十足的接應著最後一道落雷！

最後一道閃電劃過，那一朵屬於沃爾馬的薄薄烏雲散去了，但最後一個落雷連影子都沒有，天地沉默著，彷彿這最後一道落雷根本就不存在，只是和沃爾馬開了一個玩笑！

「哈哈哈……」帕泰爾笑得更加張狂了，承心哥在這時捏開了我本體的嘴……沃爾馬卻一臉茫然的看著天空，這最後一道落雷呢？

我眯起了眼睛，協調著剛才放鬆下來的身體，準備著最後的一擊，卻不想在這時，天地間忽然聚集起一股熟悉的狂暴力量！

「承心哥，先別忙！」我立刻溝通了承心哥，而承心哥也感覺到了這股力量，停下了手中的動作！這股熟悉的狂暴力量，我們應該都不陌生，那是屬於真正的天雷的力量！

「沃爾馬，快點接引，是天雷！」承清哥大聲呼喝了一句！

沃爾馬顯然還沒有搞清楚天雷是一個什麼樣的概念，或者是不相信自己竟然無意中引來了天雷，只是茫然的開始接引著雷電……「轟」的一聲，天地間爆出一道金色的雷電，完全沒有營養不良的樣子，從釋放的威壓來看，這就是正宗的天雷！

「勝利了！」我的心中只有這樣一個念頭，而岩石上還清醒著的人已經開始歡呼，只有強尼大爺的神情有一種說不出來的嚴肅，而另外一個存在的神情卻是一種絕望。

絕望的自然是帕泰爾，它忽然高喊了一聲「我不服」，然後身上的紫色能量流動而出，形成了一面盾牌，擋在了它的上方……

天雷還是毫不留情的落下了，只是瞬間就劈碎了帕泰爾的盾牌，剩餘的能量衝向了帕泰爾的本體，只要雷罰落下，是上天入地也沒有辦法躲開的……帕泰爾嘶吼著，硬生生承受了這一道力量！

天雷過去，帕泰爾的整個靈體還沒有消散，卻已經虛弱到了極限，這已經是強悍無比的力量了，畢竟硬抗了半道天雷。

接下來……我的心一下子緊張了起來，這樣的帕泰爾我應該能夠抗衡了吧？畢竟經過了一小段時間的休息，卻不想帕泰爾只是怨毒的看了我們所有人一眼，然後它的靈魂就徑直消失在了我們的眼前。

而強尼大爺的聲音幽幽傳入我們的耳朵：「我就知道，帕泰爾是沒有勇氣進行最後的戰鬥的……它一定會選擇回去！就算它還堅持戰鬥，它有勝利的可能！承一，麻煩還沒結束，之後才是真正危險的時候。」

第一百三十七章　活著的殭屍

合魂散去了，戰鬥到如此程度，老李一脈的幾大妖魂恐怕在短時間內都要在我們的靈魂之中沉睡溫養了。

回歸了自己的本體之後，我總覺得還有許多事情要做，腦子裡迴盪的也是強尼大爺那句之後才是真正危險的時候，可靈魂深處傳來的疲憊，卻讓我仰面躺在岩石之上，連一根手指頭都不想動。

映入眼簾的依舊是深潭上空有些灰暗的天空，但是那種灰黑色的物質已經徹底散去，此時的灰暗只是因為一次又一次雷訣召來的烏雲遮蓋了天空，雨還沒有下完，烏雲也就還未散去，這淅淅瀝瀝的雨彷彿是為了徹底洗淨這裡的天地。

深潭的水面還漂浮著一些魚屍，但由於分散在魚身上的靈魂力在之前已經被帕泰爾收去，所以那種充滿了暴戾而主動攻擊的凶魚已經沒有了。

「帕泰爾不會再出來了，這深潭從某種意義上來說已經安全了，我去接沃爾馬過來。」強尼大爺說完這句話以後就跳下了岩石，在岩石的一側，經歷了那麼多次連番大戰，強尼夢想號卻完好如初。

由於岩石突出的邊緣有遮擋的作用，所以連簡陋的白色旗幟上幾個大字都沒有模糊！

忍著疲憊，承心哥掏出了一些藥丸分給了我們，我接過藥丸也沒問這有什麼作用，直接塞進了嘴裡，很快藥丸就化為了一股苦澀中帶有微微回甜的藥汁被我吞入了腹中……

過了不到幾分鐘，一股溫暖的氣息就從身體裡擴散開來，滋養著我已經疲憊到極限的靈魂，連精神也開始慢慢恢復，大腦漸漸清明起來，只不過這一過程非常緩慢，如果是在戰鬥中，效果就不算明顯了。

「滋養精神力和靈魂力的藥丸最是珍貴了！缺少藥材的話，就要用祕術連調配藥丸……這個至今也只有師傅才能完成，我卻還是做不到。存貨不多了，便宜你們幾個了。」承心哥懶洋洋地說了一句，也很隨意地躺在了岩石上。

話語簡單，可是寥落的語氣中，卻隱藏壓抑著對上一輩的思念，看著灰暗的天空，我何嘗不是一樣在想念著師傅？如果他在，我不用一次又一次戰鬥得那麼辛苦吧？

淅淅瀝瀝的雨漸漸小了，變成了細細的雨絲，接近黃昏的時分，我竟然在這深潭的上空第一次看見了一縷淡淡的陽光。

「快天晴了。」我對身旁的承清哥輕聲說了一句。

「雨後總是會天晴，不是嗎？」承清哥難得接了一句話，頗有深意，我轉頭看著他，他卻望著天空說道：「就好像想念著什麼，雖然苦澀，但過後心總是充實的一樣。」

是啊，心有掛念，才是一路活過來，經歷過的證據……沒想到承清哥偶然也會詩意一番，卻被沃爾馬咋咋忽忽的聲音打斷了：「承一，你看見了嗎？我引來了天雷，是真正的天雷啊！我很厲害吧？」

原來這一小會兒時間，強尼大爺已經把沃爾馬接過來了。

我們在岩石上生起了一堆篝火，跳躍的火焰溫暖了我們被雨淋濕而有些冰冷的身體，也帶來了滾燙的熱水還有熱的食物。

深潭這邊的溫度總是有些低迷，即便是帕泰爾被打退，陽光也終於能絲絲縷縷的照進來一點兒，但還是沒能驅散這裡聚集的陰氣，這是地形的原因，也因為帕泰爾還存在在這裡。一個危險的殭屍所在的地方，就算本身不是聚陰地，也會變成聚陰地。道家人都知道，殭屍是最難對付的存在，很多道家人情願去渡化收服十個厲鬼，也不願意去面對一隻殭屍，哪怕只是白凶這種入門級的殭屍。

那麼說起帕泰爾算是幾級殭屍？旱魃嗎？

想到這裡，我喝了一口手中溫熱的水，不由得笑了，泡在水中的殭屍怎麼可能是旱魃？按理說，殭屍都不可能泡在水中，但我遇見的兩個都是如此，這樣只能說明一個問題，在被水浸泡腐爛身軀之前，它們就已經成為了殭屍，而且是非常厲害那種。

老村長如是，帕泰爾也如是！不同的是，帕泰爾是被師祖封印住的殭屍，否則……

我想事情想得入神，回過神來的時候，沃爾馬已經開始第三次吹噓他請來天雷的經歷了，其實事情並不離奇，我們戰鬥到如此程度，沃爾馬都是看在眼裡的，他只是想著自己還沒有出力，抱著試一試的心情，卻不想真的成功掐出了雷訣。

至於他為什麼會請來天雷，我認為是一個謎，任何原因都有可能，但沃爾馬卻一次又一次強調是因為他的天分，直到大家的眼神中都帶有「鄙視」的意味了，這小子才抓抓腦袋承認了一個事實：「我師門中命字脈的師叔祖曾經給我批過命格，說過我是有大運之人，常常能逢凶化吉，也能偶然的能人所不能！咳……可是修者嘛，就是要講個機緣，機緣是什麼，也就是運氣！所以運氣肯定是實力的一部分，這個就算是承一也羨慕不來。」

我被沃爾馬的話嗆到了，這豈是羨慕不來的問題，我這童子命，別說運氣，就是不倒楣，沒有常常遇見血光之災我都要偷笑了。

「辛格還在外面等著，但願明天過後，我們能順利踏上歸途。」強尼大爺忽然打斷了我們的談話，低沉地說了一句。

因為已經安全的原因，強尼大爺去船上拿了一些東西，就比如吃的還有些餐具，自然也是見到了辛格，但他還是堅持蓬萊號停留在了入口處，辛格也不能過來，只因為明天還有更凶險的事情要做。

那就是破封印，收師祖殘魂，最後徹底消滅帕泰爾。

事到如今，強尼大爺已經給我們完全說明了所有的事情，原來最危險的事情就是要破除封印，放出帕泰爾的那一刻……

「之所以要破除封印，是因為李的一縷殘魂在其中，他當年是特別強調過，必須收集齊他的殘魂，才能踏上蓬萊。當年，之所以沒能一舉消滅帕泰爾，第一是因為李不能親自出手，第二是因為當年的那一場驚天大戰，有戰鬥力的都已經戰到了極致，而唯一能依靠的我，在那時出手的條件也不成熟，另外受傷很嚴重。所以，帕泰爾只能被封印了！李曾經說過，封印隨著歲月，能消磨帕泰爾很多的實力，但封印終究不是解決的辦法，而且隨著歲月，封印也會慢慢失效……所以，是時候了。」強尼大爺說到這裡的時候，喝了一口手中的熱水，這是他說過戒酒以後，堅持得最久的一次，至少也有大半天了，他真的沒有碰酒。

我無法想像當年的大戰是有多麼慘烈，只是下意識問了一句：「帕泰爾在那個時候很厲害嗎？」

「我懷疑他是活著的殭屍，即便自始至終李都沒有給我說過真相到底是什麼。」強尼大爺眯著眼睛，開始追憶起當年。

活著的殭屍？這句話可以理解為帕泰爾在活著的時候，就把自己變成了殭屍？不知道為什麼，一想到這個概念，我首先想到就是老村長，接著竟然是另外一個人——楊晟！無端的，我的心裡籠罩了一片陰雲，然後沉默了。

見我沉默，強尼大爺以為是我不相信，不由得補充說明了一句：「其實我自己也不相信，但是有什麼活人會建立血池來滋補自己呢？我不知道帕泰爾發生了什麼樣的變化，只是後來……後來的戰鬥中，它的一切表現都太像殭屍了！總之，我能肯定，它戰死以後，被封印的屍體是很確定已經殭屍化。」

「會比旱魃厲害嗎？」慧根兒在一旁忍不住問了一句，如果說能夠耗盡一個國家為單位的修者勢力的全部高端戰力，不說旱魃，至少也得屍將這種級別的存在了，慧根兒的好奇也是正常的。

旱魃嚴格說來根本不是殭屍五行屍的一種等級劃分，只不過旱魃作為火行屍，特別厲害了一點兒，表現的形式也太過明顯了一點兒，才廣為民間所流傳！而且民間也喜歡動不動就把旱災算在旱魃的身上。

「我不知道該怎麼比較，我只能說帕泰爾如果真的是活著的殭屍，那按照等級去劃分它，已經失去了意義，它是特殊的存在。」強尼大爺低沉地說了一句。

而慧根兒摸了摸自己的光頭，說道：「我知道，就好像老村長。」

慧根兒的話剛落音，岩石上莫名起了一陣風，岩石下的深潭之水也開始嘩嘩作響，我莫名其妙打了一個冷顫。

因為明天開棺的人，必然是我！

第一百三十八章　神秘紙人

經過一些時間的休息，大家多多少少都恢復了一些，就連之前昏迷的陶柏與肖承乾也醒了過來，但為了避免又有什麼意外發生，我們今夜也註定只能在岩石上過夜了，帕泰爾太狡猾，怕的是它還留存有力量，在夜裡又弄出什麼事情來。

明月緩緩從天邊升上了天空，待它完全停留在天空的某一個高點，清冷的月光淡淡灑下時，岩石上已經響起了此起彼伏的呼吸聲和微微的鼾聲，轉眼夜已深。

我沒有睡覺，而是在躍動的火光面前一根一根削著竹子，這是強尼大爺從蓬萊號上拿來的一些材料，目的是要紮一個紙人，做為山字脈的傳人，這件工作當仁不讓的是我來完成。

小刀不停揮舞著，我手中的竹子飛快地變成了一根根的篾條，在這安靜的夜裡，小刀和竹子之間碰撞產生的「刷刷」的聲音，非但沒有破壞這種靜謐，反而顯得這夜越發寂靜悠遠。

寂靜悠遠到穿越了很多歲月……讓我恍然覺得彷彿眼前正在削竹子的人不是我，彷彿我所在的地方也不是這片深潭上孤寂的一塊岩石，而是在那一年，故鄉的溫暖小院，在月光下，在油燈旁的師傅，而年紀小小的我正好奇的蹲在一旁，興致勃勃看著竹子紙片在師傅的手中飛舞。

這樣的往事讓我有些恍惚，它們好像已經發生了很久很久，久遠到回憶起來，都染上了一層記憶的昏黃，就如同古老的照片，它們又好像只是發生在昨天，近得我連那時師傅的每一個表情都記得那麼清楚。

「嘶」，在這樣的晃神下，我手中正在削竹子的小刀劃破了我的手指，指尖傳來的疼痛讓我忍不住吸了一口氣，這才從往事的記憶中回過神來。

「沒關係吧？」在我身旁的強尼大爺忍不住問了一句，並且飛快拿過酒，原本想自己喝一口，然後噴在我手指上幫我消毒了的，但到底猶豫了一下，還是把酒遞給了我。

我笑了笑，這老頭兒，有時倔強起來還是挺可愛的，然後喝了一口酒，噴在了正在流血的手指上，又順便再喝了一口，讓酒帶來的火辣辣驅散一點兒深夜的寒冷。

「這樣不休息，明天能堅持住嗎？」強尼大爺忍不住問了我一句。

「沒有問題的。」此時我需要的篾條差不多夠了，我正在一根一根的收拾，最難的工作就是在上面繪畫符紋，只要出了一點兒差錯，紮好的紙人都不會起作用！

我沒問為什麼一定要紮個紙人，因為強尼大爺自始至終都不肯說明原因，就如同他一直沒有解釋，為什麼今天到了最危險的時候，他也到底沒有使用他所說的最後也最強的一擊。

他只是在大家都入睡了的時候，忽然叫醒我，指著一堆材料讓我紮紙人，說是為了明天做準備的工作，並給了我另外一張圖紙，上面有些紙人要求的形象，還有在紙人的「骨頭」上，所需要畫的符紋。

這符紋一般是根據命格來繪畫的，否則就沒有任何的作用，雖然我不是命卜二脈的，但是一般看見這種符紋，也能大致知道所畫紙人的命格，可這些符紋是如此紛繁，且不符合命格排列符紋的常理，我根本就看不出這其中蘊藏的命格，只覺得一眼之下，這符紋不是我們道家所學的那些，好像更高級一些，就如師祖所布的陣法。

但我沒有任何疑問，因為在圖紙的下面依舊龍飛鳳舞的寫著一個李字！

一切都在無聲進行，在畫符紋的過程中不能有任何的打擾，即便我只是在按圖索驥，也因為這符紋的陌生必須全神貫注的投入。

經歷了一個多小時，才完成了全部的工作，在這一個多小時以內，我和強尼大爺並沒有任何的對話。

在完成符紋以後，我長吁了一口氣，拿起身旁的酒喝了一大口，又點上了一根菸狠狠吸了兩口，疲勞才稍微得到緩解，強尼大爺原本是讓我休息一會兒才繼續紮完這個紙人，但最關鍵的工作已經做完了，我想還不如一口氣完成它。

在圖紙上的那個形象和我們一般所紮的紙人沒有太大的區別，只不過不論是身材的比例還是臉型五官，都比世間的絕大多數人完美很多，這不是說長得英俊什麼的，就是一種和諧的完美感覺，讓人感覺人就應該長成那樣，才是最端正的人，只不過是紙面上的形象，看那麼一眼都讓人覺得很舒服，有些移不開眼睛的感覺。

「感覺很神奇吧，李說，世人以為的高一等的所在，也不過就是這樣的形象。」強尼大爺在我的身邊說道，然後停頓了一下，又小聲的補充了一句：「看起來很不錯啊，我懷疑昆侖上住著的人，就是這副模樣。」

我沒有說話，只是大概有一些猜測，師祖安排的是什麼了，想到這裡，我望著強尼大爺說道：「為什麼到現在才把這個拿出來？」

火光映照著強尼大爺的臉，他沉默了一會兒才說道：「如果我們在白天的時候全軍覆沒了，拿出這個也沒有意義，不是嗎？有些事情……是理所當然的，就好比我該拿出這一張圖紙，可是理所當然之下，多少也有些苦澀和不捨，雖然這不代表那些苦澀和不捨就讓我退縮。」

「什麼意思？」我已經開始紮起了紙人，雖然不是全神貫注在聽強尼大爺說話，但我思索了好一會兒，確定自己還是沒有聽懂。

面對我的問題，強尼大爺微微一笑，很安然的樣子，然後說道：「承一啊，你也不用什麼事情都要去懂，去問一個為什麼的。」

接著，又是一陣沉默，紮紙人是和師傅從小就學習的一項技能，所以做起來也不算慢，很快紙人的大概雛形也就出來……強尼大爺看得異常投入，到這時忍不住感慨了一句：「道家人總是很神奇的樣子，感覺還懂一些藝術如紙人紙馬什麼的，當年你師祖開祭壇，用紙人紙馬借陰兵陰馬，我就覺得很神奇了！主要是我難以相信一個道人，還能做出這麼栩栩如生的東西。」

懂藝術？我的臉色變得怪異了起來，想起了師傅留下的那些佈陣靈玉，上面刻畫著的不知所云的亂七八糟東西，甚至還有「火鍋」，還生怕別人不知道似的，旁邊歪歪扭扭的刻上一句這是火鍋……我就覺得藝術這個東西和我們壓根兒不沾邊，就像師傅三兩筆就能勾畫出紙人的神韻，我大概也能做到，但讓我們脫離了做紙人本身去畫一個什麼，那絕對……

不過師傅還有「代表作」，那就是師祖的畫像，那幾乎是用上了他畫紙人的全部功底，加上對師祖刻骨銘心的記憶，才能成就那幅畫作，至於我……也就畫畫紙人吧。

為了轉移這個尷尬的問題，我很乾脆的問強尼大爺：「你說明天是最危險的時刻，是指開棺的時候嗎？」這本就是一句廢話，任何殭屍都是開棺的時候最危險，哪怕是在陽光下開棺，殭屍一沾染了生人氣，都會瞬間起屍，可我也想不出來什麼別的問題了。

「說是危險，其實應該只是一瞬間，只要過了那一瞬間，就沒有危險了，只要你制服住帕泰爾。你說開棺的時候是最危險的，那是不對的！你知道，不是所有的殭屍都怕陽光，至少帕泰爾不怕！危險，是破除封印，你師祖殘魂被收取的那一瞬間。」強尼大爺低聲說道，這是他第三次重複這句話了，但每次說的時候都很是沉重的感覺。

他並不能給我說要怎麼做，因為師祖當年就沒有給他說明在破除封印的那一刻要怎麼做，只是說了，以後來徹底解決這件事情的，基本可以肯定是他的傳人，和他有著相同的命格，如果作為他的傳人，來怎麼對付殭屍起屍都不知道，也就枉為他的傳人了。

不過，強尼大爺還是交給了我一包東西，打開來那是一包血色的糯米，我很奇怪糯米為什麼會是血色，一聞還的確有濃重的血腥味兒，強尼大爺只是淡淡給我解釋道：「這糯米，是我精心保存下來的。它們……怎麼說呢……是每個月都會被我，用我自己的鮮血浸泡一次，懂了嗎？」

「為什麼是你的鮮血？」我不解的是這個。

「或者，我的鮮血比較好用！難道你不相信我嗎？」強尼大爺不願意過多的解釋，只是認真看著我。

我一收手，收起了糯米，說道：「那我就不問了。」

強尼大爺笑了，拍了拍我的肩膀，到底什麼也沒有說。

岩石上又恢復了安靜，只剩下火光在不停躍動，還有在火光旁忙碌而沉默的兩個身影，彷彿在這一刻是互相依靠著的，長輩與小輩之間的淡淡溫暖。

第一百三十九章　水下詭棺

我已經不知道我到底是什麼時候才入睡的了，只因為完成了這個紙人以後，太過疲勞，連時間也沒來得及看，卻和強尼大爺莫名看了紙人好久。

我沒有想到一個剛剛完工的紙人竟然有如此的吸引力，讓我和強尼大爺看著它，半天都移不開視線，立體的它比平面上的它看起來至少要真實得多，幾筆勾出的眉眼彷彿都暗含了某種韻味，讓人看著莫名覺得舒服。

「我……我覺得人應該就要像這個樣子吧？」我忘記盯著它看了幾分鐘，只是忍不住喃喃如此說道。

卻不想強尼大爺比我要先清醒，一把把我拉開，對我說道：「李曾經說過，不曾達到卻又渴望的東西，是內心中的一種邪，但不能稱之為惡，因為它能夠轉換為正能量的動力，促使人不斷的向前，可也會一不小心變成沒有辦法克制的欲望，讓人沉淪。」

「突然說起這個？」我打了一個呵欠，暖洋洋的火堆讓我的疲憊終於爆發了。事實上強尼大爺說的話不無道理，但既然是師祖的觀點，師傅在小時候也曾對我說過，我不能很好的理解，就到現在也只能體會其中的意思，卻不能做到其中真正的韻味。

「就是說，別盯著這個紙人看了，忘記它。李曾經說過它挺邪的……」強尼大爺一邊說，一邊在岩石上鋪好了一塊厚厚的地毯。

他拉著我躺了上去，我笑著說道：「我還不至於會被一個沒有靈魂的紙人迷惑。」

強尼大爺給我蓋好了一床毯子，說道：「那也是，不過以防萬一吧，你不是說了，就覺得人應該那個樣子嗎？這就是被感染動搖的證據，我不想你出任何的差錯，李曾經也說過小心紙人，特別是……」

強尼大爺沒有說下去了，而是頗有些神經質的拿過一床毯子，蓋在了紙人上，低聲說道：「在明天使用以前，誰也別看它了。」

在這時，我已經迷迷糊糊了，總覺得強尼大爺太過小心，但同時內心也湧動著一些溫暖，給我鋪床蓋被子這件事除了家人還有師傅，並沒有誰為我做過，沒想到進入了而立之年在強尼大爺身上又體會了一次。

第二天，醒來的時候，天已經大亮。

一夜無事的睡眠就已經足以讓我判斷，帕泰爾是真的沒有餘力再來搗亂，而經過一夜的睡眠，我們每個人的狀態也算是恢復了一些，但從實際情況來說，大概也就是巔峰狀態的一半。

我簡單洗漱了一下，就接過了如月遞過來的早飯，雖然只是簡單的乾糧，但經過了一夜好睡的我，還是大口大口吃得非常香甜。

深潭已經有了些許的改變，不再是那種陰沉沉充滿了霧氣，讓人一看就覺得神祕帶著些許恐怖的地方，在它的水面上也微微泛起了陽光才能帶來的金色波紋。

今天是一個晴天，這裡雖然只能照進來絲絲縷縷的陽光，畢竟也是一個好的開始啊。

不知道為什麼想到這裡心情就很好，忍不住嘴角就帶起了微笑。

「午時三刻開棺，承一，這個時間必須要把握好。」這時，肖承乾走到了我的身邊。關於怎麼樣對付起屍，師祖並沒有留下具體的辦法，而強尼大爺是半途「出家」的道家人，對於這些，他還沒有我們有經驗，所以這件事情在商量的幾乎是我們這些小輩。

昨天也就商量了一個大概，今天肖承乾尤自不放心，見我傻笑，又走過來對我強調了一句！按照計畫，下水撈起棺材的就是我和肖承乾，所以這個平日裡飛揚跋扈慣了的肖大少，今天罕有的認真了起來，也是昨天帕泰爾靈魂的力量給我們留下了太深的印象導致的。

「放心好了，一定會在午時三刻開棺的。」我恰好吃完手中的乾糧，喝了一大口水，回應了肖承乾一句。

午時三刻是一個很重要的時間，在這一個點上，陽氣達到了巔峰，可以鎮壓許多的氣息，就比如煞氣和怨氣等等……更重要的是徹底壓制陰氣，能夠避免厲鬼即刻成形！過了這個時間，陽氣會陡然減弱，然後讓人進入昏昏欲睡的正午，之後陽氣才會在下午接近二點的時候恢復過來……所以，掌握好這個時間點非常重要。

在午時三刻開棺，就算棺材裡的殭屍起屍，也會被陽氣鎮壓，消磨掉許多的陰氣和煞氣，免得人被起屍時噴出的第一口屍煞所衝擊，即刻失去意識。

對付一個厲害的殭屍，天時地利人和無一不可，午時三刻就是我們的天時。

吃過早飯，我才想起看了看時間，由於昨晚睡得晚，此時已經是上午快要十點的樣子了，一切都耽誤不得了。

隨意在岩石上做了一下簡單的熱身動作，我就叫過肖承乾和他一起換上了潛水服準備下水了，但在下水之前我帶上了墨線，這是道家人走南闖北必帶之物，畢竟道家人最顧忌的就是殭屍，有墨線在身可以封棺，讓殭屍一時半會兒不能起屍破棺。

而道家墨線本身就是用勅墨、公雞冠子血、朱砂混合成的液體淋在棉線上做成的至陽之線，加上它本是工匠用來丈量天地方圓之物，代表著横平豎直的絕對正氣，絕無偏差，在氣息上也是壓制殭屍之物。

「原本就要開棺，你帶墨線做什麼？」肖承乾對於我這一舉動，有些不以為然的樣子。

「在棺材裡的是帕泰爾，又不是普通的殭屍！雖然被師祖封印，可我們要去背棺上來，很難保證它接觸了我們的生人氣會變成什麼樣子！即便是隔著棺材。」我淡淡說道，其實心裡還是頗為沉重的。

我這樣一說肖承乾也沉默了，臉色難看，顯然他的心情也開始沉重。

道家之人並非說一定就是膽大至極的人，只不過恰好學會了克制一些邪物和鬼物的辦法，但誰又能保證其中沒有偏差和意外？

「好了，該來的也躲不掉，咱們盡人事安天命吧。」我隨意安慰了肖承乾一句，然後戴上了頭套咬住了氧氣管，首先爬下岩石，下水了。

肖承乾歎息了一聲，也跟在我的身後一起下水了。

這個深潭的水比起恒河其他地方的水顯得要冰冷許多，在水面上還漂浮著些許的魚屍，抬頭就能看見，莫名就為了這個地方多添了幾分死亡的氣息。

水中也有活的生物存在，樣子頗有些奇異的魚還別的什麼，但因為已經沒有了帕泰爾邪惡的靈魂控制，這些奇異的傢伙並沒有攻擊我們，即使牠們中有許多體型巨大，看一眼就給人帶來無限的心理壓力。

我和肖承乾儘量不去注意這些傢伙，只是悶頭不停下潛，潭底並沒有我們想像的那麼深，只是下潛了三十多米，還沒到下潛的極限，我們就已經下潛到了深潭的潭底。

在潭底是一個絕對安靜的世界，淤泥之上零星分佈著一些岩石，而在岩石的縫隙中，一些不知名的水草在隨著水波飄蕩。

我和肖承乾打著水下的手電筒，開始仔細搜尋，因為師祖留下來的那個類似於招魂幡的法器，我曾經用來感應過棺材的位置，加上那一天鬥法捲起了極大的水流，在那一瞬間，我曾看見過一眼那個棺材，所以我對棺材所在的大致方向，還是有瞭解的，這讓我和肖承乾有了正確的搜尋方向，不至於漫無目的的搜尋，反而耽誤了寶貴的時間。

有了正確的方向，在手電筒光的照射下，我們遠遠就發現了棺材所在的位置。

它的確就是卡在兩個岩石之間的，而這一次我也總算把它看了一個清楚！這是一具奇異的棺材，並不是傳統棺材的形狀，而是船型，至少從側面看去，就像一艘沉沒的小船。

而棺材的外面也是五彩斑斕畫著一些什麼，由於距離的關係，我們看得並不清楚，只是在這黑暗的水下，陡然看見這五彩斑斕的顏色，莫名覺得有些恐懼！

在發現它的瞬間，我和肖承乾就對視了一眼，然後毫不猶豫朝著棺材游去，午時三刻！這個時間不停在提醒著我們不能耽誤……

很是詭異的我和肖承乾越是靠近那具棺材，周圍的水溫也就越加冰涼，我們身上穿的明明是非常好的保溫潛水服，也擋不住那刺骨的冰涼，讓我們的全身都變得有些僵硬！從心底發冷……

我和肖承乾都明白，這根本不是自然界正常的冰冷，而是陰氣融入了水中產生了這股冰涼，能在封印之下對水溫都產生那麼大的影響，可見棺材裡的殭屍厲害到了何種程度！

我強迫自己不要多想，可在那一刻老是想起帕泰爾曾經建立血池的事情，一個晃神，我彷彿看見了前方就是一個巨大的血池，散發著濃重的血腥味，而在血池中有很多痛苦的靈魂在掙扎……這幻覺是如此真實，我怕自己瞬間就被迷惑，趕緊狠狠咬了一下舌尖，這才清醒過來。

可清醒過來的一剎那，卻發現我竟然已經詭異地游動到了棺材的邊上，一看身旁肖承乾也是，在手電筒光下，他的表情也異常難看。

更不要說在這時，棺材竟然莫名微微震動了一下。

第一百四十章　托棺

冰冷漆黑的水下有詭異的彩色棺材，而且還明知道棺材中有一具厲害的殭屍，這些東西疊加起來，無論如何都會讓人心底發寒，更別提就在眼前棺材微微震動了一下。

我自問見過的大場面多了，已經快不懂得什麼叫害怕，但這裡的場景卻成功勾起了我心底的一絲畏懼。

就是這麼震動一下，讓我和肖承乾都僵硬在了當場，一時間竟然不敢去做什麼動作。

大概過了兩三秒鐘，肖承乾才看了我一眼，用眼神在詢問我到底要怎麼辦？還能怎麼辦？總不可能被一具棺材嚇得就回去了吧？我從身後的背包掏出了墨線，意思也就很明顯了，封棺然後背負這具棺材上岸，什麼也不要想。

看我拿出墨線，肖承乾點了點頭，游動到了棺材的另外一側，準備和我一起綁墨線。

這時，我也小心翼翼地靠近了棺材，從離它不到一米的距離，到徹底靠近它，伸手就能觸摸到，在這一過程中，棺材再也沒有產生什麼詭異的變化，讓我的一顆心漸漸平靜下來。

抖開墨線，我準備開始封棺，肖承乾也拿住了墨線了一頭，開始和我一同動手，但事情根本不如我們想像的平靜，在墨線接觸棺材的一剎那，棺材開始非常明顯抖動起來，感覺就像是這具棺材在掙扎一般，沒有心理準備的我，被這忽然的變故驚了一下。

如果是有經驗的道士，一般都會認為這是要起屍的徵兆，這一刻的殭屍是最恐怖的，一般都會避開，可是我和肖承乾在水下根本沒得選擇，在這一刻，肖承乾又看了我一眼，我一咬牙示意肖承乾繼續。

整個封棺的過程並不愉快，那一具詭異的棺材時而會劇烈震動，時而又安靜，而且在漆黑的水中總是迴盪著若有似無的冷笑聲，彷彿就像是背後有一雙眼睛在冷冷看著我們做這一切，嘲諷著我們的不自量力。

我心中不停默念著靜心口訣，儘量讓自己封棺的手穩定，其實我並不是怕什麼殭屍，它如果真的起屍了和我搏鬥起來了，我反而會冷靜下來，讓人畏懼的其實是這種明知道有殭屍，它不停提醒著你它的存在，卻一直不起屍，又出現起屍症狀這種情況，這會讓人的心一直懸著。

等到考試成績的心情，比知道成績後的心情難熬許多。

我也不知道封棺的時間用了多久，只是當墨線的最後一個線頭綁定的時候，我感覺到自己全身幾乎都快僵硬了，這裡的水溫是有那麼冰冷嗎？唯一的好消息是被綁了墨線以後，棺材終於不再詭異震動了，那若有似無的冷笑聲也消失了。

我深深的吸了一口氣，明顯感覺身後的氧氣罐裡氧氣少了一小截，可見我其實是憋了多久，透過手電筒光，同樣可以看見肖承乾的臉色蒼白。

我不想在這水下耽誤了，手扶住棺材的兩角，示意肖承乾和我一起起棺。

棺材沒有想像沉重，加上水的浮力幫忙，我和肖承乾一起用力，終於搬動了這具棺材，可是當我們倆一起把它舉起來的剎那，一股肉眼可見的明顯黑氣一下子就從棺材的底下冒起，在那一刻我彷彿聽見了千百人淒厲呼嚎的聲音，接著就是真正透骨的冰冷。

這冰冷和水中的冰冷不同，在出現的一瞬間就幾乎將我凍僵在那裡，而在這時，我和肖承乾同時舉棺過頭頂，準備托著上浮的棺材，不知道為什麼一下子變得異常沉重，陡然的重力，竟然一下子壓得我半跪在了水底的淤泥裡，肖承乾也是同樣的情況，偏偏我們還身體僵硬，動彈不得！

而在跪下的一瞬間，手裡差點沒握住的手電筒，歪歪斜斜的光芒正好照在了剛才棺材所在的潭底，我竟然看見在那潭底的淤泥裡陷著不少於二十個頭骨……而頭骨空洞的眼眶彷彿都在「看」著我們，明明就沒有眼睛的存在，我卻感覺到那黑洞洞的眼眶裡飽含了怨氣和心酸！

在那一刻，我也明白了，剛才沖天而起的那就是怨氣，被這具棺材一直鎮壓吸收著，我和肖承乾抬起棺材的那一剎那，一不注意被如此強烈的怨氣衝撞，難怪身體會陡然僵硬。

至於棺材忽然變得沉重，應該是棺材中的殭屍在搗鬼，配合著怨氣瞬間用它的屍煞氣鎮壓了我們的氣場，其實重量根本上沒有改變，只是我們的氣場被怨氣衝撞以後變弱了，然後再被鎮壓……一個人的氣勢氣場弱了，會很玄妙的覺得什麼都很沉重。

我和肖承乾幾乎同時想明白了這一點兒，做為一個道士，這種情況要是不會緊急應對，就不算一個道士了。

我和肖承乾並沒有放下棺材，而是對望了一眼，然後同時運轉著功力，在水中無聲吶喊了一聲，這並不是完全意義上的吼功，而是一種在瞬間提升自己的氣場的辦法，就如一個懦弱的人在被逼急了以後，忽然大吼了一聲，在那一瞬間所有人都會明顯感覺到這個人的氣場提升了，本能的就會覺得不要再招惹他了，本能覺得要退縮了，儘管那個人並沒有瞬間變得力大無窮之類的。

這種提升氣場的吼叫方式，就是根據這個原理來的，只不過比起普通的發洩般憤怒的吼叫，道家這種方式講究的技巧就多了許多。

氣場的提升，讓我和肖承乾擺脫了這種沉重的壓力，僵硬的身體也漸漸恢復了。

我們沒有多餘的交流，幾乎是同時選擇托著棺材向上游去，還沒有開棺這具棺材就鬧出了諸多詭異，再耽誤下去，誰知道還會發生什麼？

只不過，我還是忍不住瞄了一眼那埋著人頭骨的淤泥，不知道挖下去會挖出多少人類的骨骼，那裡面應該有被婥婭無意中迷惑的人，但應該也有凶魚為帕泰爾拖來的人，這個潭底其實就是另外一個「血池」，只不過流動的水帶走了這裡罪惡……

在返回的路上沒有再發生什麼多餘的事情，但整具棺材不停傳來的冰冷氣息，還是把我和肖承乾折磨得夠嗆，如果是普通人估計早已在上浮的過程中就已經徹底被凍僵，然後和棺材一起再次沉沒到水底了。

我和肖承乾是在憑著自己的底子硬抗！

「嘩」的一聲，我和肖承乾終於浮出了水面，在看見陽光的那一刻，我第一次覺得陽光是那麼的溫暖，儘管在這深潭中只有絲絲縷縷的陽光，也彷彿在瞬間就化解了我從心底產生的冰冷。

在水面之上，這具棺材終於正常了，上午的陽光儘管並不強烈，卻飽含著十足的陽氣，至少可以暫時鎮壓一些異動，畢竟棺材裡的殭屍是被師祖的封印鎮壓著的，它還鬧不出太大的么蛾子！

我和肖承乾托著棺材，漸漸接近了岩石，強尼大爺也在這時恰到好處的扔下了一捲繩子，畢竟棺材裡的殭屍已經不可避免的接觸到了我和肖承乾兩個人的生人氣，再接觸更多，起屍的時候也就會更加厲害，這種情況必須得避免，除了我和肖承乾，其他人是不能再觸碰棺材了。

我和肖承乾拉過強尼大爺扔下的繩子，綁好了棺材，然後趁著強尼大爺拉著棺材的時間，趕緊爬出水面登上了岩石，然後連潛水服都來不及脫，就和強尼大爺一起逮著繩子，一起把這棺材拉上了岩石。

在岩石之上，除了我們三人，所有人都避開了棺材之外兩米左右的距離，並且在他們所站位置的週邊，灑了一層混合著黑灰的糯米！糯米自然不用說，那黑灰則是至陽的植物，就如菖蒲之類燃燒出來的灰燼，其實在這裡面還混合有雞蛋液，畢竟雞也是至陽之物，雞蛋中也蘊含了十足的陽氣，只不過世人知道的很少罷了，在大量需要雞血，又不想傷生造諸多殺孽的情況下，一般都是用雞蛋代替雞血，雖然效果不是那麼好。至於黑狗血，道家人不到萬不得已的時候是不會用的，那樣的殺孽太重，即便黑狗血對破除邪術的效果是最佳。

一切準備工作都就緒了，我看了看時間，離午時三刻還有半個小時左右的樣子……於是和肖承乾就放心脫掉了潛水服，我們不急，把這棺材拖到上午的陽光下暴曬一下，並沒有什麼壞處，還能一定程度的壓制一下這個傢伙，唯一遺憾的只是這裡陽光明顯不足。

點上了一枝菸，我抓緊時間恢復著體力，而強尼大爺也為我和肖承乾遞上了一碗薑湯。

「承一，就是起屍的一瞬間，記得那一瞬間一定要壓制住帕泰爾，其他的事情就交給我來處理。」看我和肖承乾喝著薑湯，強尼大爺猶自不放心又重複了一句已經不知道講了多少次的事情。

但我們並沒有嫌強尼大爺囉嗦，他的緊張我們能夠體會到，這時師祖之前用來定位的那個像招魂幡的法器也被豎立在了岩石之上，就如同真的要招魂了一般。

第一百四十一章　開棺

離午時三刻還有十分鐘左右的時候，我體力終於恢復了一些，站了起來，靠近了那具詭異的棺材。

此刻的肖承乾已經後退到了用糯米包圍的圈子裡，在起屍的那一刻生人需要儘量避開，免得在混亂中誤傷，另外也是避免忽然蒸騰的屍煞傷到更多的人。

在棺材附近的只有我和強尼大爺兩個人了，他此時看著棺材，少有的叼著一根香菸，不知道在想些什麼，只是插在他胸前口袋裡的那朵紅色小花是那麼引人注目。

至於我，則是被棺材上那些彩色的畫所吸引了，直到現在我才看清楚，棺材上面那些彩色的畫嚴格說來並不是什麼畫，而是栩栩如生的圖騰，但是具體是什麼神的圖騰我並不認識，畢竟印度教幾乎是信奉滿天神佛，供奉的神之多不是資深的教徒恐怕根本記不住。

而這些畫在棺材上的圖騰之所以吸引我只是因為我在上面竟然感覺到淡淡的法力在流動。

這是正統的修者的法力，而不是什麼殭屍的力量……

「感覺到了？」香菸升騰的煙霧讓強尼大爺微微瞇起了眼睛，他的目光深沉，忽然這麼問了我一句。

「嗯啊，這些彩色圖騰……上還有淡淡的法力波動。一開始就覺得很神奇啊，這麼多年了，棺材沒有變形泡爛倒也罷了，這上面的圖案竟然都沒有怎麼褪色……就是因為這個嗎？」我好奇問了一句。

放在岩石中央的棺材不時波動著一股冰冷的氣息，因為太過靠近，我都加了一件外套，只有強尼大爺好像完全不受影響一般，我們這般無聊等待著，還不如聊一點兒什麼，即便是要開棺，這些圖案已經沒有作用了。

「這棺材的材料不是普通的木材，而是用特殊的木材製成的，非常珍貴，知道嗎？陰沉木……」強尼大爺低聲說道。

陰沉木？那的確是非常珍貴，價值不下於極品的沉香，它是做棺材的極品材料，一般帝王也不見得能用得起，可見其奢侈到了什麼地步，但我就算身為道家人，也沒聽說陰沉木有什麼克制殭屍的作用，為了封印帕泰爾竟然這麼奢侈？

「這陰沉木是李帶來的，沒有經過處理的陰沉木當然沒有什麼作用，但是經過處理供奉的陰沉木，那就完全不一樣了！知道為什麼嗎？其實陰沉木基本上是炭化的木材，最容易吸收各種氣息和氣場！這是別的木材做不到的，這段陰沉木在真正的封印帕泰爾之前，不僅經過了李的處理，更是在我們最高等的寺廟供奉了半年，天天都會為它舉行祭祀，接引神力！所以，這是一段飽含了神力和各種能量的木料，用以壓制帕泰爾的力量……」強尼大爺淡淡訴說著這段了不起的木料來歷，但基本上開棺之後它也廢了，畢竟盛裝了一個強大殭屍那麼多年，這已經是用不得了。

我正為這棺材的木料而唏噓時，強尼大爺又說道：「至於這些圖騰的色彩經久不掉，固然是有附著於上面的法力沒有散去的原因，另外你知道這些圖騰都是經由哪些人的手畫出來的嗎？是大祭司，宗教裡最頂級的大祭司，用自己的鮮血加上珍貴的顏料調色而畫出來的圖騰，所以它們的顏色哪有那麼容易被磨滅？就比如這淡粉色，中間用有鏴水融掉黃金來繪畫……之所那麼奢侈，是因為這樣畫出來的圖騰，可以接引一定的神力附著於圖騰之上，進一步壓制帕泰爾。」

我無語看著這具棺材，它即使不是黃金鑄造的，從價值上來說都比黃金鑄造的珍貴一百倍，其作用竟然只是為了壓制帕泰爾，那個時候的帕泰爾到底是有多了不起？我想起了帕泰爾說的那句話，它繼承的力量需要有身體才能發揮出來。

所以，我忽然覺得我們能打敗帕泰爾的靈體就像做夢一樣，簡直是不可思議。

強尼大爺的表情卻很平靜，扔掉了手中只剩下菸屁股的菸蒂，吐出了最後一口煙霧，然後說道：「那一年的大戰，根本不是我們這場戰鬥可以比擬的，那是……屬於神仙等級的戰鬥了吧？我一直是這樣想的！我們面對的只是被封印削弱了起碼十倍的帕泰爾，而靈魂攻擊也不是它最擅長的。我們應該說一聲幸運，這個珍貴的棺木也是在每時每刻用自己用蘊含的力量消磨帕泰爾的力量，否則憑我們怎麼敢開棺取走這棺木中隱藏的最強力量，你師祖的封印？」

「不是為了消滅它嗎？」我不認為取封印比消滅帕泰爾更加重要。

「當然是為了消滅它，各種用於鎮壓它的力量快要消磨乾淨了，現在正是它本體最弱的時候，再過些日子，它就該走上恢復的路了，其實它一直在這麼做，用那麼多的人命血祭它！李說過封印遲早要打開，不打開封印根本沒有機會徹底消滅它，你取走封印只是必要的一步，最重要的……」強尼大爺忽然看著天空，眼神變得是那麼的捉摸不透，然後才說道：「還是要消滅它啊！」

我不知道應該說什麼了，但大概也能猜測到一些師祖的安排，由師祖殘魂坐鎮的封印，自然是最強的封印，但當封印和帕泰爾的力量互相消磨然後失去作用的時候，師祖留下的那一縷殘魂就危險了，隨時會成為恢復過來的帕泰爾大補之物！就算師祖的殘魂再逆天，也不可能強過恢復過後的帕泰爾，畢竟那個時候的帕泰爾可是差點兒讓印度的修者界人才凋零的。

而算到一定的時候破封印，既可以消滅帕泰爾又可以讓傳承者（老李一脈）拿走殘魂踏上蓬萊，消滅最後的存在……這顯然是最有利的辦法，師祖果然是神仙一般的人物，在那麼多年以前就做好了局，等待著它一一實現，就好比萬鬼之湖的局面。

想到這裡我沉默了，總覺得世間事萬千變化，竟然有這樣的人存在，可以看透紛紛擾擾的命運亂流，設下一個必中之局，簡直是不可想像的，畢竟隨著歲月的增長，我經歷得越多，也就越是敬畏命運！師祖所做的一切，讓我覺得即便這個人是我師祖，都感覺難以想像……

見我沉默了，強尼大爺也沉默了，看了一下手中的錶，又看了看天上顯得有些朦朧的太陽，然後對糯米圈子內的承清哥說道：「承清，推算一下正午時三刻，畢竟用手錶來衡量精準的午時三刻可不是那麼可靠的。」

我看了一下時間，大概也就剩下兩分鐘的樣子，深吸了一口氣，拿起了放在一旁的鐵撬，又遞給了強尼大爺一根，做好了一切的準備。

面對強尼大爺的話語，承清哥點了點頭，開始推算起屬於這裡精準的午時三刻……一切都變得安靜，我握著鐵撬，已經插入了棺材縫隙，至於綁在上面的墨線，在我休息的時候，已經被肖承乾解開了。

陽光依然朦朧，微風過處水聲潺潺……我不知道為什麼，在這樣靜默短暫的等待中，我竟然起了一身的雞皮疙瘩。

「開棺！」忽然承清哥大喊了一聲。

我和強尼大爺一聽，一刻也不敢耽誤，畢竟午時三刻的正時，也不過短短的一分鐘不到！

我們同時大吼了一聲，手臂的肌肉膨脹，一下子撬動了鐵撬……帕泰爾被封印了那麼多年的棺材，終於被我們打開了。

第一百四十二章　棺材中的帕泰爾

「澎」的一聲悶響是棺材蓋兒被暴力撬開的聲音，接著一聲「咚」的悶響，是棺材蓋兒落在岩石上的聲音。

在棺材被徹底洞開的那一瞬間，一股說不上來的詭異力量好像順著鐵撬傳遞到了我身上一般，在棺材蓋兒落地的一刻，我手臂上起了一串雞皮疙瘩，連同手中的鐵撬也一起落在了地上，發出了「叮鈴」一聲脆響。

反觀強尼大爺倒像是沒事的人一般，握著鐵撬有些奇怪的看了我一眼，我有些不好意思，其實除了鐵撬上傳來的異樣冰冷感覺，根本沒有任何的力量影響到我，真正影響到我的只是來自於內心的恐懼。

道士和殭屍的關係是奇特的，沒有誰一定能克制誰，都是各憑本事，道士或許是殭屍心中的陰影，但千百年下來，喪命在殭屍口中的道士也不知道有多少，可以說殭屍也是道士的陰影。

師傅就曾經說過，這世間邪惡的物事和不能想像的存在何其多，但最難對付的一定就是殭屍，既成型又力大無窮還帶著滿身的陰氣，偏偏又沒有思想，不可溝通……而殭屍成型又需要大量的陰氣和血氣等等各種因素，所以就算偶爾遇見一個高級的，可以溝通的，都在這些負面氣息的影響下，成了類似瘋子一般的極端者。

總結起來，就是不能溝通的傢伙，是最難對付的！

再加上老村長事件中那令人窒息的恐怖，我必須承認殭屍是我心底的一片陰影，如果說有什麼東西能激發我害怕的情緒，就只有殭屍。

這一秒很安靜，只有我面對強尼大爺目光的些許不好意思，強尼大爺剛想開口說什麼，可下一刻卻一把拉住我爆退了好幾步，於此同時，另外一隻手用我們早就準備好的口罩捂住了我的口鼻。

這口罩中以糯米和木炭為主料縫製在其中，還在裡面添加了不少正陽的植物粉末，防的就是那屍氣沖天而起時衝撞到了人。這屍氣最是陰毒，被衝撞到了救起來是分外麻煩。越是厲害的殭屍，那沖天而起的屍氣也就越是厲害……開棺時的莫名靜謐令我以為這棺材中沒有屍氣，卻不想……這屍氣簡直是瞬間爆發了。

是可以用爆發這個詞的，因為在爆退的過程中，我抬頭看了一眼，就算在民間的描述中，我也沒有見過這樣的屍氣，簡直像一個小型炸彈爆炸一般沖天而起……這樣的場景完全就像一個極品聚陰地被挖開時，陰氣沖天而起的影像。

我和強尼大爺一下子退到了五米開外的地方，我把口罩戴在了臉上，但透過這幾乎是「加強版」的防屍口罩，還是能聞到空氣中傳來陣陣血腥腐朽的味道，這樣的氣體吸入了對身體可不好，我只能小口呼吸……避免多吸入這樣的氣體。

於此同時，岩石上就算在圈內的人也同時戴起了口罩，由幾乎是萬邪不侵、陽氣最旺的陶柏點燃了分別放置於棺材四個角落的火堆！

這火堆中加入了大量的菖蒲葉還有艾草，主要的染料是桃木，在這種時候，只能利用流傳了千百年的古老方式驅散屍氣，這是沒有任何取巧辦法的，幸好強尼大爺知道這一次是來做什麼的，蓬萊號上早就準備了這些東西，只是我們平常不翻動所以不知道。

火堆燃起，大量微微泛黃的煙也升空而起，和幾乎呈純黑色的屍氣纏繞在了一起，我注意到了這屍氣濃厚的程度連這裡的陽光都不能夠穿透，當然也有這裡的陽光太弱的原因。

好在不管是什麼樣的殭屍所產生的屍氣，都會被火堆所產生的煙霧所克制，所以儘管消散得很慢，但它仍然是在消散。

對付帕泰爾這種殭屍，桃木樁什麼的是沒用的，一綑紅繩早就捏在了我手裡，我只需要制服它一瞬間，所以要憑藉本身的力量來壓制。

我靜靜等待著，此時棺材中還在冒著淡淡的屍氣，但已經是強弩之末了，很快就會徹底乾淨下來。

「果然是殺了很多人啊，帕泰爾！這股屍氣……」透過厚厚的口罩，強尼大爺的聲音顯得有些模糊不清，但坐在他身邊的我還是聽清楚了強尼大爺口中的呢喃，忍不住跟隨著他的目光朝著天空看去。

離岩石十幾米外的天空之處，黑色的屍氣正在和其他的正陽之氣纏繞，奇特的是那些黑色的屍氣組成了一張模模糊糊的人臉，彷彿是在掙扎、恐懼、嚎叫……看著就有一種讓人心悸的感覺。

「那是被殺害的人怨念摻雜在了屍氣當中，它們的靈魂都被帕泰爾所吞噬，只留下了這樣的怨念！被高級的殭屍吃掉可真是一件恐怖的事情啊。」我只是看了一眼就知道是怎麼一回事兒了。我也沒有危言聳聽，殭屍的魂魄是殘缺的，進化就需要吞噬大量的魂魄來完整自己的魂魄，就算是魂魄完整的高級殭屍也需要鎮壓大量的生魂在自己的魂魄之下，隨時吸取靈魂力保持魂魄的完整。

這個是沒有為什麼的，如果硬要解釋，就只能說這是老天對殭屍這種強悍的生物給的巨大限制，否則殭屍就可以不叫殭屍了，它們得換個名字，叫——超人！力大無窮，刀槍不入，除非弱點，否則打擊也沒有什麼效果，另外厲害的還可以飛天遁地……

就像老村長當年不也拘禁了整個村子的生魂嗎？但帕泰爾想要進化，想要更強，我不用猜測都可以知道，這些人的生魂早已經被帕泰爾吞噬乾淨了，帕泰爾所造的孽比起老村長還要不可挽回。

面對我的話，強尼大爺選擇的是沉默，他提起這個話題，自然也知道這究竟是怎麼一回事兒，而我們在談話之間，棺材中的屍氣已經完全散發完畢，剩下在天空中的，正陽之氣和陽光會自然驅散，就不用我們擔心了。

屍氣就如此濃厚，那一口含在帕泰爾口中，起屍時會噴發的屍煞之氣呢？我不敢細想，和強尼大爺一起朝著那具敞開的棺材走去，在開棺的瞬間沒有起屍，就是我們極大的幸運了。

可對於這一點，我認為是必然的，畢竟有我師祖的封印鎮壓，帕泰爾如果那麼容易起屍，師祖的鎮壓就顯得太弱了。

「你這個小子，身上還有剩下的雪茄吧？」路過肖承乾身邊的時候，強尼大爺忽然問了一句。

肖承乾警惕地看著強尼大爺，而強尼大爺卻毫不在意地說道：「拿兩枝過來。」

肖承乾臉部的肌肉抖動了一下，還是從身上一個精巧的盒子裡，摸出了兩枝細雪茄扔給了我和強尼大爺！也不能怪肖承乾這個樣子，因為他離家出走以後，身上只剩下一盒這種特製的雪茄，這是市面上買不到的，所以已經不是肖大少的肖大少對這雪茄是非常捨不得抽的，一般都是買點兒別的雪茄來代替，偶爾也會拿出來聞一聞。

在這裡，肖大少身上自然沒有帶別的雪茄，就只能摸出這隨身帶著的雪茄給了強尼大爺。

當著肖大少快要哭的臉，強尼大爺把兩枝雪茄點上了，然後遞給了我一枝，我不解地看著強尼大爺，為什麼非要點上一枝雪茄？可是強尼大爺有點兒愉快地對我說道：「靠近棺材味道重，雪茄的香味兒也濃烈，正好可以克制一下。」

肖大少一聽滿臉「怨毒」，很乾脆的自己也摸出了一枝點上，並且說道：「老子這麼珍惜，你們用來抵抗臭味兒。不管了，我也要抽一枝過癮。」

我和強尼大爺愉快笑了幾聲，這樣一個插曲也算是緩解我們兩個緊張的心情，我也分不清強尼大爺到底是故意還是無意的。

叼著對於我來說氣味有些太衝讓人有些昏沉的雪茄，我和強尼大爺終於走到了棺材的面前。

帕泰爾就平靜的躺在棺材中，但是只是看了一眼這樣屍化的帕泰爾，就讓我從內心感覺到恐懼，根本不想再看第二眼……由於和帕泰爾的靈魂戰鬥過，帕泰爾生前的形象我是知道的，除了眼神不對勁兒，完全可以稱得上是一個英俊的男人，可在棺材中躺著它卻不是這模樣。

他的肌肉已經完全脫水了，呈一種乾癟的狀態附著在身上，包括面部的肌肉，第一眼看上去就像實驗室裡那種純粹的人體肌腱講解模型……而它的皮膚光滑，並沒有生出任何的白毛黑毛，呈一種彷佛是大量血液乾涸以後的暗沉褐紅色，沒有長毛不代表就是好消息，要知道黑白雙凶只是入了流的殭屍裡最低級的那一種。

只是一眼，我就能感覺到這乾癟的身體裡蘊藏的巨大力量。

更不要說，帕泰爾的嘴已經包不住長長的犬齒，猙獰地露在嘴外，只是有些微微泛黃，根本沒有半點要石化的痕跡……而它的手，確切的說應該是爪子，平靜放在小腹處，上面十根尖銳的指甲竟然微微泛著寒光。

這樣的形象描述起來或者還能淡定，但要是親自看一眼，無論是膽子再大的人也會心底發寒，只因為那種扭曲和變形……但這都不是我在意的關鍵，關鍵是帕泰爾的那雙爪子上，有道看起來和乾涸的時間不同的血痕，這樣的發現讓我驚疑不已，一時間不知道是怎麼回事兒，仔細看它的指甲裡還有一點點黑色的，類似於血肉留下的東西。

我轉過頭狠狠吸了一口雪茄，想用來平復心中的情緒，卻不想雪茄的味兒太重，哪能這樣吸？反倒弄得自己一陣昏沉……帕泰爾可以說是完全沒有半點腐化，甚至身上穿著的華麗衣袍都因為莫名的力量而顯得還是那麼光鮮亮麗。

棺材裡進了一些水，它好像完全不受影響，就這樣平靜的躺在水中……不知道等一下會產生怎麼樣的變化，而自始至終我都沒有發現師祖的封印在哪兒？

而強尼大爺又彷佛陷入了某一種情緒，看著棺材中的帕泰爾不知道在想些什麼，已經入神得忘記了說話……我只能忍住心中那股不安的感覺，再次看向了棺材中的帕泰爾！

可是依然沒有任何的線索，我叫了一聲強尼大爺，他沒有回過神來，我沒有辦法，只好戴上了手套準備摸屍了！這是必須的，因為等一下為了防止起屍，一切的工作都要由我來做，遲早都要接觸到這個恐怖的傢伙，早一些晚一些又有什麼關係？

把嘴上叼著的雪茄放到了一旁，我略微有些緊張的伸出了自己的手，當我接觸到屍體的一剎那，就感覺像是摸到了一塊冰冷卻沒有凍硬的肉，它的肌肉不是我想像的那種僵硬，而是詭異的柔軟，這種觸覺傳到腦中是如此糟糕，我情願它硬一些！

這樣想著，我的手順延而上，如果是表面沒有發現封印，那麼封印最可能在的位置就是胸口處了。

但不知道為什麼，我忽然就感覺到毛骨悚然，下意識一轉頭，我就看見一雙陰沉的眸子，確切的說是黃中帶黑的眼球，已經死死盯著我了，剛才……剛才還閉著眼睛的帕泰爾，什麼時候睜開眼睛的？

第一百四十三章　深陷的恐懼

人生若是快樂的時候，恍然回頭也許就是數年的時間過去了，一點兒都不會覺得時間漫長；人生若是痛苦的時候，一秒鐘也像是緩慢的鐘擺，遲遲不肯到位落下，度日如年也不足以形容它的漫長。

在我和帕泰爾對視的那一秒鐘，我開始深刻認同這句話，因為這一秒對於我來說實在太痛苦。

這麼多年以來，我經歷過無數的事情，看過無數雙的眼睛，體會過無數從眼神中流露出來的情緒，就比如李鳳仙絕望而瘋狂的眼神，餓鬼殘忍而狡猾的眼神，老村長充滿恨意的眼神，惡魔蟲帶著高貴優越感冰冷的眼神，小鬼點點帶著殘酷天真，卻又封滿了怨恨在其中的眼神……但我從來沒有過和帕泰爾的眼睛對視感受它眼神時的那種難受。

那是一種殘酷，一種真正冰冷的，不能被說服的殘酷眼神，只是一眼，就讓人感覺到在它背後有無數人在咆哮，屍山血海堆積的血腥……最難過的，是那種真正不能被說服和感化的感覺，就像柔弱的手觸碰冰冷的岩石，想要打破它找到一個出口，才發現那是一件多麼絕望的事情。

對，帕泰爾的眼神，是給人深刻的絕望……而因為肌肉的萎縮，它的眼睛實際上已經不成型了，黃黃的眼球和黑色的眼仁更加清晰突出了這種意味，讓人瞬間就感受到了地獄。

這就是真正殭屍的眼神嗎？怪不得師傅說過一句，曾有道人殺殭屍數十，卻聽從師門祖訓絕不和殭屍的眼睛對視，越高級的越是避諱……當時我還小，忍不住問了一句為什麼？

師傅則回答我，殭屍一般不睜眼，能睜眼的殭屍都很厲害，眼神會瓦解人的意志，當一個殺殭屍的道士因為它的眼神而感覺到害怕時，還怎麼和殭屍鬥？

是的，殘酷得讓人害怕，那一秒鐘我腦中的思緒萬千，可偏偏卻陷入了一種恐懼的呆滯。

沒有任何的對話，在這種絕對的安靜中，我感到一股巨大的力量逮著我的衣領，一把把我從棺材邊扯開了去，因為著急的緣故，力道控制得不是很好，以至於我重重摔落在岩石上，疼痛從身體傳來，卻讓我真實感覺到了一種活著的意味，第一次覺得疼痛是一件好事。

剛才帕泰爾的殘酷，讓我看見了真實的死亡。

可我還沒來得及喘氣，已經走過來的強尼大爺就掰著我的頭，讓我看向了棺材，在那一刻，我看見帕泰爾的一雙手已經伸出了棺材！在光線的折射下，那一雙乾枯的，帶著鋒利指甲的爪子讓人驚心動魄，寬大的袖子因為手臂的上舉而褪了下去，露出了同樣是暗紅色的手臂，因為肌肉的萎縮而青筋畢露，糾纏著就像一棵生長在死亡之地的怪異老樹……難道……起屍？我原本因為那一秒的對視，就已經密佈了冷汗的身體，不由得再出了一層冷汗，衣服瞬間就變得潮濕，黏黏膩膩地貼在身上。

「為什麼那麼不小心？為什麼要擅自去碰它？我給你的那一包糯米呢？」強尼大爺彷彿是很生氣，幾乎是在我耳邊咆哮。

而我有些呆呆的看著帕泰爾伸出的手臂，一時之間不知道該怎麼回答強尼大爺的問題？最幸運的是，帕泰爾的屍體只是伸出了手臂，卻不是真正的起屍，它還沒有坐起來。

強尼大爺在我耳邊歎息了一聲，忽然說道：「你一定看見了它的眼睛，它在你的內心種下了一顆恐懼的種子……當年很多高深修為的人也中了這一招，當心中恐懼的種子生根發芽時，他們連對帕泰爾出手的勇氣都沒有，就已經深深陷入了畏懼。但幸好……有我在！」

這句話是什麼意思？

強尼大爺沒有對我解釋，而是一把拉過我，低聲對我說道：「看著我的眼睛。」

為什麼要看強尼大爺的眼睛，但出於信任，我還是立刻照做了……和強尼大爺相處了幾個月，其實他的眼睛甚至於眼神我都早已熟悉，那是一雙寫滿了滄桑，壓抑了些許痛苦，卻又充滿了歲月沉澱下來的平靜與溫和的矛盾眼睛，但此時我再看它時，卻又發現了一種新的「東西」存在於其中。

我很難說清楚那是什麼，只是感覺到一種堅韌的意志，甚至能讀懂那是一種必須要壓制帕泰爾，消滅它的心情，在慢慢瓦解我心中的恐懼，感覺有一個人如此的堅定毫不畏懼，我也就不是那麼怕了。

這樣的對視進行了將近了一分鐘，我終於長長吁了一口氣，帕泰爾剛才給我帶來的恐懼已經在心裡消除了痕跡，我很疑惑強尼大爺的眼睛怎麼會有這種力量？

強尼大爺沒有回答我，而是站起身來，撿起了我剛才放在棺材一邊的雪茄塞進了我的嘴裡，這才對我說道：「這並不是我的力量，而是因為帕泰爾曾經是我的神衛，那傳承了很多年的神衛術法是不可逆轉的逆天術法，一人一顆種子埋在我和帕泰爾的靈魂深處，就算是神仙也沒有辦法化解，我對帕泰爾有天生的壓制！但很多時候也僅此而已，因為它越來越強大，要引爆那顆種子，是越來越不可以做到。」

很多時候？我有些疑惑，強尼大爺的話並沒有說死，那麼言下之意就是特殊的時候，他還是可以做到的，莫非強尼大爺的所說的最後也是最強的一擊就是這個？

我心中忽然隱隱的不安，連同之前有一次和帕泰爾決鬥時的那種不安一同被勾起，這是兩種不同的不安，一起糾結在我心底，可是我甚至不知道會發生什麼？

雪茄的煙霧帶著麻痺的作用，稍微讓我恢復了一些，本著對自己靈覺的相信，我站起對強尼大爺說道：「強尼大爺，我不希望你做任何對你自己不利的事情，殭屍總是有辦法消滅的，更何況它還被我師祖封印著……」

強尼大爺此刻卻已經在解著扣子，脫去了他的上衣，這時我才發現強尼大爺的胸口之上不知道什麼時候畫了一個類似於道家符紋，但又不完全相同的圖案，因為所有符紋的線條和文字組合起來又像是一個圖騰，而從線條的走向來看，全部指向強尼大爺的心臟。

面對我有些緊張的樣子，強尼大爺忽然笑了，他說道：「我絕對不會做對自己不利的事情。」一字一句，擲地有聲。

儘管心中還是不安，但我出於對強尼大爺的信任，沒有再開口了！我更願意相信這個不安，應該是什麼別的事情，至少我沒有從中體會到生死危機，並且我也明白，每一次我只能體會到不安，但要發生的事情我始終是無法阻止的，就好像靈覺給我危險的預警，但危險始終會發生。

「好點兒了嗎？」強尼大爺此刻把上衣已經放在了一旁，那朵紅色的小花已經略微有些枯萎，此刻就被鄭重擺在了上衣之上。

「我想我可以重新面對帕泰爾了。」強尼大爺對帕泰爾壓制的眼神，的確是非常有用。

「其實也是我的錯，想事情想得入神，忘記了提醒你要先用那血色的糯米封住帕泰爾的口鼻眼耳，才能放心觸碰它。至少那個可以阻止它睜眼！或者做出什麼不可思議的事情……剛才如果不是我回過神來，你會被帕泰爾的爪子抓中的。」提起這件事情，強尼大爺的語氣中依然有著懊惱，儘管我沒有出事。

「我只是想找到封印在哪兒？」我有些愧疚地低聲說道。

「唔……不必這樣，我只是太擔心你出事了！你有著和李異常接近的命格，換個角度來說，你是李對某些事情的希望，就比如昆侖遺禍。我肯定不能接受你出事的……至於封印在帕泰爾的胸口之處。」說到這裡，強尼大爺稍微停頓了一下，然後換了一種異常鄭重的表情對我說道：「承一，我馬上就要進行一個術法的準備，已經不能幫到你了。接下來的情況，就必須你自己完全應付了……懂嗎？我的幫助只是告訴你，用血色的糯米封住它，也只能僅此而已。」

「嗯。」我的神色也變得鄭重。

「只有封印解開之後，我才能感應到帕泰爾的那顆種子，對它發出我最後的一擊！那一瞬間……」強尼大爺又不放心的叮囑了一句。

此時，那根細細的雪茄菸已經快燃燒到了盡頭，我扔下了菸蒂，然後對強尼大爺說道：

「好吧，就都交給我吧。」

第一百四十四章 封印（上）

面對我算是承諾的話語，強尼大爺並沒有多說話，而是深深看了我一眼，就退到了一旁坐下了，接著開始了一種我看不懂的術法，或者是儀式？我想這是印度修者特有的一種東西吧？在進行的時候，我感覺到了強烈的靈魂波動，一波一波的堆積起來，就像在等待著最後的爆發……

我看了一眼強尼大爺，然後深吸了一口氣，再次走向了那口棺材，事到如今我和強尼大爺已經不用多說什麼了，他那最後一眼所流露出來的信任，就已經說明了一切。

站在帕泰爾的棺材旁邊，我儘量不去看它的眼睛，而是一件一件掏出要用的東西。帕泰爾的雙臂依舊直直向天舉著，顯得整具屍體更加猙獰。

第一件要用上的就是強尼大爺給我的血色糯米，我抓了一把蹲了下來，不可避免的，我還是要和帕泰爾的臉正面接觸，它的眼神依舊那麼駭人，那對眼珠很難讓人相信它是一具屍體，因為它們竟然會隨著我手的動作轉動，明顯就是在盯著我的一舉一動，只是無奈身體被封印住不能動罷了。

我儘量讓手不要顫抖，忍著從棺材中傳來的強烈腐朽和血腥味兒，把第一把糯米塞進了帕泰爾的雙耳之中……帕泰爾那雙殘酷的眼眸在糯米進入它雙耳的時候，閃現出了一絲痛苦的神色，接著整個身體開始劇烈顫抖，感覺就像是一個人要強行掙扎坐起來一般。

如果說我不畏懼那是假的，但在這時，我感覺到從帕泰爾的胸口處傳來一陣強大的力量，是以靈魂力為引引動的天地鎮壓之力，陡然加諸帕泰爾的身上，一時間我竟然聽見帕泰爾從咽喉中發出了一聲痛苦的「嘶」聲，接著全身再次僵硬，在浸水的棺材中靜止不動了。

那股引導的靈魂力給我的感覺是如此熟悉，只是瞬間我就知道那就是來自師祖的殘魂……封印果然是在胸口。

但於此同時，我也察覺到了封印的「無力」了，我感覺那股力量想強行壓下帕泰爾伸出的爪子，但最終沒能成功。

我的雙手因為帕泰爾屍體本身的影響變得冰冷，但師祖的力量出現，讓我安心了許多，我又抓起了一把糯米，牙一咬，直接放在了帕泰爾那雙令人恐懼的眼球之上。

儘管隔著手套，那眼球獨特的觸感還是傳遞到了我的手心，然後直達大腦，原本觸摸到眼球就不是什麼愉快的體驗，那種充滿了奇異彈性的觸感，讓人全身都起了雞皮疙瘩，更何況我手底下的那對眼球是冰冷的……

「嗤」，糯米一放在眼球之上，竟然冒出了一股黑煙，伴隨著從帕泰爾的咽喉中傳出來的怪異嘶鳴，讓我從心底感覺到一陣酸麻，這並不是恐懼，而是那種彷彿自己眼球破碎的酸麻感，帕泰爾融合了昆侖魂的魂魄真的很強大，竟然能讓我產生如此的感覺。

黑煙在空氣中散去，幸好我事前就戴上了特殊的口罩……而帕泰爾本身帶給我的影響無法消除，只能一次又一次在心中默念著靜心口訣，強行讓自己心靜，雖然總有那麼一絲來自帕泰爾若有似無的影響，我無法消除。

我只能任由自己麻木地做好一切的工作，帕泰爾的雙耳被封住了，雙眼被封住了，鼻腔被封住了，最後就是嘴……看著突兀的獠牙，我知道那是最危險的地方，可是那卻是一個對付任何殭屍都必封的地方，我沒得選擇。

血色的糯米貌似是強尼大爺計算好了數量一般，到這時也只剩下了最後一把，我看了看那邊的強尼大爺，他整個人已經陷入了一種奇怪的狀態，全身的肌膚開始泛起怪異的紅色，然後可以感覺到一股一股充滿生機的力量流動到了他胸口那個怪異的圖騰之上……強尼大爺的表情也很奇特，很痛苦，卻充滿了一種痛苦中的寧靜和虔誠……讓你不得不認為他是在進行生命中最重要的一件事情。

我收回了目光，盯著帕泰爾那鋒利的獠牙看了很久，終於下定了決定，顫抖地伸出了一隻手，捏住了帕泰爾的下巴。

出人意料的是，我沒有遇見什麼反抗之力，只是輕輕一捏，帕泰爾的嘴就微微張開了，我可以看見在咽喉的深處，那一縷純黑色的，讓人一看就膽戰心驚的屍煞之氣……我抓起最後一把血色的糯米，開始朝著帕泰爾的嘴緩緩送過去。

這把糯米不是說放入帕泰爾的口中就完事，而是我必須要把手伸進去，放進它的咽喉深處，堵住那口屍煞之氣，也堵住它起屍時，暴起吸食人的陽氣的可能！因為咽喉被堵住，它就吸不進去……

這樣想著，我捏著帕泰爾下巴的手又加了幾分力氣，帕泰爾的嘴張得更大了，那股屍煞之氣就在它的口中盤旋，在沒有起屍的時候，我倒不擔心它會從帕泰爾的口中跑出來，屍煞之氣是起屍時，才會自然噴出來的氣體……只不過，我的冷汗停留在額角，還是要把手完全放進去啊。

終於，我的手還是進入了帕泰爾的口中，在進入的一剎那，我的整條手臂不受控制的就出現了一串雞皮疙瘩，那感覺就像是把手放入了鱷魚張開的嘴中，而那鱷魚則隨時會合上那一張大嘴，用它那驚人的咬合力咬碎我的手。

無奈的是，我還必須在帕泰爾的口中摸索到咽喉的位置，把血色的糯米堵在那裡！

我無法形容帕泰爾口腔中的冰冷，而且是那種黏黏膩膩的冰冷，因為它的口腔中有不知道是什麼的液體存在，另外還有那幾乎化為實質的屍煞之氣環繞著我手掌的感覺……我摸到了它的咽喉位置，那裡好像堵著什麼東西，我無法放置糯米進去……我只能握緊手中的糯米，忍著心中的噁心，伸出兩根指頭，夾住那一團東西，強行的把它從帕泰爾的嗓子眼兒裡扯了出來！

自始至終，帕泰爾都表現得很溫順，任由我在它嘴裡折騰，但那團東西扯出來的瞬間帶著強烈的腐臭，我只是看了一眼，就忍不住吐了……那是一團腐爛的心臟，因為帕泰爾是殭屍，冰冷的身體相當於起了一定的保存作用，它才沒有完全化為塵土，在帕泰爾的喉嚨裡保留了下來。

而從心臟的大小來看，這分明就是一顆人心的一半……至於另外一半！

我不敢想像下去了，我忽然有些明悟，帕泰爾手上的道道血痕是怎麼回事兒了，也知道它指甲裡那團團的黑色物質是什麼了，應該是人血和人肉吧？我握著糯米，幾乎是發瘋般開始在棺材中摸索。

棺材中灰黑色的渾濁液體被我的手撥弄得到處都是，終於我在帕泰爾的身下發現了一個洞……一個並不是很大，只有半個拳頭大小的洞！它被帕泰爾的身體擋著，所以我沒能發現，在水下那種昏暗的環境裡，這麼一個棺材底下的洞我們也來不及發現……至於上岸以後，我們立刻就爬上去拖棺材了……

而棺材裡的水則因為被帕泰爾的身體堵住了這個洞口，所以暫時沒有流出來……

發現那個洞之後，我終於再也忍不住，就直接跪在棺材旁邊，吐了一個昏天暗地……直到最後吐出來的全是清澈的酸水了，可還是壓抑不住心裡那股翻騰！

帕泰爾比我師祖預料的還要可怕，它根本沒有被完全封印住！它一直還是一個「活」著的殭屍！它之所以有力量，在被封印了那麼多年以後，還和我們戰鬥成那個樣子，是因為它一直在吃……吃人，吃人心，吸取那人心裡最精華的幾滴心頭之血！

我原本以為，它只是指揮著那些魚，把鮮血潑灑在自己的棺材上，利用少量的鮮血滋潤自己……這個棺材根本沒有徹底封住它，根本不知道它用什麼辦法在棺材上摳了一個洞出來。

如果是那樣的話，我原本準備防止它起屍的辦法根本就不可行，我必須賭上我自己……！

平復了一下心情，我勉強壓住自己依舊在翻江倒海的胃，帶著一種說不出的憤怒，我再次面向了那充滿了腐臭的棺材，然後死死捏住了帕泰爾的下巴，再次把握著糯米的手伸了進去！

這一次憤怒讓我沒有了任何的畏懼，我非常直接在帕泰爾的口中搗騰……然後摸到了咽喉！

正準備放下糯米的一剎那，我感覺到強烈的危機感，早有心理準備的我，在那一瞬間，一下子把全身的力量都用在了捏住帕泰爾下巴的那隻手上……力氣大得我的指頭都泛出了一股用力過度而顯得異樣的青色！

但令人牙酸的摩擦聲還是傳來了，那是下頜骨被捏住，還是要強行閉合的聲音……在這一瞬間，我才發現帕泰爾的力量有多大，我幾乎是摁著它的下巴了，但我還是沒有忘記把手中的糯米一把塞進了它的咽喉！

第一百四十五章 封印（下）

咽喉被塞進糯米的帕泰爾彷彿很痛苦，用彷彿二字是因為我已經具體的看不見也聽不見它痛苦的表現了，因為到此為止，它已經七竅被封，從表面上已經看不出來什麼，而封印的力量制止了它的掙扎，只不過它的靈魂比一般殭屍強大太多，痛苦的情緒竟能影響到我，讓我感受到一點兒。

可是我卻沒有空去管它痛苦與否，因為我也陷入了一個尷尬的境地，它的力量太大，我使出了吃奶的勁兒，也漸漸快不能阻止，放入它口中的手被卡在那裡，到如今強行扯出來，我不能保證經過牙齒的時候不被咬住，或者劃破我的手套，然後劃破我的皮膚。

被殭屍咬一口，絕對不是什麼好玩的事兒，人的牙齒都有微毒，更別說殭屍的牙齒，我絲毫不會懷疑帕泰爾屍毒的厲害！

在萬般無奈的情況下，我只能大喊了一聲：「陶柏！來幫我！」

陶柏的陽氣旺盛，對殭屍應該有一點兒克制的作用，但同樣只要是活人都有生人氣，接觸越多，帕泰爾起屍的時刻就會越加厲害，叫陶柏來幫忙已經是我萬般無奈的選擇。

聽見我的叫喊，陶柏應了一聲，幾乎是小跑著衝了過來，然後就看見我的手被卡在帕泰爾嘴裡的場景，他很震驚，估計也是被帕泰爾的形象嚇了一跳，忍不住說了一句：「承一哥，它……」

「來不及解釋了，先幫我一起掰開它的嘴。」我大喊道。

陶柏也不敢怠慢，皺著眉頭，忍住這棺材內讓人噁心的氣味，用手捏住了帕泰爾的下顎，同時也摁住了下巴開始使勁掰開它的嘴。

我敏感注意到陶柏的手接觸到帕泰爾的瞬間，帕泰爾彷彿非常抗拒，於此同時，陶柏的神色也異常難看，我也能感覺到陶柏對帕泰爾的極端抗拒，極陽極陰的碰撞就是如此，但說起來也是帕泰爾得了便宜，再次接觸到了旺盛的生人氣，我發現它皮膚的血色更加濃重，原本像乾涸血液的暗褐色皮膚，竟然隱隱泛起了微紅，身體竟然能再次微微掙扎。

「承一哥，它……」陶柏明顯也有些畏懼，畢竟面對怪異的屍體，它還有「活」著的跡象，就算任何人也不能保持淡定，即便是有心理準備。

我緊咬著牙，陶柏的力氣很大，總算和我一起把帕泰爾的嘴掰開了那麼一些，就是現在……我終於一下子扯出了自己手，戴在手上的手套卻滑稽的掛在了帕泰爾的牙齒上，塞在了它的嘴裡。

我滿頭冷汗坐在棺材旁邊大口喘氣，這才對陶柏說道：「它雖然沒有起屍，但它和別的殭屍不一樣，沒起屍就是沉眠的狀態！它是活著的，知道嗎？」

陶柏的臉色也變得很難看，只因為棺材中的帕泰爾接觸了新的生人氣，全身都在微微顫抖，被塞著手套的嘴角竟然微微向上勾起，很輕微，卻真的很明顯，像是在詭異的笑。

「別看了，你先過去吧。」我低聲對陶柏說了一句，陶柏在這裡待得越久，帕泰爾接觸的他的生人氣也就越多，這不是什麼好事兒。

陶柏擔心地看了我一眼，但到底蒼白著一張臉回去了，因為距離的關係，在圈內的人只知道我在棺材邊上搗鼓，並不知道我具體在做什麼，但陶柏回去告訴了大家，大家看向我的目光也充滿了擔心，同時臉色也難看了起來。

但我卻懶得理會這些，重新拿出一雙手套戴上，然後拿起了我事先準備好的符，繼續封屍。

和電視電影上的不同，用符封屍主要是封住殭屍的口鼻處，而不是貼在額頭上什麼的，像帕泰爾這種情況，七竅都得想辦法封住，但隨著第一張符的落下，我就沉重地發現了一個事實……這些符根本就封不住帕泰爾。

一接觸到帕泰爾的身體，符上面的符紋就變得黯淡，意思也就是說變成了一張沒有作用的符，勉強貼上去也沒有任何的效果。

我不甘心又試了好幾次，每一次都沒有任何的驚喜出現，我看著棺材中帕泰爾還在顫抖的屍體，知道這一招沒用了，估計對於帕泰爾這種特殊的殭屍，也只有經過強尼大爺特別處理的血色糯米才有用吧？如果是符的話，估計要更高等級的，但封殭屍的符是一種特別的符，不要說更高的等級，再高一個等級也是我能力範圍之外的事兒了。

歎了一口氣，帕泰爾這樣也算是勉強封住了七竅，其餘的我是無能為力了，沒有符的封印，起屍的時候顯然會危險很多，但我也只能扛著了。

這樣想著，我終於鄭重拿起了放在地上的紅繩，這一捆和我平常用的不同，是師祖曾經用過的紅繩，我們老李一脈經歷了三代，三代都在繼續供奉這紅繩，把它放在三清像之前，埋在香灰裡，外加時不時會用道家特有的方式處理一下，所以它是效力非常強悍的紅繩，輕易是不會動用的，以免磨損它的神性，一般都是用普通紅繩。

之前，我打算用這捆紅繩綁最複雜的鎖魂結，鎖住帕泰爾的靈魂，然後用墨線封住已經開棺的棺材，用這樣的辦法來阻止帕泰爾起屍時的力量，拖住那一瞬間，但知道帕泰爾是活屍之後，我就知道這個辦法不可行了，我必須賭上自己去阻止它。

拿起紅繩，我開始在帕泰爾身上打結，腦中卻想起了遙遠的往事，餓鬼墓中曾經發生的事情，在我們出去以後，師傅和慧大爺所遇見的事情。師傅曾經說過，他打了特殊的繩結，連接起了他和那個起屍的殭屍，然後一路用自己的靈魂壓制著殭屍，把殭屍帶出了餓鬼墓，暴露在陽光之下的往事。

我如今要打的就是這個繩結，它原本也是鎖魂結，但不同的是，就好比留了一個「活扣」，也就像是一個出入口，隨時可以連接到我的靈魂力，在關鍵的時候，鎖魂結已經起不到作用的時候，就要用我自己本身的靈魂力，還有自身的陽氣什麼的去壓制帕泰爾……這個繩結綁起來要複雜了很多，我也是第一次綁這樣的繩結，所以全神貫注的分外投入。

同時，更加佩服起那時的師傅來，竟然靠著這樣的一個繩結，壓制了那具跳屍三天兩夜，生生把它帶出了餓鬼墓……而我只是需要壓制帕泰爾一瞬間。

我快速打著繩結，在此時我不可避免要和帕泰爾面對面，保持非常近的距離……每鎖住它一個魂竅，繞回來的紅繩就要綁在我自己身上相對的位置，從某種程度上來說，我和帕泰爾通過紅繩把靈魂相連了起來，等一下的瞬間，如果我壓制不住它，我的結局就和魂飛魄散差不多。

能力越大責任越大，師祖說過道家人要守住大義，師傅說做人要有一點兒底線，也就註定了我必須背負起這個責任。

太過全神貫注已經讓我忘記了一切，忘記了我和一具恐怖的殭屍面面相對，忘記了這棺材難聞的氣味兒，也忘記了我可能要面對的危險……

打繩結是師傅最拿手的功夫，我相對笨拙，但在半個多小時以後，竟然也完成了，這簡直是我的超常發揮。渾然不覺當最後綁在胸口的繩結打完時，汗水在這種冰冷中也已經打濕了全身，這其實是一件相當耗神的事情。

紅繩的長度夠長，我和帕泰爾之間預留了兩米左右的距離，整個繩結完成，只需要最後一步，用一根單獨的紅繩，分別掛住我和帕泰爾的脖頸，意味著連通陰陽路，繩結就正式起效了。

那個時候，師傅是直接把繩結打在他和那具跳屍的心臟位置，是這種繩結的簡易版，因為時間緊迫，而我則是用完全版，也就是說，在某一瞬間我的靈魂力甚至靈魂都會不留餘地的壓制帕泰爾。

用手臂蹭了一下臉上的汗，我沒有停下，但也沒去做那最後一步……而是拿起了墨線，開始封棺……等封棺完畢以後，我才會連接起「陰陽路」，正式抽離封印中我師祖的殘魂，破除封印……

而時間一分一秒的過去，很快墨線就按照特殊的排列方法，把棺材口封閉了起來！

在這一過程中，大家都無聲的看著我拿起一件又一件的東西，在棺材旁邊忙碌著，在事後如月曾經形容過，從來沒有見過這樣投入又忙碌的我，估計在她的印象中，我老是鬥法去了，這種類似於「法事」的事兒，卻偏偏很少做。

最後一步了，由於忙碌和投入，我的臉上再起了一層熱汗，汗珠從鼻尖上滾落……落入了棺材裡的汗水中，但我顧不得擦一下，拿起一根單獨的短紅繩，開始在自己的脖子上打了一個紅繩，然後另一頭綁住了帕泰爾的脖子……

第一百四十六章 瞬間

至此，封印帕泰爾的所有工作我都已經做完，剩下的也就是最關鍵的一步，破除封印了。

至於怎麼破除封印和喚出師祖殘魂的方式，在之前我以為是要用到中茅之術，但在和強尼大爺之前的交談中，他告訴我，不必這樣做，只要我拿起封印正中的那塊養魂木，師祖的殘魂感應到我的氣息，自然就會去它該去的地方。

什麼是師祖該去的地方？當時我對這個問題非常疑惑，強尼大爺別有深意的看了一眼我手中的沉香串珠，然後說道：「這串沉香串珠曾經封印有你師祖的靈魂力，你師祖的殘魂自然會在這裡沉睡，懂了嗎？」

回想起我和強尼大爺的對話，收取師祖的殘魂是很簡單的一件事情吶，可事實上，在之後我卻要面對生死。

我也不知道是不是事情已經到了這一步，我有些麻木，只是俯身透過墨線的縫隙，開始解開帕泰爾屍體上所穿著的衣服，強尼大爺告訴我，那是標準的神之子所穿的衣袍，在我看來非常華麗，可是它的扣子也異常複雜難解，這麼多年因為帕泰爾的原因，這件衣服沒有腐壞，如今倒是非常考驗我的耐心。

我的汗水一滴一滴落在棺材的汙水中，也滴落在帕泰爾的屍體上，我刻意不去注意帕泰爾臉上越來越明顯的變化，那就是它的嘴角上揚的幅度越來越大，就像是知道我要做什麼，開始陰冷的微笑。

這比之前它接觸到陶柏的生氣時，那種若有似無的笑容明顯多了！

它是知道的吧？已經忍不住得意了……就算我不去注意，可這樣面對面，眼角的餘光還是能夠看見，我只能這樣判斷，但我已經不害怕了，等一下它註定會起屍，我還怕什麼呢？

忽視了帕泰爾詭異駭人的微笑，我的手穩定的解開了最後一顆複雜的扣子，到此應該就能扯開他上半身的衣服了，這樣想著，我扯開了帕泰爾胸前的衣服，這麼久了，我第一次看見了師祖留下的封印。

這封印看起來異常複雜，按照我對陣法的基礎知識，竟然一時間都理不出來陣紋的走向路線，對於封印的能力更是摸不著頭腦，但我能看出這封印的特殊之處，那就是它並不是畫在身上而是刻在皮膚之上，劃破了帕泰爾那褐紅色的皮膚，微微露出皮膚之下乾癟泛著詭異灰色的肉。

雖然陣紋的走向我理不清楚，但所有的陣紋都是圍繞著帕泰爾胸口那塊木頭來的。

那是一塊有著奇特紋路的黑沉沉木頭，被雕刻成了木牌的樣子，上面龍飛鳳舞的刻著一個李字，比起我師傅刻件兒那詭異的風格，我師祖的風格總算正常了許多。

只是看一眼那塊木牌，我就感受到了其中純正的陰氣，難得在一具殭屍身上待了那麼久，都沒有被汙染，要知道它並不是普通地的放置在帕泰爾的胸口，而是鑲嵌在了帕泰爾的皮肉之中。

另外，這世界上也沒有什麼天然的養魂木，所謂的養魂木都是選擇適宜承載吸收陰氣的木材，刻意培養而成的，我當然能判斷出帕泰爾胸口這一款養魂木是極品，師祖一定為了它費了不少心思。

只是這樣看了封印幾秒鐘，我腦子裡就冒出了這些念頭，在這一過程中，帕泰爾分外安靜，我想它是在期盼我再快一些破除這個封印吧。

我也沒有再猶豫什麼了，伸出手抓住了那塊養魂木雕刻而成的木牌，它在帕泰爾的皮肉中鑲嵌得有些緊，於此同時，我也能感覺到帕泰爾皮肉的那種堅韌，就像最頂級的橡皮那般……以至於我的指頭摳入了帕泰爾的皮肉中，才猛地用力順利扯出了那塊木牌。

木牌入手的瞬間，我就感覺到了一股熟悉的靈魂力猛地離開了木牌之中，圍繞著我的手腕盤旋了一圈，然後就飛快消失不見，再也感應不到。

沒有我預料的那樣師祖的身影出現，甚至連意念的溝通都沒有，師祖的殘魂出現得是如此平淡，但我卻一點兒也不失望，反而有種心安的感覺……就算此刻是感應不到了，但我清楚知道在某一瞬間它是進入了我手腕上的沉香串珠，我終於收集到了第一縷師祖的殘魂。

可是卻沒有任何的時間讓我去高興什麼，木牌入手僅僅一秒，帕泰爾的變化已經開始了，首先是一聲長嚎從它的口中發出，根本就不是人類的聲音，倒像是叢林中某種凶惡的野獸剛剛甦醒，發出了一聲壓抑許久的咆哮……

我一翻手收好了手中的養魂木，該做的已經做了，註定要起屍，我也只能面對。

但在這之前，我看了一眼強尼大爺，彷彿是感應到了帕泰爾已經「起來」了，強尼大爺整個人忽然爆發出了一股強烈的氣場，原本裸露的上半身是通紅一片，現在這些紅色已經在慢慢褪去，朝著胸口的圖騰快速集中著。

「嘩啦啦」棺材裡響起了這樣的聲音，讓我的目光從強尼大爺那裡收了回來，然後我就看見聲音的來源竟然是糯米，我放入帕泰爾七竅中的糯米，被不知名的力量給噴發了出來，就像漫天的細碎子彈，從棺材中射出……

這是……這是在一一破除我的封印吧？我的神色緊張，岩石上的大家同樣也是如此……我不敢耽誤片刻，趕緊盤膝坐好，掐動著手訣，隨時準備全力以赴用自己的靈魂鎮壓帕泰爾。

糯米噴出的速度極快，原本是血紅色的糯米竟然變成了黑色的，不到兩秒就散落了一地……幸好我和帕泰爾保持了兩米的距離，否則這些吸滿了屍毒的糯米，只要一顆打在我身上也是麻煩之極的事情，我會瞬間就中屍毒。

只是堅持一會兒，是吧？我耳中不停傳來「嘭嘭嘭」爆裂的聲音，那是綁在帕泰爾身上的鎖魂結一個個失去效用，被帕泰爾的靈魂力強行衝開的聲音，只要它的靈魂能夠在身體裡沒有束縛，那麼它的身體就會徹底跟著靈魂的自由而自由……

我已經記不得我這是第幾次出冷汗了，連掐訣的手都有些微微顫抖，這個時候距離我拿走木牌不過十秒鐘不到，就已經發生了如此劇變，鎖魂結的爆裂聲響徹在耳邊，就像敲打在心上，全魂封鎖，一共九個結，如果我沒有記錯，已經爆到了第五個結……強尼大爺所說的一瞬間我能堅持住嗎？

巨大的壓力彷彿也是給我帶來了巨大的動力，在高壓下我的靈魂力也開始陣陣波動，比平日裡更強悍，隨時準備傾巢而出鎮壓帕泰爾。

「澎」鎖魂結繼續爆裂著，一聲，兩聲，三聲，四聲……也就在這時，原本僵立在空中並沒有動彈的帕泰爾爪子忽然就動了起來，它收了回去，竟然帶起了一陣風聲，下一刻，這雙乾枯的爪子竟然抓在了我綁在棺材口的墨線之上。

「嗤」，好像冰冷的水澆在將熄的火堆之上，帕泰爾的爪子和墨線一接觸就發出了這樣的聲音，可是帕泰爾好像並不在意，而是再次發出了一聲野獸般的嘶吼，下一刻封印在棺材口上的墨線就這樣被帕泰爾一下子扯破撕裂……

如果沒有聽過殭屍的吼叫，你根本不知道這世界上還有如此可怕的聲音，這是帕泰爾突破了鎖魂結之後發出的吼叫聲，比起之前那聲更具有一種震撼人靈魂的力量，在那一刻，我感覺自己的心神都差點動搖，差點忍不住轉身就跑。

但到底我還是堅持了下來，掐訣的手心濕漉漉的，可是我必須得面對！

「嘩」的一聲，墨線徹底被扯破了，我連眼睛都不敢眨地盯著棺材，這一刻像是沉靜了許久，卻又像根本沒有沉靜下來，伴隨著一個「唠唠唠」的聲音，一個身影已經猛然坐起！

帕泰爾終於徹底起屍了！

我吞了一口唾沫，根本不敢遲疑，靈魂力開始不要命地湧出，強尼大爺那邊還沒有給出任何的反應，面對這凶悍的帕泰爾我根本不敢絲毫的怠慢。

但是，帕泰爾坐起的一瞬間，我連它的樣子都還沒來得及看清楚，就感覺一陣風吹過了我的臉頰。

我的眼眸中忽然就出現了一雙尖銳的爪子，快速在我眼中放大！

瞬間，帕泰爾就出現在我的眼前，它是怎麼過來的？這雙爪子眼看就要抓住我的脖子……在那一刻，我根本不敢再有絲毫的保留，所有的力量都傾巢而出！

這一次，不單只是靈魂力，連我的整個靈魂都朝著帕泰爾鎮壓了過去！

第一百四十七章　傾盡全力

這已經是屬於不要命的鎮壓了，連合魂我也不會讓自己的魂魄全部離體，普通人也知道這個常識，魂魄離體的時間如果太久的話，人就會死！

在萬鬼之湖那是特殊的情況，何況在那時我們的身體有擺渡人照應。

魂魄離體具體多少時間人才會死亡，這個是因人而異的，在上古，修出元神的道家之人魂魄離體時間再長也沒有關係，可是有的人卻是魂魄離體瞬間就會身亡，這種事情沒有定論，但我也沒得選擇。

「轟」的一聲，在我魂魄離體鎮壓的一瞬間，整個靈魂就感覺像撞上了一塊大石一般，傳來了沉痛的感覺，那是我和帕泰爾的靈魂對撞上了，但瞬間洶湧而出的靈魂力還是讓我牢牢用自己的力量鎖住了帕泰爾的靈魂！它伸向我的爪子詭異停在了距離我還有三十釐米左右的距離，身體前傾，臉離我更近……

我的視覺奇異的不受影響，那其實已經不能稱之為視覺，只是靈魂奇異的感知！

我「看見」綁在我和帕泰爾之間的紅繩在劇烈抖動，那就是我和帕泰爾的力量在交鋒的地方。

鎮壓住了吧？我是這樣想的……可是還不容我緩一口氣，我看見帕泰爾的爪子竟然掐出了一個奇異的手訣，連我都不能認知那個手訣到底是什麼，就感覺來自帕泰爾的靈魂波動忽然就變得強烈了起來。

「澎」我感覺到靈魂一陣震動，接著一股巨大的力量一下子衝撞而來，撞碎了一部分我的力量，我還沒來得及反應，帕泰爾的那奇異的手訣又是一變，又是一股巨大的力量，撞碎了我又一部分力量……

那是純粹的靈魂力被撞碎，而我竟然只能憋屈的被動承受，我根本不知道我堅持了多長時間，只是隨著帕泰爾手訣的不停變化，我鎮壓在帕泰爾身上的靈魂力竟然全部破碎掉了。

失去了所有的靈魂力，我的靈魂在那一刻感到了前所未有的虛弱，難道用整個靈魂直接鎮壓嗎？這個念頭一出現，那種巨大的生死危機感一下子就佈滿了我的整個靈魂，這一次的直覺分外清晰，如果我敢於這樣鎮壓，我的靈魂會被帕泰爾毫不猶豫的吞噬！

而已經快要掙脫我鎮壓的帕泰爾，在我的感知裡，那陰沉詭異的笑容又出現在了它的臉上，我看見它的喉頭聳動……糟糕，屍煞之氣……我怎麼忘了這個，屍煞之氣是它一直沒有噴出來啊！如果中了高級殭屍的屍煞之氣，死亡反而已經是最好的結局，但更大的可能就是我也被莫名感染變成殭屍，而且永遠是跟隨帕泰爾的殭屍。

根本沒有時間容許我選擇什麼，在那一瞬間，我的靈魂立刻就回到了我的本體，然後我幾乎不加考慮的就捏住了帕泰爾的喉頭……靈魂的虛弱一陣陣傳來，讓我整個人都想馬上疲乏睡去，可是肉體的力量還沒有消失，這個時候，純粹是一股意志在支撐我的所有活動！

我從來沒有這麼緊張過，也從來沒有這樣簡直是拚了命擠壓自己的力氣，帕泰爾的臉就距我不到三十釐米，張開的口中，可以看見黑色的糯米還堵在嗓子眼兒裡，絲絲的屍煞之氣從中透出，它剛才是故意沒有吐出口中的糯米嗎？只是為了麻痺我？它想把我也變成殭屍嗎？

各種念頭在我腦中千回百轉，我想我臉部的表情也扭曲了，臉上全是熱而滑的汗水，我忍不住嚎叫，在逼迫著自己阻止這一切。

由於捏住了帕泰爾的喉頭，一時間它咽喉中的東西不能順利噴出來，但已經徹底失去了鎮壓的它別的地方還可以動，它就像在戲弄我一般，整個身體頂著我手臂的力量緩緩朝著我靠近，只要再近一些，它的一雙爪子就可以絕對的抓住我！

我手臂上的肌肉劇烈抖動起來，我沒有想到這個傢伙的力氣大到了如此程度，這短短的瞬間就已經讓我難以承受，可是這還沒有完，距離那麼近之下看著帕泰爾的臉也是一種折磨，恐怖的殭屍臉，特別是眼球上和鼻孔裡布滿了細碎的黑色點狀傷痕，讓我全身都起了雞皮疙瘩，那是血色糯米給它造成的傷害。

如果僅僅是這樣倒也就罷了，問題是它的表情是那麼豐富，帶著冷酷殘忍的笑容，充滿了各種情緒的瘋狂眼神，更像一塊大石一樣壓在我的心頭，多看一眼都是折磨。

手臂顫抖得越來越厲害，我已經要到極限了，帕泰爾那長長的指甲已經快觸及我頸部的皮膚，雖然還沒有碰到，我都已經有了一種火辣辣的快被劃傷的錯覺，以及不可避免再冒出了一層雞皮疙瘩。

沒人來得及幫我，因為這一切的對峙搏鬥都發生在電光火石之間，就如強尼大爺所說，真的只是一瞬。

而也沒人敢過來幫我，因為更多的生人氣只能讓帕泰爾更加厲害！

我簡直像是在面對世界上最無奈的事情，因為帕泰爾的屍體根本沒有任何取巧的辦法可以消滅，火燒會燒毀封印它的木牌，就算當年也不行，因為是師祖的木牌才徹底鎮壓了瘋狂的帕泰爾，到時候沒有燒毀它強悍的屍體之前，那木牌就已經被燒毀；用暴力毀滅屍體也不行，因為裡面還藏著昆侖之魂……如果毀滅了帕泰爾的屍體，那帕泰爾融合了昆侖之魂的靈魂就真的逃跑了，它之所以讓我們找到，也是捨不得這具經過了很多鮮血祭煉的身體罷了……如果沒有了，它也就沒有任何的留戀與顧忌了，它逃跑我們去哪兒找去？只要那罪惡的靈魂還在，我們所做的一切都是白費……師祖當年選擇封印它的屍體也是這個原因吧？不能親自出手毀滅昆侖之魂，只能封印著屍體，來困住昆侖之魂……

沒有任何的辦法，只能硬抗啊！想到這裡，我莫名火起，又瘋狂吼叫了一聲，下一刻，我舌尖抵住上顎飛快行了一個取身體陽氣的收陽之符，然後一狠心，一口咬破舌尖的特殊位置，屬於我本身的陽氣還有只充滿著陽氣的舌尖鮮紅精血一下子噴在了帕泰爾的臉上。

血落之處再次發出了難聽的「嗤嗤」聲，但屬於我的陽氣還有珍貴的舌尖血多少對它有一定的阻止作用，我捏緊著它的喉頭，它不能大叫，可是從眼神看得出來，受到了一定的傷害，很痛苦！

原本是用力靠近我的身體也稍微停頓了一下。

之前，我就取過一滴精血引動陣法，如今又咬到特殊的位置，噴出了一口舌尖的精血，在這樣阻止了帕泰爾以後，我整個人的精神一下子就萎靡了下去，力量也到了極限，任誰都可以看出我的胳膊抖動得像癲癇症患者一樣。

快沒有辦法了啊？強尼大爺……我在心中吶喊著，這樣最後的辦法也不過讓帕泰爾的動作停滯了兩秒不到，我無意中看了一眼手腕上戴著的手錶，總共阻止了帕泰爾半分鐘左右，就已經耗盡了我所有的心力！

強尼大爺所說的一瞬，真的是異常漫長的一瞬。

沒有辦法了，帕泰爾再次恢復了行動……這一次它貌似不想再玩弄我了，那一隻爪子搭在了我的手臂之下，那冰冷的觸感讓我一下子瞪大了眼睛，手臂的寒毛都立了起來，這是要直接扯斷我的手臂嗎？

我自己來不及收回也沒力氣了，一絲苦笑浮現在了我的臉上。

但在這時，我的身後爆發出一股巨大的力量，炙熱得就像燃燒的火球，然後一聲幾乎是要撼動天地的巨大吼聲從我的身後傳來：「帕泰爾！」

第一百四十八章　塵埃落定

強尼大爺終於……我的心中先是一鬆，接著一喜，但是接著又沉重了起來，因為我現在的情況，強尼大爺就算甦醒了又能改變什麼？

這只是瞬間的心理變化，在我的認知裡我和帕泰爾這種相對的狀態，就算是五秒鐘，帕泰爾也足夠要了我的命，在這之前還可以順便撕掉我的手臂……但總算，我也說不上來此刻是什麼感覺，竟然認命般閉上了雙眼，等待命運的最後一刻。

可是沒有我預料的劇痛傳來，也沒有什麼更加激烈的事情發生，一切安靜到了詭異。

我的心跳動得異常劇烈，雖然不過是短暫兩秒不到的安靜，卻已經讓我察覺出了異樣的味道，手臂上帕泰爾的爪子搭在上面冰冷的感覺還在，只是……我忍不住睜開了眼睛，簡直不敢相信眼前的一幕，帕泰爾竟然呈一種呆滯的狀態，像是被什麼東西強行壓迫住了，出現一種短暫的靜止狀態。

而它的身體卻在微微顫抖，彷彿是在努力擺脫這種壓迫。

「還不快走開？」強尼大爺的聲音從我的身後傳來，已經面臨了太大壓力的我，此刻終於有了一種如釋重負的感覺，哪裡還敢猶豫，趕緊收回了自己捏住帕泰爾喉頭幾乎已經快脫力的手臂，一下子撐起身子來，頭也不回朝著相反的方向跑去。

我雖然不知道強尼大爺是怎麼做到的，可瞬間的輕鬆讓我的大腦一片空白，竟然什麼都不想去想。

「記得之後要做的事情。」我跑向了強尼大爺，還未跑到之前，強尼大爺的聲音就傳入了我的耳中，我一抬頭就看見了眼前的強尼大爺，忽然發現他好像瞬間就蒼老了不知道多少，而這種變化還在持續下去……

「強尼大爺，你……」我忍不住心驚的開口。

「什麼都別問，退到後方去，這是我和帕泰爾了結恩怨的時候了，之前感謝你們幫我頂住了那麼久，我只有這唯一的，也是最後的……」強尼大爺說到這裡，我的身後忽然再次響起了帕泰爾的嘶吼聲，然後我看見了在強尼大爺身後的圈子裡，大家陡然變化的臉色，接著是腳步聲……

帕泰爾掙脫了強尼大爺的壓制站起來了？和它正面近距離相對過的我知道它有多厲害，剛才輕鬆的心情蕩然無存，臉色瞬間就變了。

「哪有這麼容易？」強尼大爺忽然朝著我的身後大吼了一聲，然後雙手結起一個類似於道家獻祭，敬神明的手訣（但在細節處差別很大），指尖朝著自己的胸口，然後大喊道：「我說了，我只有這唯一的，也是最後的一擊！」

接著，就站在強尼大爺面前的我，忽然感覺到從強尼大爺心口的位置湧動起了一股巨大無匹的力量，這力量不是憑空出現而彷彿是從天而降，落到了強尼大爺胸口的位置，帶著無比滄桑悠遠的歲月氣息。

「他們……來了。」強尼大爺的雙眼爆發出異常明亮的光芒，接著我好像聽到了身後那急遽後退的腳步聲，然後一聲若有似無、微微的爆裂聲在強尼大爺的胸口響起。

那一刻，頭髮原本已經全部變白，皺紋佈滿臉部的強尼大爺瞬間就萎靡了下去，更加驚人的變化出現了，他原本還算健壯，充滿了肌肉的身體開始萎縮下去，變成了那種真正老人枯瘦孱弱的身體，蒼白的頭髮也一根根脫落變得稀疏……我張大眼睛看著，心裡湧動著莫名傷感的情緒，就這樣看著原本像個中老年人的強尼大爺在我面前瞬間變成了一個真正的……行將就木的老人！

我喉頭滾動很想說點兒什麼，可我還來不及說什麼，一股只帶著毀滅意志的絕大靈魂力忽然從強尼大爺的身體裡爆發開來，越過我朝著我的身後快速衝去……那一刻，我被那股絕大的力量震撼得大腦一片空白。

這股力量強大到了驚人的地步，引起了物質世界的絕對變化，又快得不可思議，我分明是感覺到在它爆發的時候，有一陣狂暴的風從我的身側吹過，但硬生生過去了瞬間，我才被這風力帶到跌坐在了岩石之上……

我聽見身後傳來了「砰砰」的沉悶聲音，忍不住回頭一看，竟然是那一具棺材被狂風捲到了天空……同時，我也看到了帕泰爾的身影，它此刻已經到了岩石的邊緣，好像要跳下水去，但在這一刻……我就算沒開天眼，也看見了那股力量一下子衝進了帕泰爾的身體。

天地靜止了一瞬間，接著是一個巨大的落地聲，那具珍貴的陰沉木棺材從天空跌落到了岩石上……然後發出了四分五裂的破碎聲。

接著，我看見背對著我們的帕泰爾忽然轉過了身來，恐怖的一張屍臉上表情凝固在驚恐的一刻……它看著強尼大爺，竟然開口說話了：「我終究還是沒有逃過神衛的命運嗎？」

他的聲音讓我全身發冷，我無法形容這種屬於殭屍的乾枯聲帶所發出的聲音，儘管帕泰爾說出的英語那麼純正，發音也那麼標準，可是在當時我真的無法形容！

在許多年以後，我偶然聽到了一首西班牙的黑色歌曲，那首歌曲的背景故事，是講述一個在海邊懸崖的恐怖城堡，少女在城堡內遇見到了恐怖的巫妖，在吟唱的中間，那個男歌手巫妖的身份敗露，然後忽然就用巫妖的聲音開始說話……忽然到讓人連心理準備都沒有，就連我瞬間也被驚嚇到。

不為別的，只因為那個男歌手模仿巫妖的聲音，就像此刻帕泰爾說話的聲音，像是純粹的肌肉骨骼碰撞出來的聲音。

「沒有神衛的命運，有的只是你自己的命運。」我還沉浸在帕泰爾的聲音中發冷，但此刻強尼大爺的聲音已經響起，比起曾經的強尼大爺，這聲音已經變成了真正的老人聲，滄桑平靜和些許的虛弱，還有一種看透夾雜在其中，卻莫名讓我內心一暖，掙脫了這種發冷的感覺。

「你可知道，我不服？」帕泰爾的臉上此刻已經沒有了驚恐的表情，而是變成了一種充滿了極端的痛苦，看起來非常偏激的表情。

我知道它不服的是什麼，因為我猜測強尼大爺的最後一擊，應該就是利用了當年帕泰爾變為神衛時，在他們兩個身體裡埋下的種子力量，帕泰爾是被這樣的力量擊敗的，它覺得強尼大爺無論說什麼，都是在狡辯，它輸在神衛的身份上。

我以為強尼大爺會給帕泰爾解釋爭辯什麼，卻不想強尼大爺只是搖搖頭，非常簡單地說了一句：「帕泰爾，我們都老了，到現在也就該死去了，可是你覺得你幸福嗎？甘心嗎？坦然嗎？如果都不是，換一種人生，你覺得又會是怎麼樣？」

帕泰爾看著強尼大爺，第一次臉上的表情變得平靜了一些，像是在思考什麼？

可是強尼大爺卻沒有給帕泰爾思考的機會，只是看著天空那絲絲縷縷的陽光說道：「我只是說，如果當年你選擇的是和婷婭一起去國外，又或者我們從來不曾被選中，還是在莊園裡生活著……或許還是會發生許多不愉快，但也可能真的就爭取到了各自的幸福，但人生沒有如果，是不是？到頭來，你所追尋的手中是不是一抹空！剩下的心情，會不會只是像一句華夏傳來的句子，人生若只如初見？」

帕泰爾看著強尼大爺，臉上罕有的竟然流露出一絲悲傷，它沒有再開口，而是有些神經質地呆呆看了看自己的手心……然後，一聲微不可聞的爆裂聲從帕泰爾的身體裡響起，接著又是一聲……再接下來是連綿不斷的爆裂聲。

它的身體先是微微顫動，接著開始劇烈抖動，奇異的是它好像平靜了下來，連那一雙恐怖的眼球也變得平和了許多，它只是看著強尼大爺，彷彿有很多的話要說，但是此刻已經無聲……

「收魂。」強尼大爺站在那裡，就如同風中淒清的一棵枯木，聲音異常平靜的對我說道，但目光只是看著帕泰爾。

可我分明看見強尼大爺說話的時候，鮮血不斷從口中湧去，他不在意，連擦掉那些鮮血的意思都沒有。

我已經沒有力量收魂了，看了一眼肖承乾，肖承乾會意，走到了那杆師祖留下來，類似於招魂幡的法器面前，握住了它隨時準備開始招魂，然後收魂……

帕泰爾身上的爆裂聲不斷響起，到了最後爆裂聲停止，帕泰爾的眼神也在那一瞬間變得黯淡了，身體也就在那時彷彿是失去了支撐一般，重重朝著強尼大爺的方向撲了下去，揚起了一片飛揚的塵土……

這就算是塵埃落定嗎？

這時，一股純紫色的能量從帕泰爾撲倒的身體裡溢出，在天空集結，然後飛快就要消失……於此同時，肖承乾招魂的行咒聲終於響起。

第一百四十九章 結局

強尼大爺的這一擊看似簡單，可實際上在這之前我們經歷了太多的辛苦戰鬥為鋪墊，而這一擊讓強尼大爺本身……風靜靜吹過，吹在老了不知道多少倍的強尼大爺身上，也吹起了他稀疏白髮中的一縷，他顫顫巍巍地站起來，此刻就真的像一個一百多歲的老人了。

他走向了帕泰爾的屍體，每一步都那麼艱難，卻拒絕我們的攙扶，看著他蹣跚的身影，這就是他一擊的代價。

而天空中隨著肖承乾的行咒，那一抹紫色像是被什麼力量纏繞住了，再也動不了了，這應該就是招魂結合師祖留下來的法器發揮了作用，這也是我們最後的目的，通過師祖留下來的法器，收回昆侖之魂，然後徹底毀去它。

剛才為了應付屍氣而點燃的四個火堆依舊在熊熊燃燒著，火堆中升騰的煙霧也還在徐徐飄向天空，而慧根兒走到一旁掀開了一個角落裡的毯子，拿起了毯子之下我昨天夜裡紮的紙人，走向了肖承乾。

紙人的臉被一塊布覆蓋住了，慧根兒把它立在了肖承乾的「招魂幡」之前，才一把揭開了蓋在紙人臉上的布，退到了一旁。

這是強尼大爺為免我們被這個紙人迷惑而做的最後工作，按照事先的計畫，最後的昆侖之魂會被收進這個紙人裡，然後就會被自動封在裡面，最後帕泰爾的屍體會被燒掉，而紙人會在雷訣之下徹底被擊毀。

到了這一步，一切就真正的結束了。

在稀薄的陽光下和躍動的火光中，強尼大爺走到了帕泰爾的屍體前，我看在他蹲下來，在帕泰爾的脖子上取走了一件兒東西，帕泰爾的屍體我曾經近距離接觸過，在它的脖子上戴著一條普通的項鍊，金色的鏈子應該是黃金鑄成的，可是鏈墜卻是一個普通的木刻雕像，雕的是一隻飛翔之鷹。

我沒有太注意那個東西，因為就是在敏感的我看來，那也是一條普通得不能再普通的項鍊，那個木製雕刻沒有腐壞，也不過是因為帕泰爾本身是殭屍，才讓它身上的一切沒有腐壞。

我不知道強尼大爺拿那個東西做什麼，他只是一小步一小步的挪向我們，他扔掉了那條金色的鏈子，只拿著那隻木刻的老鷹。

紙人在豎立在「招魂幡」前以後，那紫色的魂魄終於不再是束縛不動，而是緩緩朝著紙人飄蕩而去，速度雖然慢但結果已經是不可逆轉，它會被收進紙人當中。

強尼大爺就站在岩石之上，望著天空中那一抹緩慢移動的紫色，臉上的疲勞化開，像再也走不動了一般，在原地坐了下來然後朝我招了招手。

我之前沒有反應過來，但強尼大爺再次對我招了招手，我才知道他的確是在叫我過去。

我趕緊跑了過去，心中慶幸又忐忑，慶幸的是強尼大爺並沒有因為這一擊而死去，忐忑的是他看起來那麼虛弱，老到隨時要離去的樣子，看來離開了這裡之後要想一點兒辦法啊！

我在強尼大爺的身邊蹲下了，我不知道他要做什麼，他卻艱難地轉頭看著我，說道：「把那朵花兒給我拿來。」

他說的是他在作法之前脫下上衣，放在上衣之前的那朵紅色野花，一天的時間過去，那朵花明顯枯萎了很多，但我明白那朵花曾經承載了婞婭的靈魂，對強尼大爺有著不同尋常的意義，於是二話不說趕緊拿了過來遞給了強尼大爺。

他行動有些遲緩的接過那朵野花，乾枯老邁的臉上流露出了一絲欣慰的微笑，緊緊握著花莖，那力量大得不像一個普通的老人。

「承一，我要死了。」強尼大爺的聲音虛弱，我必須伏在他耳邊，才能聽清楚他說些什麼，可我沒想到，強尼大爺一開口竟然是說這個。

這話讓我的心裡忽然就難過得像針扎一樣，我和強尼大爺相處的時間不長，短短幾個月，可我真的把他當成了我的長輩，放在了很重要的位置，而且有的人你和他相處，並不是以時間來論感情的……相處的一幕幕，在這時不禁浮現在我的眼前，從最初的那個髒兮兮的暴力中老年人，變成莊園裡的那個貴族，再變成蓬萊號上類似於船長的存在。憂傷的他，嗜酒的他，釣魚的他，充滿了謎的他，但時時給我們關心指導的他，最後的畫面定格在了月下他陪著我，為我鋪好墊子，給我蓋被子的那一幕……到之前為止，他都那麼強壯，如今他對我說，他要死了。

我覺得我不能接受這個結果，我有些激動地說道：「強尼大爺，你別說了，你不會死的，承心哥是最好的醫生，不行我還可以讓承清哥做法，我借壽給你，我……」說到最後，我越來越激動，聲音也帶上了哽咽。

可是強尼大爺伸出他蒼老的手，一下子抓住了我因為激動而揮舞的手臂，此刻他的手是如此沒有力量，比剛才脫力的我還沒有力量，抓在我的手臂上，那手掌也粗糙乾枯得如同一塊兒老樹皮。

他慢慢搖搖頭，說道：「沒用的，我的壽命僅限於此。知道嗎？李借壽給我那麼多年，我一直不敢放鬆對自己身體的調理與鍛煉，因為李說過人的身體和靈魂也是一個陰陽般的組成，陽身強大，血氣充足，靈魂才有強大的成長基礎……這一切都是為了溫養我曾經受傷的靈魂，並且讓它更強大，好調動這最後一擊！我等待了很久，存了很久的力量，我沒告訴你的是魂種隨時都有用，調動它的力量越強，它爆發的威力也就越大，甚至能請來庇護神之子的歷代天神和先祖的力量，毀滅帕泰爾的靈魂。」

我靜靜聽著，嘴唇有些微微顫抖，我心裡有了一個不好的答案，可我不敢說出猜測。

強尼大爺卻臉上帶著微笑，指著自己的心口說道：「我年輕時，之所以殺不了它，是因為我能調動的力量不夠，它吸收了那惡魔的靈魂，會幫它擋住，即便那個時候還沒有融合……後來受傷，再後來就等到了現在，我的累積夠了！我剛才調動了那股力量，幾乎獻上了我全部的生命力，還有……靈魂力，如今的我只剩下單薄的靈魂了，它在等著解脫！你知道嗎，這裡快碎了，（強尼大爺指著的心口），是真的要碎了，絕強的力量由我心中藏著的那顆種子引爆，我的心臟也承受了那股力量，若不是修者的體質，我也堅持不到現在，它要碎了……」

說完這句話，強尼大爺吐出了一口鮮血，濃濃血液中夾雜著說不清楚的碎塊，我不敢想像那是什麼，但淚水卻在我的眼中快速堆積著，就快要滾落下來。

這一擊的代價比我想像的還大。

但我還盼望著強尼大爺騙我，他不是真的要死了，我握住強尼大爺有些冰冷的手，忍著哽咽低聲說道：「你不是說不會做對自己不利的事情嗎？」

「是啊，我做的是對自己有利的事情啊，那就是了結心中的恩怨……有利並不一定說是我必須要活著，是嗎？人對生命的追求不一樣。」強尼大爺的聲音已經虛弱到了極限。

而在這時，那一抹紫色也快被收進那個紙人裡了，我扶著強尼大爺，他靠著我的手臂，看了那邊一眼，嘴角再次上揚，然後對我說道：「太累了，承一，我堅持到現在只是還有一個遺願……」

他的聲音越來越小，我不得不快貼在他的嘴上，才能聽見他那微小的聲音，我一個字一個字聽著他的遺願，淚水終於從眼眶滑落，落在了強尼大爺的臉上。在岩石之下，強尼夢想號被微風吹動，輕輕隨著水波上下浮動，那一面白色的旗幟微微招展，上面還留著強尼大爺留下的幾個字——強尼夢想號。

到最後我已經泣不成聲了，模糊的淚眼中，那抹紫色的昆侖魂終於被收進了紙人當中，在那邊肖承乾為了保險起見，快速在紙人的額頭處貼上了一張封魂符。

大家都察覺到了這邊的不對勁兒，開始朝這邊走來，而我懷抱著已經蒼老到瘦小的強尼大爺，是很分明感覺到他的手在那抹紫色昆侖魂被收進紙人的那一刻，無力的落下了，輕輕敲打在了岩石之上，手中還握著那一朵快要枯萎的小紅花。

面對著走來的眾人，我無力無助且麻木地搖頭，然後說道：「強尼大爺……他……去了。」

走在最前面性子急躁的承真一下子站住，第一個落下了無聲的眼淚……悲傷的氣息在這塊大岩石上蔓延，以至於天邊傳來了嗡鳴的聲音和一個突然出現的黑點，我們都沒有注意到。

第一百五十章　已經開始的交鋒

「我該是帶你去蓬萊的指引者……因為五處殘魂的遺留地只有我知道，好在我已經告訴你了，找到全部李的殘魂，就可……以去到蓬萊，咳咳咳……如果以後見到你，告訴他，帕泰爾的力量比他想像的強，所以……所以我沒能……沒能……陪你們一路……去……蓬萊……」

這就是強尼大爺在說完他的遺願以後，留給我的最後一句話，說完以後，他就去了。

我抱著強尼大爺的屍體，其實很想告訴他，我想你應該不會對沒有陪我們去蓬萊這件事情感覺歉意，我想你肯定和我一樣，也只是有些遺憾難過，不能再多陪我們走一程，再過幾天像在蓬萊號上的日子，悠閒的早晨、談笑的下午、各式各樣的酒、開懷舒爽的笑……你也是多想過幾天那樣的日子吧？很溫暖的日子！

想到這裡，我就非常難過……人的一生快樂總是很短暫，就如你安靜流淌而過的童年，那被風吹起的月光映照在三人身上的夜晚……就如在蓬萊號上的每一天……可是，快樂是會在回憶裡凝結成永恆的吧，那是強大的力量，在痛苦的時候想起來，就能構成人生的希望和追求，因為還想追尋這樣的快樂，也就壓過了當時的痛苦。

每個人的快樂都會是這樣強大的力量，不能被忽略的心靈力量。

永遠記得它，這是師傅對我說過的話，如果忘記了怎麼快樂，就是心靈輸掉的開始，人可以輸給各式各樣的事情，但一顆心永遠不能輸。

所以，強尼大爺，我一定會永遠記得你，記得我們經歷過快樂的每一天。

你也是，到了靈魂的歸處，在進入輪迴的時候，請記得我們笑過的每一天。

想到這裡，我放下了強尼大爺的屍體，然後擦乾眼淚站了起來，回頭是我的夥伴們，我對著每一雙淚眼給了一個安慰的笑容，也僅僅只能這樣了，我們的一路上從來不缺忽然的變化和跌宕起伏的任何事情……接著，我就皺起了眉頭，對肖承乾說道：「承乾，用雷訣吧。」

肖承乾也擦乾了臉上的淚水，瞇著眼睛看了一眼天際的遠處，然後點了點頭，只是說了一句：「承一，我相信你的任何判斷。」

說完這句話以後，肖承乾後退了幾大步，我們自動散開，等待著肖承乾施展雷訣。

風吹過我的臉頰，吹亂了我的頭髮，我雙手插袋，望著天空靜靜等待著……剛開始因為太過悲傷根本沒有注意啊，但願現在不算晚。

大家站在我的身後，都和我一起等待著，在這個時候，每個人都擦乾了眼淚，又要迎接一次新的未知的事情，在天際的遠處，那個黑點已經由遠及近，能清楚的看見是一架直升機了……其實不用看也知道，那直升機特有的轟鳴聲。

「承一，為什麼要那麼快動用雷訣？」承心哥上前了幾步，站在了我的身旁。

「在戰鬥的時候，就感覺到心裡的不安了，這一刻更加明顯。消滅昆侖殘魂，是我們最終的目的，這個機會也是強尼大爺用生命換來的，在變故發生之前，我不想這一切白費。大部分的殘魂都已經被我們打散，但願承乾普通的雷訣可以消滅掉這這裡最後被封印的昆侖殘魂。」我給承心哥解釋了一句。

「你以為來人會是誰？」承真也站到了我的身旁，強尼大爺去世以後，明顯我再次成為大家的主心骨，我必須首當其衝的背負更多，包括一些判斷猜測大家也非常依賴我，或者說依賴我的靈覺。

「我不能肯定來者是誰，這麼強烈的不安……加上直升機，我會想到一件往事，一個人，那不是怎麼愉快的回憶。或者，等一下承乾施展完雷訣，我應該問問當年他們是怎麼把直升機開到荒村，然後在水底取得紫色植物的。」說完，我抿著嘴唇皺著眉頭，心裡莫名在沉重中夾雜著一絲沉痛，話已至此，那麼瞭解我一切的師兄妹恐怕已經明白我在說什麼事，說哪個人了。

是的，楊晟以及關於我和他在荒村的往事。

歲月讓人成長，當年在荒村，也是我和肖承乾的第一次見面，那個時候的我差點用出雷訣，被肖承乾的師長打斷，那個時候肖承乾還不忿我為什麼能用出雷訣，而如今的他使出雷訣卻再也不是什麼艱難的事情，甚至很快！

烏雲很快就在我們頭頂的上空聚集，在這個時候，直升機離我們還有一定的距離，雖然它在不停靠近，不停下降。

雨水點點落下……直升機已經能夠看得非常清楚了……但在這時，閃電也已經劃過……

「轟」，第一道落雷終於落下，打在了置放在岩石之上的紙人身上，紙人破碎，卻能看見在紙張覆蓋的竹篾上，包裹著一層淡淡的紫光……感覺是在掙扎，卻被牢牢吸附，金色雷電過處……它們就變得微弱了一些。

我的心稍微放下了一些，雖然普通雷電的效果不是很強烈，但是昆侖殘魂已經很弱，畢竟只是從帕泰爾靈魂中脫離的非常小的一部分被融合的昆侖殘魂，按照肖承乾功力對雷訣的支撐，完全可以徹底消滅它。

雷電一道接著一道的落下，只要成功發動了雷訣，落雷的速度是相當快的。

我忽然很想笑，於是也就任由自己微笑了，然後看著那架直升機停留在湖面之上，原來是水陸兩用的，考慮得真是周全，笑容掛在我的臉上，因為我已經從直升機開著的艙門裡，看見了幾個老熟人，看著他們難看的表情我就很開心。

雪山一脈、魚躍龍門大會、四大勢力，最是拔尖的年輕一代嗎？來了好幾個啊，我說的老熟人就是其中的三個，張寒、鄭明依，還有顏辰寧……張寒依然是站在一眾年輕人的身前，還是那副大將氣度，鄭明依的樣子還是那副痞子加暴躁的樣子，至於顏辰寧隨時都裝著優雅貴族樣……唯一相同的不過難看的臉色罷了。

他們應該看見了已經慢慢踱步到岩石邊緣的我的笑容，在電閃雷鳴大雨紛紛之中，臉上更加難看，衝動而暴力的鄭明依好像開口喝罵了一句我什麼，因為直升機的轟鳴我也聽不見，但是看見他被張寒看了一眼，就安靜了下來。

站在機艙門口的一共是五人，除了我認識的三人，其他兩個人我並不認識，感覺那兩個人很低調陌生，雖然站在張寒的身後，對他卻沒有什麼恭敬的意思，而張寒不知道想到了什麼，忽然對我冷笑了一下，難看的臉色也變得平靜了一些，然後帶著這些年輕一代轉身走回了機艙，過了一小會兒，一艘小船從直升機的機艙裡被扔出來，扔在了深潭的水面上。

接著，那年輕一輩的五個人跳上了小船，後面還跟著兩個老者，除了他們，就是一個穿著風衣，戴著壓得低低的帽子、口罩和墨鏡，顯得異常神祕的人，另外他拉著一個更加神祕，全身包裹在斗篷之內的人。

其他人出現的時候，我一點都不在意，可是看見那個身影的時候，我的心開始劇烈跳動起來，同時又感到窒息，像是被什麼東西握緊了一樣。

即便是這副打扮啊，可是……從這個身影上來看，我還是能認出這是楊晟。

從在長白山天池底下的祕密洞穴到現在，應該是我們第二次正面對決了吧？他簡直像一隻靈敏的獵犬，哪裡有關於昆侖遺禍的存在，哪裡基本上就有他的身影。

相比於其他人，楊晟顯得非常低調，就默默雙手抱胸坐在船尾，但我能感覺到那些人對他的恭敬與顧忌，我沒有說話，目光只是落在了楊晟身上，他搶走了多少東西，這次……我看了一眼肖承乾，雷訣已經進行到了最後，而那層紫色的光芒淡薄得幾乎已經看不見了。

當年我之所以會被打斷，是因為雷電未落，但當雷電落下就算是神仙也不能打斷，這是對老天爺的挑戰，好比你能把老天爺要落下的雷電堵住嗎？如果你有那個逆天的本事，那也不至於打斷一個雷訣了。

但這些人顯然沒有那個本事！

他們無力回天的，昆侖之魂被毀滅是不可逆轉的命運了。

無聲的交鋒，就這樣開始了……他們一群人對上我們一群人……那艘小船很快就駛到了岩石之上，而那架直升機也開始重新緩緩升空了。

他們開始爬上岩石……我們也沒有阻止，那很幼稚！

既然已經來了，剩下的，不就是面對嗎？

第一百五十一章 震撼性的轉折

現實的事情總是非常戲劇性，到他們登上岩石的那一刻，肖承乾的雷訣正好也施展完畢，最後一道落雷落下，紙人裡封印的昆侖殘魂已經徹底消失乾淨了。

岩石之上顯得有些狼藉，帕泰爾的屍體、破爛的紙人、雷電落下的焦痕、毀壞的棺木，已經燃燒殆盡的火堆……還有「安睡」在我們身後的強尼大爺……

加上落雷之後免不了的細雨紛紛，兩撥兒人就在這樣的岩石之上對峙了。

沒有人開口，彼此之間的氣氛是沉默且僵硬的，凝滯得連風都不會從我們相對的中間吹過，只是捲起了我們彼此的衣角。

我的笑容依然掛在臉上，這應該說是我面對楊晟的第一次勝利，因為從荒村到長白山，他都順利搶走了昆侖遺禍，而這一次他註定是要撲空。

「你的笑容很討厭。」開口的是張寒，他的神情淡定、語氣平靜，明明是很挑釁的話語，在他這樣氣質的人說出來，反而像是一件篤定且平常的事情。

「是嗎？」我忍不住摸了摸自己的下巴，然後笑得更加燦爛，說道：「反正我也沒要求你喜歡。」

「為什麼笑得那麼開心？」張寒明知故問的樣子。

「我為什麼笑得那麼開心，那就要問你為什麼臉色那麼難看，我認為兩件事情有必然連繫，你覺得呢？」我收起了笑容，但神色也很平靜，語氣和他同樣淡定，面對這種心機深沉的傢伙，最好也就是這樣，讓他什麼也看不出來，猜不出來。

張寒沉默了，而肖大少在我身後偷偷對我豎起了一個大拇指，我稍許有一些得意，看來說話犀利的不止是承心哥，原來我也可以啊，想到這裡我又笑了。

「陳承一，我說過，你的笑容真的很討厭。」原本沉默的張寒看見我再次笑了，微微皺眉，打破了沉默，彷彿他是真的很討厭我的笑容。

「不要廢話，如果你們是想搶什麼東西，抱歉，你們註定會一無所獲！如果你們是追殺我追到了這裡，那就拚命吧，我這人最不怕的就是拚命，你說呢？手下敗將？」說這話的時候，我雙手插袋，歪著腦袋死死盯著張寒一行人，臉上的表情卻學著鄭明依，一副痞子的樣子。

擺明了就是如果你生氣，我就會好開心的。

但是我其實根本就不在乎張寒，我的目光看似在盯著張寒，實際上卻是暗暗注意著那兩個自始至終沉默的老者，還有就是他——楊晟，我心底對他壓抑著不知道究竟是仇恨、沉痛、惋惜、悲哀的哪一種情緒，可是我厭惡這樣的情緒。

至於另外一個裹在斗篷裡的人，我始終對他的存在沒有任何危機感，也感受不到任何的惡意，反而忽略了。

「你！」果然一提手下敗將四個字，張寒的臉色就陡然變了，變得異常陰沉，眼神也變得陰狠，可他畢竟還是張寒，那個備受推崇的四大勢力年輕一輩第一人，他只是失態了那麼一小會兒，想說什麼也只是說出了個你字，就閉口不言了，臉色再次恢復了平靜。

這份心機簡直不是這個年紀的男人會有的，我自歎同樣的情況下我不會做得比他好，因為骨子裡我比他衝動。

「打敗你的陳承一，和我想像的很接近。」年輕一輩的來人一共有五個，這一次開口的是兩個陌生人中的一個，這個人沒有什麼明顯的特徵，平常的身材和長相，連穿著也很平常，如果硬要說有什麼能讓人記住的，就是他的鬍子好像蠻多的，所以他刮過的下巴青色兒很重，遠遠看去就像青了半張臉。

我不認識他，貌似肖大少對他也有些陌生的樣子，並沒有在第一時間為我介紹這個人是誰，只是皺緊了眉頭在沉思。

至於另外一個陌生人在這個青下巴的人說完話以後，只是冷哼了一聲，然後冷漠的看了我一眼，那眼神彷彿是在說打敗張寒不稀奇，而他才是我的對手一般。

這個人相比於青下巴有非常明顯的特徵，那就是他的臉上有三道傷口，像是凶猛動物的抓痕，貫穿了整個臉，不過這不讓他顯得難看，即便他的五官很平常，但是卻異常硬朗，這抓痕倒是和他本人的氣質異常相配。

發現我在看他的臉，這個冷哼的人朝我看了過來，眼神中倒沒有什麼仇恨，只有那種濃濃的戰意，他忽然指著臉上的傷痕對我說道：「陳承一，聽說你們有幾大妖魂，你們依靠妖魂，而我卻是殺妖的！這臉上的抓痕，是妖怪給我留下，你相信嗎？」

說完這話，他忽然惡狠狠地朝我笑了一下，即便是在雨中，他的那一口白牙也異常耀眼，我不知道是不是錯覺，總覺得他的犬齒比別人長一些，是殭屍嗎？完全不像！

這莫名其妙的人和莫名其妙的對話，我所能應對的也是平靜以對，在這種對峙中，大戰過後的我們並沒有任何的優勢，衝動並不是什麼好主意。

「不要廢話了，老站在這裡擺什麼造型，真以為是華山論劍啊？要做什麼直接一點兒，我擺POSE擺累了。」沉默了許久的承心哥伸了一個懶腰終於說話了，開口依舊犀利，比起光棍精神來，在嘴上他比我強一百倍。

做什麼？那幫年輕人反而沒有話說了，那兩個老者也異常沉默，彷彿這裡沒有他們說話的餘地。

而在這時，一直站在後方的楊晟忽然朝前走了兩步，而他的地位和威嚴在這個時候也就完全體會了出來，他朝前走了兩步，所有的人都讓開了一條道路，這些年輕人哪個不是家世顯赫、傳承悠久、心高氣傲、桀驁不馴的？對於楊晟卻完全不敢有任何的放肆和不滿，反倒充滿了一種異樣的恭敬。

楊晟就這樣默默走到了隊伍的最前方，於此同時，他仍然帶著那個披著斗篷的人。

我和楊晟終於再一次這樣面對了。

我可以面對其他任何人沉住氣，可是面對楊晟我的心情始終難以平靜，我老是會想起靜宜嫂子，想起那一年的荒村，在風中輕輕挽著耳邊被風吹得散亂的頭髮，這樣的她的身影。

淒清中帶著異樣的堅韌……她是蒲草，可磐石到如今證明真的無法轉移，她的堅韌和守候到底會得到什麼樣的答案？

而這個男人是我封閉的農村生活外第一個外鄉的男性朋友……我對他曾經何嘗不是充滿了信任？還有投入了滿腔的友情？我曾經以為我會仗劍江湖，而他會是陪伴我的那一個，可以兩肋插刀的那一個……

所以，我沒能保持平靜，也無法沉默，開口說道：「楊晟，你又何必裝神祕？變成了什麼怪物，已經是不可以掩蓋的事實了，難道你還羞於見人？」

楊晟戴著墨鏡和口罩，他沉默，我也看不出他神色的變化，倒是一直跟著他的兩位老者，聽見我這樣的話，示威般朝前邁了一步。

可我不在乎，望著楊晟，嘴角帶著冷笑說道：「曾經收到過一封這樣的信，信上有人大概這樣說，再一次面對我，大概就不會心軟了，而是會生死相對的情況。他也的確這樣做了，在長白山的天池之下，這一次應該也是一樣嗎？如果是為了追殺我而來，那麼就請動手吧。」

說完這話，我全身的肌肉都繃緊了，身體裡剩下的力量也在快速集中，我做好了戰鬥的準備。

但是楊晟只是輕輕轉了一下頭，環顧了一下岩石之上的一切，然後用一個類似於麥克風的東西抵住了喉部，然後他那已經完全變聲，嘶啞難聽的陌生聲音就從那個東西裡傳出來：「那具屍體我還有點兒用，帶上它吧。」

他的話音剛落，那兩個老者就上前去，眼看就要拿走帕泰爾的屍體，我的怒火再也壓抑不住，面對在意的人和事，到底改不了骨子裡的那份衝動，不禁衝上前去兩步，目光冷了下來，沉聲說道：「憑什麼？」

那兩個老者冰冷地看了我一眼，只是徑直朝著屍體走去，而我大怒就要動手，我身後的夥伴自然也會回應我的一切。

但楊晟什麼也沒說，只是朝著我這邊走了兩步，當然帶著披著斗篷的人，他也沒做什麼過激的動作，只是一把扯開了那個斗篷人的斗篷……

第一百五十二章　狂風暴雨

不知道為什麼，在楊晟掀開斗篷的那一瞬間，我的心跳陡然很快，有一種說不出來的，玄之又玄的心情，感覺那斗篷之下，幾乎和我一生中最重要的事情有必然的連繫！

那對如今的我來說，一生之中最重要的事情是什麼？自然是想找到師傅，共享天倫……

我一開始並沒有注意到那個斗篷人的，為什麼會這樣？黑色的斗篷被一拉扯之下，飄飛起來像一面張揚的大旗，我的心也跟著飛舞，當斗篷落下以後，一個身影就出現在了我們面前。

那是一張陌生的臉，風霜滿面且憔悴的樣子，重要的是他的眼神空洞，沒有任何的焦點，失魂落魄的站在那裡，那症狀就像……我帶著失望的心情歎息了一聲，但心裡還是浮現出某個想法，那症狀就像魂魄不完整。

可是楊晟給我們看這樣一個人做什麼？

我還沒有反應過來，也還沒來得及問楊晟什麼，就聽見在我的身後響起了撕心裂肺的一個聲音，他是純粹在發洩般吶喊，就是單純的一個「啊」字音，夾雜了很多說不清楚的情緒。

我甚至都沒有回頭，就知道這個聲音是肖承乾發出來的。

「承乾，你……」我回頭，看見了一張雙眼通紅，激動得不成樣子的臉，此刻的肖承乾甚至無視我的問題，只是全身顫抖著一步一步朝著那個人走去。

然後他很快就在我們目瞪口呆的情況下走過了我的身邊，然後速度越來越快，也不知道是因為激動還是因為別的什麼，在這平整的岩石之上，他竟然跌倒了幾次，甚至最後一次跌倒，他都懶得站起來了，好像是怕耽誤時間，他乾脆就連滾帶爬衝了過去。

到底是發生了什麼？我的心再次跳動起來，「噗通」「噗通」……彷彿天地間都只剩下了我的心跳之聲，我聯想到了一件事情，看著狀若瘋狂的肖承乾，我不敢開口問他，我發現在這一瞬間我喪失了所有的勇氣。

我幾乎站立不穩，卻在這個時候，一個身體靠在了我身邊，是承心哥，他沒有任何開玩笑的意思，而是臉色嚴肅的對我說道：「承一，我站不穩，靠一下。」

承心哥的心思何其敏捷，恐怕他在我之前就想到了一個可能，而承真啜泣的聲音也在我的身後響起，女孩子比較不容易控制情緒，恐怕此時也想到了什麼。

至於承願反應可能慢一些，她問承真：「姐，妳哭什麼？」可是說到最後一個字的時候，她的聲音也變成了哭腔，這丫頭終於聯想到了某種可能。

我的拳頭捏得緊緊的，我彷彿都能感覺自己的骨頭與骨頭的碰撞，我想到了很多可能，我沒辦法平復自己的心情，捏緊的拳頭是我如此情緒唯一的發洩口。

承清哥仰天歎息了一聲，李師叔沒有踏上昆侖之路，他估計也想到了很多，一向淡定的他望著天空的時候，兩行淚水從眼眶滑落。

沒有任何徵兆的，兩個老者在肖承乾接近那個陌生人的時候，擋在了肖承乾的面前，這個時候優雅的肖大少哪裡還有半分優雅，他激動到甚至連說話也不會了，盯著那兩個老者，喉嚨裡竟然發出暴怒猶如野獸般的咽嗚聲，眼神中竟然有一點兒瘋狂。

那簡直是要生吞了別人的眼神，如果那兩個老者再擋下去的話。

如果肖承乾要拚命……我默默朝前走了一步，表明了我的態度，這個斗篷下的陌生人對於我們來說，太過重要了。

「讓他過去。」楊晟的聲音冷冷淡淡的，可是在其中我還是聽出了一絲掌控大局的得意。

而楊晟的命令顯然是不容抗拒的，那兩個老者讓開了身體，肖承乾終於衝過了最後的阻礙，幾乎是爬著過去的，然後一把抱住了那個呆滯老者的腿……他抬起頭明顯是想說點兒什麼，可是話到口中卻變成了「嗚嗚」的聲音，那是哭泣的聲音。

接著，肖承乾乾脆就抱著那個老者的大腿嚎號大哭起來，像一個受盡了委屈的孩子，又像是壓抑了幾十年的情緒，在這一刻要全部發洩完畢。

兩撥兒人都沉默著，細雨陣陣，天地間彷彿就只剩下肖承乾在風中不停咽嗚聲，我的眼睛也感覺發熱，看著楊晟卻什麼也說不出口，不知道為什麼，勇氣還是難以聚起……

肖承乾這樣的哭泣大概繼續了兩分鐘，才慢慢收聲，他站起來，雙手搭在那個呆滯老者的肩膀上，深吸了一口氣，才對著那個老者說道：「大表哥，你真的是我大表哥嗎？」

那個老者就像沒聽見似的，對肖承乾的問話沒有任何反應，甚至連眼神都沒有落在肖承乾的臉上，依舊空洞盯著前方，雙眼沒有聚焦……

肖承乾的臉色有些微微變了，但他還是堆砌起勉強的笑容，然後盯著那個老者認真說道：「大表哥，我是承乾啊，你不記得我了？雖然你和我年紀相差了快四十歲，但從小我最黏你啊……我們關係很好的，你比我爸媽還疼我啊，你……」

那個大表哥對肖承乾的問話依然沒有任何的反應，而我看見肖承乾的臉一下子脹得通紅，整個人都顯得有些不對勁兒了，我再也不能淡定，這樣下去，肖承乾必然會傷了心神，如果胸中那個鬱結之氣不吐出來，會造成很嚴重的後果。

承心哥是醫字脈，顯然比我更快看出問題，在我準備行動的時候，他已經大踏步走了過去……

於此同時，肖承乾已經快克制不住了，他放下了搭在老者肩膀上的手，又流露出了那種野獸般的目光，然後一步一步走向楊晟，咬牙切齒地說道：「你對我大表哥做了什麼？啊，做了什麼？他為什麼會變成這個樣子？」

楊晟彷彿是看不起肖承乾一般的，根本就不理會肖承乾的問話，他的臉是對著我的，我估計在那墨鏡之後的眼神也是落在了我的臉上。

而肖承乾顯然受不了楊晟這樣的態度，已經情緒失控的他在沒有得到任何回應之下，忽然就朝著楊晟衝了過去，看樣子是要動手，這種激動之下，他甚至忘了他是道家人，只是憑藉著人類的本能，像世俗一般的動手。

守在楊晟身旁的兩個老者動身了，如果肖承乾衝過去，後果一定很不好，也在這時，承心哥趕到了，他一把拉住了瘋狂的肖承乾，不待肖承乾反應過來，就用特殊的手法在肖承乾的後背拍了幾下。

「哇」的一聲，肖承乾吐出了一口鮮血……其實那是胸中那股翻騰的鬱結之氣被吐了出來，雖然有些傷身，但休養一下總是會好，否則那氣息沖入腦子裡，就說不好發生什麼了。

「你冷靜一點兒。」承心哥扶起了肖承乾。

吐了一口鮮血的肖承乾總算好了一些，情緒相對也冷靜了一些，他知道我們不會害他，他也終於想起了在他的身後還有我們這樣一群夥伴站著。

但肖承乾的臉色依舊難看，他任由承心哥扶著，然後看著我，臉色蒼白，嘴唇都在顫抖，這樣持續了十幾秒，肖承乾才用沙啞的聲音，開口對我說道：「承一……還記得嗎？我們……我們這一脈跟隨著你師傅，也失蹤了一些人……幾乎頂樑柱一般的上一輩都失蹤了……由於我們是以家族的形式傳承，他們都是我的親人……承一吶，我是抱著希望去尋找的，這和我在組織裡的地位也許有關，但更多的是失去親人的痛苦驅使我那麼做的。」

細雨中，我靜靜聽肖承乾訴說著，他原本就有一種陰柔的俊美，有些偏女性化的長相，如今看起來更是悽楚不已。

而他始終也沒有說到重點，可我的心卻一點一點證實著某件事情，那激動的情緒也快要將我淹沒，我勉強維持著。

「承一啊……大表哥也是當年失蹤的人之一，可是……可是他怎麼變成了這樣？」說完這話，肖承乾一下子跪在了地上，再一次望著天空，痛苦大叫了一聲，彷彿此刻只能用最激烈的情緒才能發洩心中的各種情緒。

而我終於忍不住倒退了兩步，扶著肖承乾的承心哥幾乎也是同樣的動作，雖然早已經有了猜測，但此刻事情一旦證實，我們還是被這種情緒的狂風暴雨包圍了。

跟師傅一起失蹤的人，出現了？為什麼是楊晟找到的？

我終於想起來要問楊晟什麼？但我應該問什麼？

「陳承一，那你現在說，我有沒有資格帶走這具屍體？」一直在冷眼看戲的楊晟也終於開口了。

第一百五十三章 談判以及籌碼(上)

面對楊晟的問題,我又一次發現我輸了,每一次好像都會被他用各式各樣的方式壓制,然後讓他達到自己的目的,唯一讓我安慰的只是在他趕來之前我提前銷毀了昆侖之魂,這算是一個小小的勝利嗎?

我此刻的情緒不能平靜,顯然不適合和楊晟談話,在細雨中,我對楊晟說道:「你給我們半個小時時間,然後我們再談吧。」

「你以為你有資格?」楊晟的手指向了那個老者,也就是肖承乾的大表哥。

我沉默了一會兒,情緒的激動顯然還沒有完全消磨我的智慧,我說道:「你我的情誼全消,我不認為你千里迢迢來到這裡,只是為了帶他來打擊一下我們,你用不著那麼費事,你完全可以直接殺了我們。你也有事要和我談吧?」

「不殺你們,完全是因為他。」楊晟的手指向了沃爾馬,然後慢慢說道:「他的家族在印度修者圈子裡也有一定的地位,加上那個已經死了的老頭兒,影響更大!否則你以為你在印度會安全?」

楊晟的言下之意就是,沃爾馬和強尼大爺庇佑了我們在印度的安全,否則我們早就死了,也是在暗示我,是因為沃爾馬和強尼大爺在印度修者圈子裡的影響夠大,所以他由於忌諱一些東西，不能在這裡動手。

楊晟是一個很有智慧的人，否則也不會成為一個被國家都看重的少年天才，而他的智慧稍許用在別的地方也同樣出色，就比如說談判之類的交鋒……以前的他因為太過沉迷於研究，以至於連生活也不能自理。

如今那麼多年過去，看來他也變了，變得很會談話，一下子把主動權全部握在了手裡，顯得他根本毫無顧忌，只是因為在別人的地盤上才不殺我，而他帶來了大表哥，相反我必須要求著他。

我真的就快要相信他所說的了，畢竟不論是沃爾馬的家族還是強尼大爺的家族在印度這個相對獨立的修者圈子裡，是真的有這樣的影響。

可是荒村的往事不停浮現在我腦海，那時，他也是那麼的真實，甚至在分別的時候，是那樣的真情流露，但他到底還是騙了我，那個直升機下離去的背影，幾乎是我一生的陰影，只因為那是我人生中經歷的第一次背叛，是如此刻骨銘心。

所以，我本能的不想去相信他，這樣的情緒之下，我很快就發現了談話中的一個漏洞，那就是既然只是因為制約不想動手，又何必跟我廢話？又何必做出這一幕？又何必句句話都在暗示著要我求他？

因為他知道，我必然會問這是怎麼回事兒？他……只不過不想我看出他的目的。

想到了這一層，我的心稍安了一些，我對楊晟說道：「我必須要半個小時的時間，另外你帶走那具屍體，我想你不會介意我們帶走他吧？」我指的是肖承乾的大表哥，我也是在試探楊晟。

我說出了這句話之後，肖承乾一下子激動起來，顯然他很想帶走自己親人的，失蹤了那麼久，他不會甘心只是那麼見一見的。

楊晟沉默了，以他的聰明不會不知道我已經猜測到了什麼，他也許是在想對自己最有利的方式，這是人之常情，我完全可以等他。

剛才的激動已經開始平靜了，畢竟我是主心骨，面對交鋒，我就算強迫自己也必須冷靜，而在這等待楊晟的過程中，各種不利的情緒消失得越來越快。

「好。」楊晟最終吐露的就只有這一個字，然後不再言語了。那些年輕一輩紛紛流露出了不可思議的表情，弄不清楚楊晟為什麼會這樣答應我，可是他們好像非常害怕楊晟，一個個露出不忿的神情，卻終究不敢去質疑楊晟。

大表哥被已經冷靜的肖承乾警惕地牽了過來，而整個過程中，大表哥就像完全沒有意識一般，只是任由肖承乾牽著走，半點情緒都沒有表露。

我看得出來肖承乾很難過，在牽回大表哥以後，他整個人都有些失魂落魄，我走過去拍了拍肖承乾的肩膀，對肖承乾說道：「你冷靜一些，既然人回來了，那就來日方長！我們還有很多路要走，很多人要找，你懂嗎？你不能倒下，每一個夥伴兄弟都是那麼重要，我們不能失去你，同樣，你永遠也不會失去我們。」

我的話顯然讓肖承乾有些動容，他感動的望著我，然後鄭重點了點頭，把剛才撿起的斗篷披在了大表哥身上，以免雨淋濕了他，然後就這樣靜靜站在了大表哥的身旁，看起來比之前好了太多。

然後我走到了承心哥的面前，對承心哥說道：「讓大家都坐下來，想辦法平復大家的情緒。」

「那你又要做什麼？」承心哥問我。

「我覺得靜心口訣不夠，我要想個辦法讓自己完全冷靜下來，才能和楊晟談話。」我認真說道。

說完以後，我就開始發神經了，我無視任何人的目光，開始在這岩石之上做起各種極耗體力的運動，什麼俯臥撐、深蹲、仰臥起坐……在做的過程中，我一直在心中默念著靜心口訣。

我沒說的是因為之前和帕泰爾的交鋒，我的靈魂力耗盡，一直都很想沉睡，不是三番五次的刺激，我真的就睡著了，但我現在需要一個真正可遇而不可求的深度睡眠，所以才這樣折磨自己。

在眾人莫名其妙的目光下，我瘋狂運動了十幾分鐘，然後忍著疲勞對承心哥說道：「滋養的藥丸，給我一顆。」

承心哥非常疑惑的遞給了我一顆藥丸，我接過了以後，一下子就塞進了嘴裡，藥丸還沒有化開，我就已經一下子撲倒在岩石上，迷迷糊糊地說著：「誰都不要打擾我，時間一到叫我。」

深度的睡眠在整個睡眠的過程中恐怕能有一個小時都是幸運的事情了，而深度的睡眠恰恰又是恢復人各種能力的最好辦法，甚至能帶來很多正面的情緒。進入深度睡眠的時間長，人起床以後精神狀態就好，心情愉悅，情緒也平靜；如果進入深度睡眠的時間少，哪怕就是一個人睡了十幾個小時，情況都會相反。

深度睡眠甚至也是道家人孜孜不倦的追求，按照理論，能隨時進入深度睡眠的人，一天只需要睡眠兩個小時就夠了，而且比那種睡了很長時間的人精神都要充沛，辦事效率都要高，這簡直是變相的延長生命，道家人怎麼會不追求？

我為了絕對的冷靜和大腦能夠快速運轉應付楊晟，故意這樣刺激自己，就是為了能夠在極大的倦意下，進入真正的深度睡眠，這絕對是一個可行的方式，只是過程不可複製，畢竟這一天的經歷是如此跌宕起伏。

一趴在岩石上我就睡著了，簡直沒有了時間的概念，當承心哥叫醒我時，我甚至以為我睡了起碼幾個小時，夥伴們好心給我蓋上的外套打濕了，我就將就用來擦了一把臉，整個人就完全清醒了。

在清醒的瞬間我就知道，我剛才的一番折騰，是真正的讓我進入了深度睡眠，因為如此疲憊，竟然也恢復了很多，大腦也感覺運轉得靈活多了，而楊晟要做什麼，我竟然想到了一些線索。

他一定是想通過我尋找昆侖遺禍，他不知道從哪裡的消息管道，知道了我和昆侖遺禍息息相關！

這樣想著，我就像握住了一張最好的底牌，面對楊晟時，心中也踏實了。

我慢慢走向了楊晟，在距離他有五米遠的地方停下了，然後說道：「如果可以的話，我真的很想知道你的消息管道是什麼？」

「沒想到你為了和我談話，竟然還進入了深度的睡眠，腦子是好用了一些。可是到底還是一些低級的玩意兒，太過不可複製，偶然性也太大，對人類沒有任何的幫助，不是嗎？陳承一。」楊晟顯然不可能回答我的問題，轉而談到了其他。

「不要和我扯你那變態的科學，你如今連見人都不可以了，你認為你是成功的嗎？」我的嘴角帶起一絲冷笑，很明顯我一點兒也不想掩飾對楊晟嘲諷的態度。

「呵，走在前端的人自然與眾不同，但當大家都一樣時，那自然也就不存在問題了。」楊晟說得非常淡定，我的內心卻感覺到了一絲恐怖的意味。

我想我已經不能和這個人扯淡下去了，他的話讓我彷彿看到了末日……我只能選擇拋出底牌和他直接的對話了。

第一百五十四章　談判以及籌碼（下）

既然這樣想了，我就很直接說道：「你們是想殺了我的，但得到的消息讓你在我身上又看到了另外一種希望，對嗎？那就是我能滅了你需要的東西，也能找到你需要的東西，你楊晟如此聰明，我在你眼裡就是危險與利益並重的存在，是一把雙刃劍，你還捨不得放棄。」

「呵，你說得很對，但我也帶來了籌碼，不是嗎？我很想告訴你，如果不是因為籌碼的出現，你只有被殺的價值！我很開心，我終於找到了可以威脅你的東西，而你無法拒絕。」我看不清楚楊晟的表情，可是他那已經變化的難聽聲音出賣了他，他很高興，也很得意。

「那你想怎麼樣？」雖然很是苦澀，但我必須問出這個問題。

我承認，楊晟的籌碼夠重，重到讓我知道了一切，也只能被動的接受。

「帶上昆侖遺物來找我，我就給你一個線索！你認為如何？」楊晟的聲音中充滿了算計的味道。

「那你不留下一點兒讓我相信你能給出答案的證據，你以為我就真的會受制於你？」我也低沉說道。

「陳承一，你真是越來越聰明了！不過是想在我的口中套話而已嘛，可以，我今天完全可以給你一個線索，很大的線索，這個線索就是證據，但你知道了也是無用。」楊晟意外的直接，這倒是讓我愣住了。

原因很簡單，以我和楊晟幾乎已經勢同水火的架勢，他怎麼會不討價還價就給我一個線索，直接得讓人簡直不敢相信。

我默然的看著楊晟，心裡還在盤算著他到底打的什麼主意，但楊晟已經自顧自地說道：「陳承一，我不僅給你線索，還給你一個最大的線索！那就是……」楊晟有些神經質的一揮手，戴著手套的手揚起手指，就指向了肖承乾的大表哥。

「我們是在哪兒發現他的。」說完，楊晟轉過頭來看著我，我突然發現我很沒有優勢，他戴著口罩和墨鏡根本看不清楚神情，就算想從神情裡知道一些什麼破綻都不可能，而我是赤裸裸的面對他，那麼以後我是否也要注意到戴上墨鏡談判這個問題？

原諒我的胡思亂想，只是因為太過震驚楊晟會給這樣的線索，不得不轉移注意力來分散自己的震撼，免得又讓楊晟察覺到什麼，趁機「加價」。

我聰明的選擇了沉默，而楊晟則重新把手揣進了風衣裡，然後對我吐露了三個字：「鬼打灣。」

聽見這三個字的時候，我一下子抬頭死死盯住了楊晟，只是從嘴裡擠出了一句話：「你確定不是在玩我？」因為這個答案的威力就像在我心中投下了一顆原子彈，絲毫不算誇張，我連震驚什麼的情緒都被炸沒了，只能想出這樣一句話。

「我是否在玩你？你回了華夏，可以去買消息打聽打聽啊，對對對，那個賣消息的老頭兒不是你這一方的嗎？你們是熟人，他會給你打折的。」楊晟用一種調侃的語氣和我說道，這麼多年過去他變了，從前的他總是一本正經的樣子，調侃人是不會的。

我不知道該說什麼，以為我看清了事實，這個答案卻把我釘在了更被動的位置上，可楊晟則繼續說道：「這個線索足以讓你證明我是否有籌碼了，我該說的也已經說完了。條件也非常簡單，一個昆侖遺物換一個線索，說不定還能換得一點兒別的什麼。」

「別的什麼？」

「是，你可以賭一下我手上還有沒有別人？」楊晟就像是故意在挑動我的情緒，每一句話都想讓我瘋狂。

我臉部的肌肉都在抽動，勉強克制住自己的情緒，然後冷眼看著楊晟，說道：「如果你想要昆侖遺物，那麼你最好告訴我你手上還有些什麼人？」

「兩個……給了你一個，還有一個！不保證將來會更多，你會跪在地上求我一個個換回去。」楊晟很簡潔地說道，然後轉身：「另外一個沒記錯的話，也是那傢伙那邊的人，我們不廢話了，就這樣吧。」

說完這話，楊晟已經開始移動著步子，朝著岩石的邊緣走去，如果是要脅迫我，顯然他達到了目的，他給我的線索如果是真的，也對我毫無價值……鬼打灣，呵，那是一個連確定都沒辦法確定的傳說中的存在，而且就算確定它存在了，誰知道要怎麼去？

所以，也就註定了我以後不論是要人還是要線索，都必須像楊晟說的，捧著昆侖遺物去找他。

看著楊晟的背影，我的心中彷彿是一團火在燒，我大聲說道：「為什麼肖承乾的大表哥會變成這個樣子？」

「你以為我會高興告訴你？」楊晟連頭也沒回，倒是走在他身後的張寒回頭看了我一眼。

「楊晟，你為什麼那麼開心，你以為你真的會笑到最後？」我這句話很幼稚，可是不知道是什麼衝動，讓我必須得說出它才感覺到痛快。

卻不想，我這句話偏偏讓楊晟停住了腳步，他轉頭說道：「我高興根本不是因為是否能笑到最後，我高興只是因為這一天，你陳承一不管是情願還是不情願，你為我動搖了，你站在了我的立場上。」

「才不是站在你的立場上。」我憤怒大喊了一句。

「你有的選擇嗎？」楊晟再次轉身，這一次，他乾脆地跳下了岩石，重新回到了那岩石下的小船之上。

我的心裡有一種說不出的沉痛感，難道這就是當年的感情剩下的……剩下的最後羈絆嗎？

楊晟你是這樣想的嗎？我在乎你這個朋友，所以無論如何希望你能和我同一立場，如果做不到，換個方式，威脅也好恐嚇也罷，如果做到了，我同樣會很開心。

這樣的想法讓我不禁朝著岩石的邊緣衝了過去，此刻，那兩個跟隨楊晟的老者已經解開了纜繩，準備划船了，其中張寒在用專用的設備通知著什麼，大概是直升機吧。

「楊晟，你真是懦弱……說服不了我，就不惜用這種方式？何不與我堂堂正正的對決，你大可去收集，我大可去毀滅，咱們看看誰笑到最後？你連男人的方式都不敢嗎？你現在一定很開心，但我不準備讓你這麼開心，我想告訴你，無論你是任何的方式，我永遠不會被你說服，永遠也不可能和你站在同一立場。」我衝著楊晟的背影大喊了一句。

「我講究效率，你別用激將法來激我，什麼男人的方式對我不管用，我只會用有用的方式！至於你的永不妥協，我真是太遺憾了……陳承一，現在還不是我放棄你的時候，你可知道，我有多想在你面前證明我是對的？我唯一的朋友……是應該這麼說吧？所以，我還等著說服你的那一天。如果……」楊晟說這些話的時候沒有回頭，但說到這個如果的時候，他猛然轉身了。

這個轉身，讓那艘小船都跟隨著他的動作在微微的顫抖，他卻穩穩站在船頭，望著我繼續說道：「如果你終究不被說服，那麼我情願將你毀滅！就如科學的道路上，得出了錯誤的結論，那麼之前一切的論證都會被推翻……感情也是那麼回事兒，最終證明是錯的，那就把它消滅掉，而你我之間除了感情，你應該是被消滅一百次的對象……儘管現在看來充滿了利用價值，但一切也不過是我的一個念頭。別以為只有你知道昆侖遺物的所在，我也能感應到，雖說慢了你一步。」

小船已經開始划動，他立在船頭，我立在岩石的邊緣，談話的距離越拉越遠……看起來，就好比在諷刺我和他的現實。

這樣的場景讓我苦澀，我大聲說道：「你個孤獨的可憐蟲，那麼希望我低頭認可你嗎？去你媽的！這是永遠不可能實現的白日夢，我若是你，一定會回去看看自己可憐的妻子，從未見過父親的兒子，終止錯誤，情願終生悔過。」

可楊晟此時已經冷漠轉身了，他的聲音卻飄入了我的耳中：「我什麼都沒有，我只有我的信仰。」

「那又何必一定要讓我低頭？」我大喊了一句。

但楊晟已經不回答我了，小船只是快速朝著深潭中一塊寬闊的水面划去，直升飛機的聲音再次在天際那頭響起……

第一百五十五章 強尼大爺的漂流

直升飛機最終接走了楊晟一行人，雖然在那時我們所有人都累得很沉默，但依舊覺得楊晟一行人的出現像一場夢，更像是一齣鬧劇，要不是帕泰爾的屍體已經真真切切被他帶走，這一個小時不到的時間，讓人心裡恍恍惚惚的，真的不能接受這種劇變。

試問之前還是一種希望，對於能否成為現實心中沒底的那件事——找到師傅他們，到如今莫名變成了一件觸手可及的事，甚至失蹤的肖承乾大表哥就站在我們中間，誰能夠馬上接受這種變化？

直到肖承乾一行人走了十分鐘以後，承清才做為第一個反應過來的人，輕輕歎息說了一聲：「鬼打灣，這答案和之前我們沒有把握的時候，有什麼區別？可是承乾的大表哥又的確站在這裡。承一，怕是我們的計畫要發生很大的改變啊。」

「承一，我還有另外的親人在他們的手裡，我……」說到這個，一直握著木然不動的大表哥的手，表情忽悲忽喜的肖承乾也忍不住開口了。

我的內心沒由來的一陣煩悶，從如今這個情況看起來，追殺令應該已經解除了，很可笑的是在楊晟認為可以威脅我以後，就這樣解除了……我自己也想不到原來四大勢力真正核心的人物是楊晟！

命運是真的很巧合，在我們在華夏容身不得的時候，偏偏被楊晟找到了師傅一行人的線索，並真實帶回來了兩個……可這麼天大的喜事，如今卻成為了脅迫我的藉口……之前的我是不得不被追殺，即使我能找到所有的昆侖之物，也是一樣，因為我是「毀滅者」。

如今我是他們找昆侖之物的工具，因為他們有了讓我不得不低頭的籌碼，儘管楊晟的最後一句話讓我很是在意，他對昆侖之物竟然有感應……可真的事實只是如此嗎？

到底是被追殺好？還是被脅迫好？這樣的歲月相差又有幾何？

加上莫名的，偏執的，也是快樂的，彷彿找到了突破口可以說服我的楊晟……還有莫名又變得迷茫的未來……我根本無法給自己一個不煩悶的理由。

「承一。」肖承乾叫了我一聲，用幾乎是祈求的目光看著我。

我不知道該說什麼，站起來拍了拍肖承乾的肩膀，我不能敷衍我的夥伴們，只能低聲對肖承乾說道：「給我一點兒時間，好嗎？我現在也理不出關於未來的頭緒。」說到這裡，我的目光落在了強尼大爺的屍體上，有些苦澀的接著說道：「我也不知道是不是我的命運註定坎坷，剛看到了一點兒希望，就比如強尼大爺給了我們五處殘魂位址，如今甚至還破了一處，只要這麼走下去，就可以走到蓬萊，見到師傅他們……但偏偏出現這樣的莫名轉折……真的，我很亂，給我一點兒時間。」

肖承乾站起來，同樣拍了拍我肩膀，什麼也沒說，莫名的信任一切只是盡在不言中。

「誰去讓辛格把船開進來吧，強尼大爺還有最後的一個遺願。」不管未來是什麼，眼前還有一件最應該做的事情就是這個。

突然的變故打斷了我們的悲傷，如今我再說起，大家的心情再次變得悲傷而沉重，承願哽咽著小聲說了一句：「如果強尼大爺還活著，如今這樣的情況，他會告訴我們怎麼辦的吧？」

這話說得我心頭一陣難過，是啊，這個暴躁卻可愛的老頭子，沒有了他，我竟然又出現了那種無依無靠的感覺……心裡莫名惶恐！我承認我的依賴，但這絕對不是懦弱，就像有一天我很老了，我爸媽依舊在世的話，我依然覺得我是有依靠的，否則……這是一種心情，不能言傳只能意會。

最終，是慧根兒和陶柏去叫來了辛格，之前強尼大爺做的強尼夢想號還在，就如最初一般完好，自然還是能用的。

「承一，你答應過我，是要帶回主人的。」蓬萊號上，辛格激動地扯著我的衣領，用幾乎不能連貫成句子的英語大聲對我吼叫著。

他看著強尼大爺的屍體幾乎不敢相認，或許不能接受，昨天還來船上拿過東西，僅僅是一天不到的時間過去，強尼大爺就衰老成這個樣子，並且已經死去了吧？辛格的臉上泣淚橫流，哭得已經不成樣子，他的情緒或者找不到發洩的地方，只能一股腦兒傾瀉在我的身上。

我整個人有些恍惚，也並不在乎辛格的怒火，只因為回到了熟悉的蓬萊號上，我的眼中彷彿充滿了幻覺，偶爾會看見在甲板邊緣釣魚的強尼大爺，偶爾會看見在船頭喝酒的他，偶爾會看見……這裡的一切，充滿了他和我們一起生活過的氣息，回到熟悉的地方，心痛和遺憾就更真實幾分，卻偏偏充滿了矛盾的虛幻。

一切都不能和辛格詳細解釋，我之前就告訴自己，他的怒火我來承擔了，儘管我也非常難過。

在情緒失控中，辛格哭泣了半個小時，終於稍許安靜了下來，他蹲在地上喃喃說道：「他是我的主人，可在我心中，卻也是父親一般的存在，怎麼可以……就這樣去了？我一直以為他會存在到永遠的……永遠知道嗎？就是有一天我死了，他依然會這樣存在。」

沒人能夠接辛格的話，我們每個人眼中都含著淚水，我走了幾步，從蓬萊號熟悉的地方摸出了一瓶麥卡倫十二，擰開蓋子狠狠喝了一口，耳邊彷彿還迴盪著強尼大爺給我介紹它時那說話的語調，眼前彷彿還能看見他神情的細節。

「我不該怪你的，承一！」辛格在喃喃說了很久的話以後，終於思維稍微清醒了一些，很是抱歉地看著我。

我灌了一口酒，說道：「我不在意的，我只是想讓你知道我也是真的很難過。」

「不，這只是我自己失控的問題。知道嗎？主人回來拿了很多東西，在離開之前，他告訴我，他不知道自己身上會發生什麼情況，或許會死……但無論是什麼情況，你們一群人始終是最可以相信的人，讓我相信你們就要像相信他一樣……我剛才……」辛格的神色中充滿了愧疚。

而我卻又喝了一大口酒，只是拍拍他的肩膀，簡單說了一句：「把強尼夢想號想辦法帶上。」聽聞辛格剛才的話，其實我已經難過得不想言語。

蓬萊號的速度很慢，拖著強尼夢想號一直把它拖出了深潭，拖出了這條支流。在中途我們並沒有停留，儘管經過了連番大戰以後，這裡既沒有凶魚，也沒有冤魂了……我們只是不想停留，這是一件關於強尼大爺遺願的事情，我想儘快完成它。

從下午到深夜，蓬萊號終於回到了恒河的主流，月光之下，恒河之上，靜靜孤獨的蓬萊號，莫名其妙孤獨的一群人……都只因為我們失去了一個人。

蓬萊號停靠在了一段偏僻河段的岸邊，我們一群人神色肅穆，強尼大爺的遺願其實只是一個屬於他的美好葬禮，如今我們就要實現這個葬禮了。

強尼夢想號依然綁在蓬萊號上，在水波中慢慢浮動著，我抱著強尼大爺的屍體，淌水走了幾步，把他的屍體放在了強尼夢想號上……辛格為他擦拭著身體，而承心哥他們則為強尼大爺換上了乾淨的衣服。

在整個過程中我們都很小心，不敢碰到了那朵脆弱的紅色小花，因為到死強尼大爺都把它緊緊握在手中。我們也很安靜，葬禮上其實不該太過悲傷，甚至正確的心態應該是為他的解脫而開心，祝福他前往幸福的彼岸，可是，如果誰都能夠做到那麼正確，這世人也不用在紅塵的熔爐中浮沉了。

很快，強尼大爺的屍體就已經被處理好了，乾淨的臉和乾淨的衣服……他的要求就是如此，什麼也不帶走，只要乾淨就好。

「這是婥婭。」我指著小紅花對強尼大爺低聲說道。

然後拿出他在死前塞給我的那隻木頭鷹，說道：「這是帕泰爾，你說這是你十歲親手做來送給他的，他戴著，這上面寄託了所有帕泰爾的美好，足以代表帕泰爾了。」

說話間，我用一根小繩子小心繫上那隻木頭鷹，把它戴在了強尼大爺的手腕上。

最後，我指著強尼大爺胸前那個墜子說道：「這是Alina，你的妻子。親愛的強尼大爺，你所說的人都齊了，強尼夢想號可以起航了。你說了，帶著他們一起去往夢想之地……」

說完這句話，我走過去，解開了強尼夢想號的繩子，然後我們一行人同時下水，推動著強尼夢想號，一直把它推到了可以自己漂流的位置，然後才鬆開了手。

我渾然不覺，兩行淚水已經掛在了我的臉上。

這就是強尼大爺的遺願，帶著婷婭、帕泰爾、Alina，他一生之中最重要的四個人一起在強尼夢想號上漂流……漂流到幸福的彼岸，最終生活在一起，遠離俗世的紛紛擾擾，在那個地方，沒有種姓，沒有階級，沒有不公平，有的只是相親相愛，互相依賴的無限幸福。

「很小的時候，主人他們去過一片家族的屬地，那是靠近恒河的一片屬地……」

很多年前了，尚且幼稚的夏爾馬和帕泰爾，帶著幼小的婷婭來到了一片屬於家族的屬地，不同的是這裡是靠近恒河的一片屬地，這是他們第一次看見偉大的母親河，在之前，他們一直都在莊園生活著。

「哥哥，這就是恒河嗎？」婷婭的手被兩個人牽著，脆生生地問道。

「是啊……這就是恒河。」夏爾馬有些激動地回答道。

「它是我們的母親河，傳說中是從天上而來的河水，它的每一滴水都是神水。」帕泰爾蹲下身子，輕輕摟著婷婭，又輕聲解釋了一句。

「那我們可以順著它去到天上嗎？婷婭很想去看看。」婷婭聽了帕泰爾的話很開心。

「我們沒有船啊，否則我也想在這恒河上漂流呢，說不定就到了天上！」畢竟是小小的年紀，夏爾馬忽然懊惱了起來。

「是啊，一艘木筏也好，可惜我們沒有力氣去做，大人們也不會同意的。」被婷婭和夏爾馬的情緒感染，帕泰爾也跟著歎息了一聲，穩重的他很少流露出這種少年的童話夢想。

「那我們以後一定紮一艘木筏，在這恒河上冒險吧，說不定我們就真的到了眾神所在的天上。」夏爾馬的眼中閃爍著興奮的光芒。

「真的嗎？哥哥，帕泰爾哥哥，我們拉鉤……」

「拉鉤。」

「拉鉤。」

……

月光靜靜，薄暮籠罩著蓬萊號，它漸行漸遠，這一夜的月光和那一夜一樣嗎？風吹起它，覆蓋在了你們每一個人身上？是的，是一樣的！當年誓言裡，多了一個Alina也一定是更加幸福的事吧。

這是你，強尼大爺對我說的「多了一個，幸福就多了一分」。你們一起去漂流。

《江河湖海・江河卷（下）》完

高寶書版集團
gobooks.com.tw

DN 179
我當道士那些年 III 卷六：江湖河海・江河卷(下)
作　　者　仐三
編　　輯　蘇芳毓
排　　版　趙小芳
美術編輯　宇宙小鹿
出　　版　英屬維京群島商高寶國際有限公司台灣分公司
　　　　　Global Group Holdings, Ltd.
地　　址　台北市內湖區洲子街88號3樓
網　　址　gobooks.com.tw
電　　話　(02) 27992788
電　　郵　readers@gobooks.com.tw（讀者服務部）
　　　　　pr@gobooks.com.tw（公關諮詢部）
傳　　真　出版部　(02) 27990909　行銷部 (02) 27993088
郵政劃撥　19394552
戶　　名　英屬維京群島商高寶國際有限公司台灣分公司
發　　行　希代多媒體書版股份有限公司/Printed in Taiwan
初版日期　2014年6月

國家圖書館出版品預行編目(CIP)資料

我當道士那些年 III（卷六・江湖河海・江河卷(下)）
／仐三著 -- 初版. -- 臺北市 :高寶國際出版 :
希代多媒體發行, 2014.6
面；　公分. -- (戲非戲179)

ISBN 978-986-361-009-0(下冊：平裝)

857.7　　103007975